問官場，誰是貪官？

吳學華 著

Contents

楔子

望著面前這個女人，
他的思緒已經飛到了一年前……
那個時候，
他根本想不到高源市會接連發生那麼多事，
而所有的事情，
都是從常務副市長葉水養被雙規後開始的……

「報告！」

儘管之前方子元有一定的心理準備，但孟瓊進門前的這聲「報告」，還是讓他有些措手不及。她看上去有些清瘦，剪著一頭齊耳的短髮，臉色也很蒼白，穿著一身合體的囚服，仍能襯托出她那迷人的身材來。她的眉宇間全然沒有以前的那種意氣風發，取而代之的是一種淡然的平靜。一瞬間，他想到，現在的孟瓊，已經不是原來的孟總經理了，而是一個在監獄中服刑的女囚犯。

其實他們之間的談話，可以隔著一層厚厚的玻璃，在另一處會面室中進行，是方子元向有關方面申請並徵得她本人同意，才有了這樣的會面。

這是高源市女子監獄，距她被警方從一個尼姑庵中帶回高源市，已半年有餘，在二審判決之後，她被送到此處服刑。這是她自被關押後首次與外面的朋友見面。此前據監獄的女警官介紹，孟瓊自被關進來後，一直顯得很平靜，不像別的犯人那樣又哭又鬧。她只會坐在那裏，看著牆壁發呆。

一審判決是死刑，緩期兩年執行；二審是有期徒刑十二年。作爲孟瓊的辯護律師，方子元已經盡力了。

「坐下！」坐在方子元身邊的女獄警說。

孟瓊坐在他們面前的椅子上，雙手放在膝蓋上，顯得很拘謹。

這不是審問犯人，用不著這架勢。方子元輕輕咳了兩聲，拿出一包煙，想要抽一支來緩解一下氣氛，卻聽身邊的女獄警說：「對不起，我們這裏不允許抽煙！」

方子元只得將煙放在桌子上，環視了一下四周，最後將目光定在孟瓊的臉上，過了好一陣子，才從喉嚨裏擠出幾個字：「只能這樣了！」

孟瓊點了點頭，露出一抹淒涼的微笑：「我知道，方律師，謝謝你！」

方子元問道：「你還好吧？」

孟瓊沒有回答他的問題，而是問道：「孩子還好吧？」

就在一個月前，她在醫院裏成功地生下了一個重達八斤的男孩，本著人道主義精神，監獄方面在獄中安排了一處人性化、適合母子生活的監舍，並爲孩子買來牛奶。她和自己的兒子共同生活了一個月，最後她做出了一個決定，委託方子元將這個孩子送給合適的人家收養。

方子元低聲說道：「很好，很健康。我按你的要求找的人家，對方倆口子都是在國企上班的，家境不錯，結婚十幾年了，一直沒能生育。」

孟瓊含著眼淚，緩緩說道：「孩子是無辜的，我不想他被人關注，被人打擾，影響他以後的成長。」

方子元說道：「放心，除了我和你之外，沒有人知道他是你的孩子，連對方倆口子都不知道！」

孟瓊已經淚流滿面，哽咽著說：「這樣就好，你也不需要告訴我對方是什麼人，將來我出獄之後，就不會去找他了！不會讓他知道有這麼一個親生母親。人家養了他那麼多年，得有良心……」說到後來，她雙手捂著臉，嗚咽著說不下去了。

方子元從背包中拿出一份協議，說道：「你還得在這上面簽個字，從今往後，你和孩子再也沒有關係了！」

孟瓊穩定了一下情緒，起身走上前，用顫抖的手在那份協議上簽了字，復又退回到椅子上坐下。

方子元說道：「還有一件事我想告訴你，本來葉麗很想要這個孩子，可是ＤＮＡ鑑定結果表明，她和這個孩子沒有任何血緣關係，也就是說，這個孩子不是你和葉市長生的，你現在可以告訴我，孩子的親生父親是誰嗎？」

孟瓊收住眼淚，慘然一笑，搖了搖頭說道：「方律師，不是每件事都會有答案的，如果我沒有猜錯的話，到現在爲止，你心中應該還有幾個問題沒有找到答案！」

方子元有些難堪地笑了一下，望著面前這個女人，他的思緒已經飛到了一年前……那個時候，他根本想不到高源市會接連發生那麼多事，而所有的事情，都是從常務副市長葉水養被雙規後開始的……

- 第 1 章 -
遺失的文件

面對朱時輝的哀求，方子元沒有辦法拒絕。當他離開時，朱時輝給他一份用火漆封了口的文件，接著說道：「我知道你是一個很有正義感的人，如果我有什麼不測的話，請你用裏面的東西，為我和那些死得不明不白的人討一個公道！」

方子元開著他那輛新買來的奧迪A8進入法院大門時，一眼就看到孟瓊站在法院辦公大樓的臺階上。他剛停好車，孟瓊就款款地走了過來。她今天穿著一身碎花連衣裙，他認出那是韓國品牌的最新款式，這種款式融合了時下最流行的時尚元素，把自然與個性、簡約與高雅完美地結合，能凸顯成熟女性的魅力，展現完美的氣質和迷人的風采。上周他帶老婆李雪晴去廣州玩的時候，在一家大商場裏見到這款衣服，標價是八千六百九十八元。他老婆試了一下，感覺穿不出那種味，又嫌價格太高，才沒有買。

這女人哪，什麼樣的身材，什麼樣的臉蛋，配什麼樣的衣服，是有很多講究的。同樣的衣服，穿在不同女人的身上，給人的感覺完全不同。

方子元走過去抱歉地笑了笑：「孟總，不好意思，有點事情耽擱了。」

孟瓊微笑著：「方大律師是大忙人，偶爾耽擱一點時間，很正常嘛！怎麼？換新車了？這款車不便宜吧？」

方子元把公事包夾在腋下，說道：「找朋友幫忙買的，內部價，昨天才提的車，還沒去上牌呢！怎麼樣？董老闆同意庭外和解嗎？」

律師屬於高收入人群，像他這樣的名律師，一年的收入高達百萬，買輛好車自是不在話下。

孟瓊的眼眉一挑，說道：「有你方大律師出馬，這官司他要是不想庭外和解，打個十年八年的，誰都拖不起！」

作爲高源市最有名的律師之一，方子元記不清多少次走進法院的大門，從院長到看門的老頭兒，沒有他不認識的。不少庭長級別以上的幹部，和他的私交都相當不錯，經常約他一起吃飯，或

者去釣魚。

他利用自己的學識，一次次站在律師席上和對手交鋒，他有過爲死刑的罪犯辯護爲無罪開釋的成功，更有過在庭審中反敗爲勝的輝煌。勝利成就了他今天的榮譽和社會地位，「方大律師」這四個字當之無愧。

但是他始終堅持自己的立場，爲法律和證據說話，在人性的天平上充當正義的使者。他不只一次拒絕高報酬的誘惑，堅持站在正義的一方。

按照行業內的潛規則，其實律師所扮演的是一個中間人的角色。在案件沒有送達法院立案之前，雙方的委託律師會積極溝通，儘量能夠使當事人和解，避免上法庭。一旦上了法庭，最後的判決結果，其實並不會出乎他們的預料。

既然早知道結果，那爲何還要鬧上法庭？折騰了時間和精力不算，還得支付很多莫名其妙的費用。把其中的利害關係對當事人一說，雙方約出來和和氣氣地一談，一般情況下，都能順利解決。作爲委託律師，反正律師費已經到手，能不去法庭磨嘴皮子，是最好不過的。

當然，在很多案件中，當事人爲了達到預期的目的，除了給律師應有的費用外，還有一筆額外的獎勵。就如眼下這場官司，大生建築公司老闆董和春，告天宇房地產開發公司不履行雙方的合同，拖欠方圓社區的建築款一千兩百五十萬元。而天宇房地產開發公司則以建築工程延期一個星期，以及建築品質不達標爲由，拒絕支付。

這場官司前後打了一年多，幾次庭審過程中，雙方的律師都利用手中掌握的有利證據，唇槍舌劍地辯護，想盡自己最大的能耐對當事人負責。法庭之所以遲遲沒有判決，是考慮到這場官司中的很多問題，想在雙方律師辯護的最後，做出合理而公正的判決。

方圓社區是高源市的高檔住宅社區，是天宇房地產開發公司開發的一個重點專案，分為別墅區和高檔住宅區，從開盤到現在，僅住宅區的價格，就由當初的每平方米三千五百元上升到四千八百元。在如此巨大的利益面前，身為天宇房地產開發公司總經理的孟瓊，自然想到要繼續開發第二個大項目，一方面加大銀行的貸款數額，另一方面，能節約的開支儘量節約。於是便有了這場官司。

按孟瓊的想法，最後一筆建築款能拖則拖，不管怎麼說，大生建築公司在建築方圓社區的時候，確實在建築材料上動了一些手腳。這也是建築行業的潛規則，若是都按合同上規定的材料和品質去完成，建築公司不但賺不到什麼錢，弄不好還會倒貼。

孟瓊雖然只有三十多歲，可她那老道而幹練的手段，不得不令同行折服，要不然，她怎麼可能把天宇房地產開發公司做得那麼大？她不是不明白建築行業的潛規則，可她就是想抓住那一點，讓那一千多萬變成幾百萬。自古無商不奸，能夠少付個幾百萬，誰不願意啊？她對方子元承諾，如果董和春同意以七百萬以下的數額解決，她願意拿出五十萬，作為對方子元的獎勵。

這類的經濟糾紛案，方子元接過不少，他很明白雙方當事人的想法，他之所以願意幫孟瓊，也是想利用這次機會，給那些偷工減料喪失行業道德的建築商們，敲一敲警鐘。大生建築公司老闆董和春不是個好東西，幾年前攬下了市三中的教學樓工程，樓一建好牆體就開裂，從省裏請了建築專家來看，說是建築公司偷工減料，最後大生建築公司賠了三百萬算了事，可總投資兩千五百萬的教學樓還聳立在那裏，師生們都在那危樓中上課，每天提心吊膽的，也不知道那樓能支撐到什麼時候。

方子元的女兒方雨馨本來在三中的附小念書，太太李雪晴怕孩子出事，硬是逼著他通過關係，給轉到四中的附小去了。四中離家遠，雖說每天要開車去接，可無需整天擔驚受怕。

方子元見孟瓊眉宇間洋溢著興奮，便笑道：「你的目的達到了？」

「名律師就是名律師。法律是死的，人是活的！」孟瓊朝身後法院辦公大樓上那巨大的徽標看了一眼，笑道：「他們是維護法律的，而你們是玩弄法律的，是吧？」

聽了這話，方子元有些不高興，什麼叫玩弄法律？法律的尊嚴可以任人玩弄嗎？他只不過利用自己的所學，在法律的角度上和對手進行一場舌戰，最終的結果，就看誰的辯論更為精彩，令法官和對方律師都折服而已。

孟瓊晃著手裏的一張支票，說道：「五十萬，一分都不會少你的，怎麼樣？我夠意思吧？如果換成別人，我可以一分錢都不給。」

方子元接過支票，淡定地說：「雖然你對我只是口頭承諾，沒有形成文字，不過我已經把我們之間的談話錄了下來，從法律的角度上說，這種錄音完全具備法律證據的作用。孟總經理，如果想和我打官司的話，你可以不給我錢。」

孟瓊笑道：「方大律師，我可沒有那麼想，現在是誠信社會，做人是要講誠信的！你說是吧？」

方子元收起支票，說道：「那當然，每個人做人都有自己的原則，一個人失去誠信，就會失去人格，最終失去一切。」

孟瓊一扭腰肢，咯咯地笑了幾聲，說道：「方大律師，我可沒有時間聽你講這些人生的大道理，走吧，請你吃飯去！我還有一件事想請你幫忙，是一宗大官司，你願意接麼？」

方子元笑道：「那要看什麼官司，大官司我可打過不少，涉及資金上億的就有好幾宗呢！」

孟瓊點頭道：「我就知道你有那種魄力，行，吃飯去，邊吃邊聊！」

一品香海鮮酒樓是高源市最有名的高級酒樓，到這裏吃一餐飯，少則兩三千，多則上萬，一般人吃不起。

方子元是這裏的常客，人還在路上的時候，就打電話給一品香海鮮酒樓的經理，定了一個雅間。把車子停好，兩人進了酒樓，在服務員的帶領下來到雅間。剛坐下，方子元包內的手機就響了，一看是老婆李雪晴打來的，忙接了。在電話裏，李雪晴的聲音顯得很焦急，說市公安局經濟犯罪科的員警帶著搜查令到家裏，要找一份文件。

方子元一聽火了，怎麼會出現這樣的事情？除非有緊急情況，不然的話，警方不會帶著搜查令突然上門搜查。他家裏有很多文件，警方要找的是哪份呢？

他說道：「你問他們要找哪份文件，等我回家直接拿給他們就是了！」

李雪晴回答說：「我問了，可是領隊的齊隊長不肯說。」

方子元跟齊隊長很熟，而且經常一起喝酒。無論怎麼說，齊隊長突然帶人上門搜查，不可能不事先給他來一個電話。他想了一下，從手機裏找出齊隊長的電話，撥了過去。

過了好一會兒，齊隊長才接了，聲音聽上去懶洋洋的：「方律師，這事不能怨我，是李頭兒特別交代的，說是不能事先通知你！」

齊隊長口中的李頭兒就是市政法委副書記兼公安局長李樹成，論輩分，是他老婆李雪晴的堂伯

父，這老頭子在公安局長的位子上幹了八年，幹完這一屆就要退了。

方子元一聽齊隊長這麼說，心知這事準是和李樹成的兒子，方園集團的老闆李飛龍有關。他當即說道：「齊隊長，大家都那麼熟了，我也不想讓你爲難，你回去對他說，他想要的東西真的不見了。」

齊隊長在電話那頭沉默了片刻，也沒有說話，就把電話掛了。

過了一會兒，李雪晴又來電話，說那些人走了，問他到底發生了什麼事，弄得員警找上門來。方子元安慰了一番，只說是誤會。李雪晴將信將疑，叮囑了他幾句，便掛了電話。

見方子元的臉色有些難看，孟瓊微笑道：「方大律師好像很忙呀！」

被這事一攪和，方子元已經沒有了吃飯的興致，以律師事務所有緊急事要處理爲由起身告辭，不料孟瓊卻說道：「齊隊長帶人去你家，可不一定是爲了李局長想要的東西……」

方子元一驚，覺得這女人越來越不簡單，連這樣的事都知道，他坐下問道：「你還知道多少？」

孟瓊微微一笑，一副高深莫測的樣子，說道：「方大律師，還有幾個月就要換屆了，你有沒有想過，你那個堂伯父此刻最想辦的事是什麼？」

對於一個身居領導崗位多年即將退居二線的人來說，最想辦的事就是盡最大能耐，保證自己在離職之後還能擁有一定的影響力。

方子元低聲說道：「其實他很累的！」

他多次去那位堂伯父家裏，都見堂伯父臉色慘白地躺在躺椅上，一副虛脫的樣子，與在電視上和公眾場合見到的那個意氣風發八面威風的李局長判若兩人。

孟瓊喝了一口茶，說道：「今天上午，葉副市長被雙規了，你應該知道吧？」

方子元又是一驚，差點被茶嗆到。孟瓊說的葉副市長就是葉水養，高源市的常務副市長。他早就聽說這個女人和市裏一些領導的關係很曖昧，聽這口氣，她和葉水養的關係肯定非同一般。

孟瓊若無其事地看著窗外，低聲說道：「方大律師，你是聰明人，怎麼會幹那樣的傻事？」

方子元的臉色微微一變，怔怔地看了孟瓊片刻，說道：「你到底想說什麼？」

孟瓊淡淡地說道：「那東西在你手上，說不定會要了你的命，不如把它賣給我，怎麼樣？你開個價吧？」

方子元頓時變了臉色，起身道：「如果我不答應呢？」

孟瓊方才還微笑的臉頓時變得很難看，她拍了兩下手掌，從外面推門進來兩個人，一左一右站在方子元的身邊。她說道：「你別怪我，是虎老大要我這麼做的！」

方園集團是高源市有名的大實業集團，對外而言，集團的主要業務是房地產開發和農副產品加工貿易，但實際上，方園集團最大的利潤空間來自旗下的七家大型娛樂場所，就拿跟法院相隔一條街道的「樂逍遙」娛樂城來說，一個晚上的純收入就超過二十萬。如今這社會，很多事情都屬於行業內的秘密，外人是無法知道真相的。若不是發生了那件事，方子元也不會知道那些所謂的行業秘密。

這事還得從一個星期前說起。那次他陪法院的幾個朋友去「樂逍遙」娛樂城唱歌，唱到一半的時候，他高中時候的同學，娛樂城的經理朱時輝走了進來，把他叫了出去，說是想求他幫忙。看在

同學的份兒上，他來到朱時輝的辦公室。

當他從朱時輝的口中得知市內七家大型娛樂場的老闆，就是他那個遠房的老婆舅李飛龍時，一時間有些驚呆了。他結婚這麼多年來，逢年過節都和老婆去李樹成家串門，和李飛龍的關係也不錯。雖然他平時接觸的人很多，對市內黑白兩道的人脈關係都知道不少，但是他無論如何都想不到，那個戴著一副高度近視眼鏡、身材消瘦、寡言少語、外表斯文的李飛龍，居然就是朱時輝說的大老闆「虎老大」。

兩年前，李飛龍就將老婆孩子移民去了美國，據說他的簽證差不多也下來了，只要把這邊的生意處理好，就去美國和老婆孩子團聚。

「求求你幫我在他面前說句好話，讓他放過我！」朱時輝說到後來，幾乎要朝方子元跪下了。

「別急，先讓我醒醒酒，考慮一下！」方子元走進洗手間，用冷水洗了一把臉。當他走出來的時候，似乎清醒了許多。

朱時輝垂著頭坐在沙發上，一副半死不活的樣子。他見方子元出來，就如溺水的人抓住救命稻草一般，急切地說道：「你要是不幫我，我就死定了！」

方子元坐在朱時輝的對面，他冷靜地想了一下。對於面前這個高中同學，他是知道底細的。讀書的時候，他們坐同桌，那時朱時輝就經常不來上課，和社會上的一幫痞子混在一起，成天在外面打架。幾次進出拘留所，人就出名了，高中畢業之後一直在社會上混，身邊慢慢聚集了一些痞子，都喊他叫大哥。

都說在社會上混的人很講義氣，朱時輝就是那樣的人。只要朋友有事叫到他，從來沒有二話，都是鼎力相助。

方子元大學快畢業的那一年，他父親爲了給他湊點生活費，到市裏擺攤做點小生意，結果被人打傷了。朱時輝知道這事後，帶著一幫人趕到，將那人痛打一頓，最後賠了方子元父親三千塊錢了事。其實方子元的父親傷得也不重，回到家擦點藥，休息幾天就差不多了。

爲這事，方子元非常感激朱時輝。後來他考上法律系的研究生，回到市裏當了律師，得知朱時輝已經不在社會上混了，當了一家娛樂城的經理。兩人偶爾見見面，喝茶吃飯談天說地，卻從來不說各自的工作情況。

畢竟社會地位不同，彼此都有自己的生活圈子，都有所顧忌。這些年來，方子元一直都想報答朱時輝，卻一直沒有機會。

他點燃了一支煙，吸了兩口，問道：「如果我不幫你，他真能把你殺了？」

朱時輝苦笑道：「你不知道哇，幹我們這一行的，哪個人身上不背著幾條人命？實不相瞞，我在社會上混的那些年，都把頭提在手裏過日子呢！」

方子元問道：「你也殺過人？」

朱時輝說道：「幹到我們這個位置的，殺人從來不用自己動手。你應該知道前兩天地稅局副局長劉兆新跳樓的事吧？那就是虎老大叫我幹的，根本不露痕跡。」

前幾天有新聞出來，說地稅局副局長劉兆新畏罪跳樓，此前有消息傳出他被紀委調查。事後查明，劉兆新在任職期間，利用手中的權力，收受賄賂加貪污公款達一千三百多萬。人已經死了，案子自然不了了之。媒體報導過後，沒有人再去關注這件事。

朱時輝接著有些憤世嫉俗地說道：「劉兆新在虎老大的場子裏有股份，事發之前他叫虎老大把所有股份中的錢提出來給他，虎老大不答應，兩人就……」

方子元說道：「他不想給人家錢，所以就派你把人給殺了？」

他一直以爲李飛龍做的都是正當生意，到現在才明白是怎麼回事。他和李飛龍雖說有那一層親戚關係，可這麼多年來，兩人很少接觸，見面時也只是客套地寒暄一下。

朱時輝說道：「那是他們之間的事，我只是一個辦事的！」

方子元問道：「你既然是替他辦事的，那他爲什麼要殺你？」

朱時輝沉默了一下，說道：「事情辦砸了！」

方子元知道朱時輝不會把事情的真相說出來，於是問道：「你到底要我怎麼幫你？只要幫你在他面前說幾句好話就行了？恐怕沒那麼簡單吧？」

朱時輝說道：「就這麼簡單，你只要告訴他，我們是高中時候的同桌，求他看在你的面子上，放我一馬！」

面對朱時輝的哀求，方子元沒有辦法拒絕。當他離開時，朱時輝給他一份用火漆封了口的文件，接著說道：「我知道你是一個很有正義感的人，如果我有什麼不測的話，請你用裏面的東西，爲我和那些死得不明不白的人討一個公道！」

方子元拿著那個薄薄的文件袋，覺得朱時輝把問題想得太嚴重了，他拍了拍朱時輝的肩膀，微笑著說道：「放心吧，你不會死的！」

當天晚上，方子元特地來到李樹成家。這是一棟三層的歐式自建別墅，坐落在市中心人民公園的邊上，占地面積約四百平方米。在高源市，也只有李樹成這種身分的人，才能在這種寸土寸金的地方建這樣的豪宅。他家不缺房子，光方子元知道的房產就有兩處，都是在市裏的高檔住宅社區內。李飛龍並沒有像別人那樣結婚後就和父母分開，一直跟父母住在一起，孩子都六七歲了，也是由父母帶著。

方子元來過這裏很多次，大多數時間都見不到李飛龍。那晚進去之後，卻見他們父子倆坐在那裏喝功夫茶，好像在商量什麼事。

他進去後，接過伯母泡來的一杯茶，坐在他們父子倆旁邊的真皮沙發上。他以前來這裏，都是談一些家庭瑣事，從來沒有像今晚這麼窘迫。他一直把茶喝完了，也沒主動說一句話。李樹成看出來了，問他有什麼事。他只說一點小事，想找李飛龍單獨談談，就幾句話。

在那間可以容納十五個人吃飯的飯廳內，他把朱時輝要他說的話對李飛龍說了。李飛龍聽了之後，並沒有說話，但是眼鏡片後面閃露出來的目光，卻令方子元的心底頓時冒起一陣寒氣。

兩人回到客廳，儘管伯母給那只空杯續上了水，但是方子元實在沒有膽量再坐著喝下去了，他逃也似地離開了那棟豪宅。

在回家的路上，他接到李樹成打來的電話。在電話中，李樹成對他說不要聽信外人的話，飛龍是做正當生意的，最後還要他少跟一些亂七八糟的人交往。儘管李樹成的聲音顯得和以前一樣和藹，但是他已經聽出這些話中的弦外之音。

回到家，他發覺朱時輝交給他的那個文件袋，不知道掉到哪裏去了，車內車外找了一遍沒有

找著，想想也就算了。反正李樹成已經提出了警告，而他也幫朱時輝說過了，他們之間不管有什麼事，自己最好不去摻和。

一連幾天，他都沒有去「樂逍遙」娛樂城，也沒有打朱時輝的電話。他怎麼也沒想到，朱時輝真的死了，是死於車禍，車頭被撞扁，人從裏面抬出來之後，都已經不成形了。就在朱時輝死後的下午，李飛龍給方子元來了一個電話，問朱時輝有沒有給過他什麼東西，他如實回答說是給過一個信封，但是不知道掉到哪裏去了，找了幾次沒找著。

他以爲這事就這麼過去了，誰知道李樹成居然在沒有通知他的情況下，利用手中的權力突然派人上門搜查。

方子元看了一眼身後的兩個人，他努力使自己鎭定下來，看著對面的孟瓊，淡淡地說道：「李樹成那麼做，擺明了就是懷疑我把東西藏在家裏。在你們的眼裏，我和朱時輝是一夥的了？你想知道他沒死之前，對我說過什麼嗎？」

孟瓊一字一句地說道：「在高源市，沒有他虎老大的手伸不到的地方，也沒有他辦不成的事。我可不管他對你說過什麼，我只管拿到東西。」

方子元說道：「你也只是一個替人辦事的！」

孟瓊搖了搖頭，盯著方子元說道：「對我們來說，殺你就像碾死一隻螞蟻那麼簡單，而且不漏半點痕跡，連國內一流的破案專家都看不出來。」

方子元說道：「我知道，朱時輝早就對我說過了。我既然能夠把東西接下，自然就有我自己的想法。你想這樣就拿走？有本事把我給殺了！」

有服務員不斷端著菜進來，片刻間就擺了滿滿一桌。一個長得很帥氣的男服務員站在邊上，為他們開了一瓶一萬多塊的人頭馬路易十三。

孟瓊咯咯地笑起來：「不愧是當律師的，還懂得談判的技巧。你只是一個外人，有老婆孩子，最好不要摻和進來，否則對你沒有半點好處，把東西交給我，給你兩千萬，怎麼樣？」

方子元說道：「那你告訴我，交給你和交給李飛龍有什麼區別？」

孟瓊說道：「當然沒有區別！」

方子元正色道：「孟經理，你也太小看我了。從你剛才告訴我的那件事，我就已經知道，其實你並不是他的人。如果我沒有猜錯的話，你想要的東西裏面，肯定涉及葉副市長，對吧？」

孟瓊的臉色微微一變，說道：「是又怎樣？」

方子元說道：「你和李飛龍都想拿到我手裏的東西，你想過沒有，如果我把東西給了你，他會怎麼想？」

孟瓊說道：「如果你把東西給我，我敢保證，他不會對你怎麼樣。」

方子元冷笑道：「你認為我相信嗎？」

孟瓊端起酒杯輕輕晃了幾下，看著杯中的冰塊在酒中蕩漾，低聲用充滿誘惑的聲音說道：「方大律師，不急，我們慢慢喝，一直喝到你願意把東西交給我為止，怎麼樣？」

方子元說道：「在一品香這種高級的地方，喝酒是要有氛圍的，你不覺得我們兩個人喝酒，太單調了嗎？」

孟瓊看了一眼方子元身後的兩個人，說道：「你的意思是，叫他們一起喝？」

方子元微笑道：「不，很快就有人要來了！」

他的話音剛落，包廂的門被人撞開，李飛龍帶著幾個人衝了進來。那兩個站在方子元身邊的人，還沒反應過來，就被人用手槍抵住頭，動都不敢動。那個負責倒酒的男服務員很懂事，立即雙手抱頭蹲在地上。

孟瓊做夢都沒有想到，就在服務員上菜的時候，方子元的手插在褲兜裏，已經用手機摁了李飛龍的電話。李飛龍正好就在附近，聽著手機裏傳出的聲音，很快就帶人趕過來了。

孟瓊一看到李飛龍，頓時僵在那裏。李飛龍瞟了方子元一眼，在他的身邊坐了下來，說道：「我說妹夫呀，和孟經理這樣的美女喝酒，也不叫上我，太不給面子了吧。如果我把你們約會的事情告訴我那堂妹，你的日子可就不好過了！」

方子元長長吁了一口氣，說道：「你們兩個人都在，就好說了。剛才孟經理也說了，那是你們的事，和我沒關係，我只不過是個外人。我現在明明白白地告訴你們，朱時輝是給了我一個用火漆封了口的文件袋，可是那晚我陪幾個法院的朋友唱完歌去飛龍家找過他之後，回來就發現那文件袋不見了，我找過好幾個地方，都沒找到，那麼重要的東西，我會繼續找的。你們當著我的面說清楚，找到之後究竟交給誰？」

李飛龍自顧自倒了一杯酒，仰頭一口就乾了，喝酒的那副豪爽勁，令方子元不得不再次另眼相看。他夾了一些菜吃了幾口，低聲說道：「孟經理，要不這樣，我妹夫要是找到那個文件袋，誰都不給，直接燒掉，你看總行了吧？」

孟瓊的一張臉漲得通紅，說道：「虎老大，你說話倒輕鬆，其實東西要不要倒無所謂，只是現在葉副市長都那樣了，我總得要想想辦法吧？要不，你叫你家老爺子把手抬高一點？」

李飛龍笑道：「我們家老爺子工作上的事，我這個做兒子的可不敢亂說話。再說了，是省裏下來的人，我們家老爺子就是想插手，也沒有那麼大本事呀！」

孟瓊說道：「你們家老爺子用不了多久就要下來了，要不是出了這樣的事，葉副市長可是前途光明著呢。我知道他和你們家老爺子向來不對盤，可不管怎麼說，終究是自家人，可別到時候鷸蚌相爭，漁翁得利，便宜了別人呀！」

李飛龍沉默了一會兒，說道：「這個問題我早就考慮過了，如果葉副市長真當我是自己人，就不會出那樣的事了。孟經理，現在說這話，是不是遲了一點？」

方子元可不管他們兩人怎麼說，只顧自己吃菜。

孟瓊看著方子元說道：「方律師，你別只顧著吃東西，說一句話呀？」

方子元抬頭說道：「在你們兩個面前，我能說什麼？」

孟瓊對李飛龍說道：「你這個妹夫可是我們市最有本事的律師，如果讓他當葉副市長的辯護人，或許事情有轉機。至於調查組所收集的那些證據，只要我和你聯手，一定可以推翻！」

李飛龍說道：「想搞他的人不是一兩個，那些證據也不是一朝一夕形成的。就算我和你聯手，也沒有辦法推翻那些證據。再說了，我幫了你，我的好處在哪裏？」

孟瓊從隨身帶著的挎包裏拿出一份資料，遞給李飛龍。李飛龍看過之後，有些詫異地望著她，說道：「你真的願意為了救葉水養，付出那麼大的犧牲？那王八蛋不是什麼好鳥，這些年來，你吃

他的虧還少麼？」

孟瓊有些悲哀地說道：「像我這種沒有任何背景的人，要想成功，只有依靠別人，要想別人幫忙，肯定是要付出的。」

李飛龍笑道：「你是一個很懂得做生意的女人，好，我答應幫你。不過，除了這上面的東西外，我還有一個條件。」

孟瓊聽明白了李飛龍最後那句話的意思，說道：「我的身體不屬於任何一個男人。」

李飛龍一本正經地說道：「從今天開始，只屬於我！」

他說話的時候，語氣顯得非常霸道和強硬，那種外露的氣勢，完全不容人質疑。

方子元有些疲憊地回到家，見妻子李雪晴正陪著女兒方雨馨躺在沙發上，電視裏正播著女兒最喜歡看的動畫片「喜羊羊與灰太狼」。一見他進來，方雨馨從沙發上跳起來，叫著「爸爸」撲入他的懷中。

他狠狠地在女兒的額頭和小臉蛋上親了幾口，抱著她回到沙發前。還沒等他坐下，李雪晴就問道：「今天到底是怎麼回事？」

方子元從挎包內拿出那張五十萬的現金支票，說道：「一點小誤會，伯父想得太多了！」接著，他把今天的事說了。

李雪晴不無擔心地說道：「省裏派調查組下來了，葉副市長也被雙規了，這次高源市好像要動很多人，現在正是多事的時候，你只是一個律師，千萬不要去摻和他們之間的事。」

她在市政府的扶貧辦上班，和葉副市長的辦公室同在一座大樓內，有些小道消息知道得比別人快。

方子元有些無奈地說道：「我現在就是想不摻和都難，和你結婚這麼多年，我都不知道你堂哥就是赫赫有名的虎老大。」

李雪晴歎了一口氣說道：「都怪我伯父從小寵著他，他想要什麼就給他什麼，現在弄成這樣子。我伯父一旦下來，他的日子也不好過。」

方子元說道：「不好過也沒有辦法，靠著權勢混出來的人，一旦所靠的人失去權勢，他也就會跟著倒楣，所以他要重新找靠山。」

李雪晴說道：「我上次去伯父家的時候，見到伯父和公安局的趙副局長在談事。有消息說，我伯父下來後，趙副局長很可能會頂替他的位置。趙副局長和我堂哥的關係不錯，應該會幫他的。」

方子元說道：「虧你還是在市政府裏上班的，怎麼都看不懂官場上的人情世故？趙副局長是想利用你伯父上去，現在當然和你伯父關係好，究竟關係怎麼樣，只有等他上去了才知道。你有時間的話，幫我找找那份資料，我真的忘記丟到哪裏去了。」

李雪晴不想做晚飯，便提議去外面吃。方雨馨高興得跳起來，一個勁地嚷著要吃肯德基。方子元抱起女兒，扭頭要妻子拿好東西，他打算一家人吃完飯之後，順便去逛街。這段時間工作忙，好久都沒有陪妻子和女兒逛街了。

此時門鈴不知趣地響起，他走過去打開門，見門外站著一個女人，當他看清那個女人的模樣時，驚道：「怎麼是你？」

第2章
朋友的妻子

吳雅妮從隨身的小挎包中拿出一個信封，低聲說道：「這是你當年寫給我的，現在還給你！」

方子元接過來抽出看看，認出正是當年自己寫給吳雅妮的兩封情書，他的臉色頓時不自然起來，訥訥著說道：「你……你不是把那些信全都賣掉了麼？」

吳雅妮苦笑道：「有些美好的回憶，是要珍藏著的……」

許宗華望著桌子上那一疊厚厚的卷宗，將吸剩的煙頭摁滅到煙灰缸裏，用手揉了揉有些發漲的太陽穴。他才四十二歲，可那一頭幾近花白的頭髮和一臉的滄桑，使他看上去像五十多歲的人，外表顯得老成持重。

高源市的問題，幾年前就有人向省裏反映過，有實名的也有匿名的，所舉報的案件不但涉案金額巨大，而且所牽扯的政府官員眾多。

省裏每年都派紀檢調查組和審計組下來，可查來查去，都查不出什麼太大的問題。無非是工商、稅務、城建這一塊的要害部門，一兩個科級幹部被查處。

這一次不同，調查組總共下來了十二個人，分屬省委、省政府、紀檢、財政等部門，足見這次陣容的強大，也足見省領導對此事的重視程度。他這個省委秘書二處的處長，被臨時調用，成了調查組的組長。

記得調查組下來的那天下午，省委副書記王廣院找他談話，語重心長地對他說，高源市的問題不是一朝一夕形成的，絕對不容小覷，要堅決頂得住壓力，發現問題，解決問題。

省委副書記話不多，但是具有很深的寓意。

許宗華從一個小秘書幹起，一直幹到現在的二處處長，對官場中的那些彎彎繞繞自然很明白。他以前也聽說過高源市的一些傳聞，對於下面縣市領導幹部之間的權力和利益紛爭，他還是懂一些的。

能夠做到常務副市長這個位置上的人，除了自身的魄力外，和省裏面某些領導的私人關係好壞，是密不可分的。今年底縣市級主要領導幹部的調換工作，用不了多久就要展開。許宗華聽說

高源市的市長要調去省外經貿廳，市長的預備人選極有可能就是葉水養。

在這節骨眼兒上，居然出了這樣的事？

從葉水養被雙規那天開始，許宗華就不斷接到省裏某些部門領導打來的電話，有的只是詢問案件的進展，還有的則話中有話地警告他，高源市的問題很複雜，處理事情要慎重。

對於這樣的電話，許宗華只一個勁地「嗯」，這是他幹秘書工作多年以來養成的習慣，對於任何未定論的問題，從來不發表自己的意見。高源市的問題才剛剛開始調查，不少證據還在收集。他雖然是調查組的組長，可頭頂上有多少個高官，在用不同的眼光盯著他呢？

被雙規的葉水養對於調查組的提問，大多採取沉默的態度，偶爾交代的問題，都是在日常工作中，因工作太忙無暇顧及導致的，說白了，就是別人假借他的名義搞腐敗。對於其他人所反映的問題和證據，有的他也認可，但很多都予以否認，只說是有人故意整他，無端捏造出來的。

在高源市，葉水養的口碑還不錯，他在任常務副市長期間，確確實實做了幾件大好事。一是加大廉租房和經濟適用房的建設，解決困難戶的實際問題；二是招商引資，相繼在市郊的工業園辦了幾家外資工廠，解決了不少下崗工人和農村勞動力的就業問題；三是加大城市建設，致力解決城市髒、亂、差的問題。

調查組這幾天對葉水養的家庭情況進行摸查，發現葉水養家的銀行存款不過十幾萬，房產也只有兩處，一處是原化工廠的老宿舍，另一處是面積一百多平方米的社區住宅，還沒裝修，家中雖然有些名人書畫和古董什麼的，但是不多。用葉水養的話說，有的是朋友送的，可絕大部分都是他自己掏錢買的。

別人舉報他受賄數百萬，貪污挪用兩千多萬，那些錢居然查不清去了哪裏。在調查中，他們得知葉水養有個情婦叫孟瓊，是一家房地產開發公司的總經理。

但是，許宗華覺得問題沒有那麼簡單。這幾天來，調查組找了不少領導幹部談話，對於調查組提出的問題，那些人在回答的時候，無不躲躲閃閃，好像唯恐惹禍上身一般。在交代自身的問題時，首先肯定自己的政績，而後輕描淡寫地交代一些在工作中出現的失誤和問題。

通過這幾天的初步調查，許宗華也感覺到，他們的工作只是浮於表面，完全沒有深入進去。要想發現實際的問題，必須要深入才行。

正想著事，有人推門進來。他扭頭一看，是調查組的同事。這個同事是從省檢察院調來的，叫蘇剛，年紀比他小十幾歲，是個很有幹勁的小夥子。

蘇剛的手上拿著一疊資料，上前說道：「許處長，這是我們掌握的最新資料，我看了，都是以權謀私方面的，數目都不大。我們這十幾個人待在這裏，就查出這點東西來，是不是……」

許宗華示意蘇剛將資料放在桌子上，調查組的十幾號人，每個人都有各自的任務。蘇剛主要負責找人談話，收集談話資料。

相處幾天下來，許宗華比較喜歡這小夥子，辦事認真，有股幹勁，也容易相處。可不管怎麼說，和找來談話的那些幹部比，他總覺得蘇剛「嫩」了一點，不像那些幹部那麼有城府，在談話中總能找到一個拐點，將問題的嚴重性化解到最小的程度。

總的來說，調查組的工作顯得有些被動，沒有突破性的進展。

許宗華微笑道：「坐在辦公室內找人談話，是拿不到有力證據的！」

蘇剛問道：「許處長，你認爲我們該怎麼做？」

許宗華說道：「你知不知道什麼叫拔出蘿蔔拖出泥，扯起藤蔓帶出瓜？」

蘇剛說道：「你的意思是，我們只要順著一條線索深挖下去，就能找出點什麼？可是現在，我們這十幾個人的一言一行，都被人家盯著呢，想挖也沒有辦法挖呀！你說他們那幾個人實名舉報，可舉報的都是些什麼呀？完全……」

許宗華接著點燃一支煙，說道：「你知道就好，但是省裏叫我們下來，也不是沒有原因的！」

蘇剛沉思了一下，說道：「既是他們矛盾衝突最尖銳的時刻，應該就是我們調查的最好時機！」

許宗華微微笑了一下，沒有繼續說話，他考慮的問題，遠比蘇剛多得多。

方子元沒能陪女兒去吃肯德基，更沒能陪家人去逛街。此刻，他坐在一家咖啡廳的小包廂裏，坐在他對面的是他高中時候的同學吳雅妮。

當年的吳雅妮是大家公認的校花，如下凡的仙女一般清純脫俗，那身材、那臉蛋，曾經令多少處於青春騷動期的男同學想入非非。騷動之餘，方子元忍不住給吳雅妮寫了兩封自己覺得才華横溢的情書，可那情書寄出去，卻如石沉大海，再也沒有音訊。

畢業後聽說，吳雅妮把別人寄給她的情書，三毛錢一斤賣給了校門口收破爛的小販，賣了十幾塊錢。

大學畢業的那年，方子元聽說班上的打架王朱時輝娶了吳雅妮做老婆，結婚的時候請了許多同學去喝酒。他那時正在爲畢業論文而努力，沒能回家參加他們的婚禮。當然，他和李雪晴結婚的時候，也沒請朱時輝。

十幾年未見，吳雅妮那苗條的身材變得有些臃腫，原本白皙的臉蛋也多了不少斑斑點點的暗瘡，眼中的神情多了幾分滄桑。方子元往杯中加了兩勺糖，心裏不禁暗歎歲月無情，紅顏易老。和他老婆李雪晴相比，吳雅妮幾乎成了勾不起男人興趣的老太婆。

吳雅妮手中的勺子在咖啡杯中攪了好幾分鐘，才低聲說道：「方子元，看在朱時輝的面子上，你可得幫我！他死了，可人家不放過我！」

方子元問道：「你要我怎麼幫你？他沒死之前，要我幫他在李飛龍那裏說句好話，可好話我說了，沒用！」

吳雅妮說道：「他給過你一份資料是不是？」

方子元說道：「他是給過我一份資料，我沒看。那天晚上不知道丟到哪裏去了，到現在還找不著，現在好幾個人都想要那份資料。我是看在同學一場的份上才答應幫他的，沒想到現在連我都給扯進來了。」

吳雅妮忍不住流淚，哭道：「我知道他遲早要出事，早就勸他改行做點正當生意，可是他說由不得他。他對我說過，如果有一天他出事，就叫我來找你，說你一定能夠幫我！」

方子元聽完吃了一驚，問道：「他是什麼時候對你說的？」

「兩個月前！」吳雅妮拿出紙巾抹淚，「我本來想早點來找你的，可是……」

方子元問道：「可是爲什麼沒來？」

吳雅妮欲言又止，有些忸怩起來，卻說道：「他給你的資料，你還能找到麼？」

方子元說道：「找到了也不能給你，那東西是禍根，弄不好你也會沒命的！」

吳雅妮鼓起勇氣說道：「要是……要是能找到的話，就直接交給省裏下來的人！」

方子元又是一驚，省裏派了調查組到高源市來調查情況的消息，早就傳遍了高源市的大街小巷，隨之而來的是許許多多不同版本的小道傳聞。不管傳聞如何不同，其中心思想卻是相同的，就是高源市有人要倒楣了。首先，常務副市長葉水養被雙規，緊接著很多人被找去談話，弄得平素牛氣沖天的那些領導一個個人人自危，連說話都變得異常小心起來。這些天來，連一些娛樂場所和高級酒樓的生意都淡了許多。自從孟瓊和李飛龍達成意向，要方子元找到那份資料立即銷毀，並出面替葉水養辯護後，他更加知道那份資料的重要性。雖說他知道現在市內的一些情況，可沒想過要把那份資料交上去。

他微笑著對吳雅妮說道：「你來找我，就是想說這些？」

吳雅妮從隨身的小挎包中拿出一個信封，低聲說道：「這是你當年寫給我的，現在還給你！」

方子元接過來抽出看看，認出正是當年自己寫給吳雅妮的兩封情書，瞟了一眼那些充滿激情而又幼稚的字眼，他的臉色頓時不自然起來，訥訥著說道：「你……你不是把那些信全都賣掉了麼？」

吳雅妮苦笑道：「有些美好的回憶，是要珍藏著的。你那時候讀書的成績好，如果……如果那個的話，就考不上大學了……」

方子元讀高中時候成績確實不錯，現在想起來，如果那時候吳雅妮給他回了信，他還能有精力讀書，能順利考上大學麼？他憋了好一會兒，才憋出幾個字：「謝謝你！」

吳雅妮喝了一口咖啡，說道：「我喝咖啡，從來不放糖，就喜歡裏面的那種苦味。自己的人生之路要是選錯了，就如同一杯苦咖啡，喝到嘴裏，苦到心裏。自從他出事後，現在很多人對我唯恐避之不及，你說是爲什麼？」

方子元的心裏只顧掛念著老婆和女兒，根本沒有心思和吳雅妮談論這些問題，他說道：「如果沒有其他事，我就先走了，你有事就打我電話。我們同學一場，能幫你的我會盡力！」

吳雅妮有些淒慘地笑道：「連你也這樣？」

方子元連忙道：「我不是那意思。我老婆她……她是個醋罈子，要是知道我們在這裏聊天，怕她會多想，你說是吧？她現在對我管得很緊……」他笑了笑，接著說道，「女人就這樣，沒有辦法！」

吳雅妮點點頭，表示能夠理解，像方子元這樣的人物，身邊肯定有很多足可誘惑他的女性。她說道：「其實我來找你沒有別的意思，就是想告訴你，那份資料裏面有兩張光碟，是加了密的，密碼在我這裏。」

方子元「哦」了一聲，他只見那文件袋封了火漆，沒想到裏面的東西還加了密。他想了一下，說道：「其實你告不告訴我，都無所謂，有人要我找到後直接燒掉。我看這件事就到此爲止，你和我都沒有本事去摻和。」

吳雅妮的眼中露出怨毒的目光，說道：「難道他就白死了？」

方子元說道：「人都已經死了，你還想怎麼樣？你不替你自己著想，也應該想想孩子。再說，朱時輝對我說過，幹他那一行的，哪個人身上不背著幾條命？你既然這麼想，那些死在他手裏的妻兒老小，又怎麼想呢？」

吳雅妮說道：「可是……可是他那麼賣力地去幹，到頭來落得這樣的下場，我不服！」

方子元說道：「你不服氣，可以去找他的老闆，在這裏跟我說沒用。」他瞪大了眼睛，說道，「你該不會跟朱時輝一樣，要我去對李飛龍說吧？」

吳雅妮擦了擦眼角的淚痕，說道：「當律師的人，頭腦就是好使。你去對李飛龍說，比我去對他說強得多。」

方子元頓時急了，說道：「我說過，我不想再去摻和了，你可別逼我！」

吳雅妮很淡定地說道：「其實我並沒有逼你，從你拿走朱時輝的那份資料開始，你就已經摻和進來了！」

方子元有些生氣地說道：「那個時候我不知道，現在我知道了！」

吳雅妮說道：「知道了又怎麼樣？你說那份資料不見了，我相信你，別人會相信你嗎？如果我對李飛龍說，那份資料被你藏起來了，他會怎麼想？」

方子元頓時變了臉色，起身說道：「吳雅妮，你可別害我，我是有老婆孩子的人。」

吳雅妮說道：「我並沒有想過要害你，只不過要你傳幾句話給虎老大而已！」

方子元拿出手機，說道：「這樣吧，我現在就給他打電話，你有什麼話直接對他說，怎麼樣？」

吳雅妮冷笑道：「你以爲我沒有他的手機號碼嗎？」

方子元問道：「那你到底想要我怎麼樣？」正說著，他的手機響了起來，一看來電顯示，是孟瓊打來的。他忙走到一邊接聽。

在電話裏，孟瓊問他在哪裏，說是拿一些關於舉報葉水養的證據給他看，讓他找出裏面的一些破綻，到時對辯護有利。他連說現在有點事走不開，那事不急的。按照程序，查辦腐敗官員的問題，從收集證據到專案判決，少則一兩個月，多則一兩年。現在談辯護方面的問題，還早得很呢！

孟瓊在電話那頭沒有再說話，只沉默了一會兒就掛了。

他坐回到吳雅妮的面前，望著這個失去魅力的女人，心中暗道：正如她說的那樣，我已經摻和進來了。他將手機放在咖啡杯的旁邊，低聲說道：「我可以幫你帶話給他，但是我怕……」

吳雅妮說道：「我都不怕，你怕什麼？你只不過是個中間人而已，他不會對你怎麼樣的！」她說完後，拿出一封信，接著說道，「順便把這封信帶給他，他看了之後，就知道該怎麼做了。」

方子元接過那封信，隨手塞進口袋裏，問道：「還有事麼？」

吳雅妮低著頭說道：「你可以走了，我想一個人靜一靜！」

方子元離開了咖啡廳，見外面下起了大雨，忙打電話給李雪晴，問她和女兒在什麼地方，得知她們都已經回家，他才放下心來。他的車子停在前面的停車場，冒著這麼大的雨跑過去，一定會淋濕的。他站在咖啡廳門口，只求這雨快點停，好讓他早點回家。

可是這雨像故意跟他作對一般，淅淅瀝瀝地下個不停。他本想回到裏面點一些東西，慢慢坐著等雨停，可是看到咖啡座已經坐滿了一對對的情侶，只得耐著性子站在門口的角落裏一直等下去。

就在他越等越焦急，打算冒雨衝到車邊的時候，面前人影一閃，一個打著傘的女人來到他的面前。

那女人道：「方律師，你怎麼在這裏？」

方子元瞪大著眼睛看了好一會兒，才認出這個女人是市檢察院的宋玲玲。他原來出庭公訴案件的時候，和公訴人宋玲玲有過幾次接觸，一來一往便熟了。

記得有一次和幾個朋友喝酒，宋玲玲也在，剛開始她顯得有些含蓄，可喝到後來，她發揚了巾幗不讓鬚眉的優良傳統，硬把幾個男的都給喝趴下了。晚上唱歌的時候，抱著這個男人，摟著那個男人，來個「夫妻雙雙把家還」，唱到情深處，鼻涕眼淚一起流，弄得那些個男人一陣感歎。

後來方子元弄明白了，宋玲玲的丈夫在別的市裏當局長，由於工作的關係，夫妻倆聚少離多，沒多久就傳出她丈夫和別的女人相好的消息，別人都以爲她會大吵大鬧一番。但是她既沒吵也沒鬧，更沒有悄悄地離婚。她丈夫後來升副市長了，也沒有考慮過將夫人調過去，反正夫妻倆關係就那樣。

不過，他和宋玲玲認識那麼久，倒也沒聽說她和哪個男人怎麼樣，更沒有香豔的緋聞。只是和她在一起，那種女性的豪爽和某些程度上的霸道，有些讓人受不了。

但是話又說回來，這個女人的長相並不差，身材也不錯，三十好幾的人，看上去也就二十七八的樣子，渾身充滿著女性的魅力。

她今天晚上穿著一身粉紅色的韓式連衣裙，露出下半截白皙而修長的小腿來，還有那紮在腦後的馬尾辮，在朦朧的燈光下，使她整個人看上去就像是一個青春期的純情女孩。難怪剛才方子元第一眼看到的時候，都有些不敢相認了。

宋玲玲問道：「方律師，你也喜歡來這裏喝咖啡呀？」

方子元有些不自然地回答：「嗯，剛和一個朋友在這裏見了面，談點業務！」

宋玲玲說道：「你看現在雨下得挺大的，一下子也回不去。走，方律師，陪我進去喝咖啡，你要是不想喝咖啡的話，奶茶也行！」

話一說完，宋玲玲已經用手來扯了。見她這樣，方子元不好意思拒絕，只得跟著她進去。剛一進去，就見吳雅妮從裏面出來。她的神色有些暗淡，眼睛紅腫，似乎剛哭過。他看著她的時候，她卻將頭扭向一邊，跟他倆擦肩而過。

找了一個僻靜的地方坐下後，宋玲玲點了一杯現磨咖啡，爲方子元點了一杯奶茶，低聲說道：「你看見剛才出去的那個女人沒有，她老公是『樂逍遙』娛樂城的經理，前段時間被車撞死了，有消息說是被人故意弄死的，也不知道什麼原因！」

方子元問道：「你認識她？」

宋玲玲笑道：「你可別對我說你不認識她，我聽人說過，你和她還是高中同學呢！」

方子元一本正經地說道：「都多少年沒有聯繫了，剛才乍看一眼，還真認不出來。歲月不饒人呀，這女人呢，一旦過了那個年齡，變化就太大了！」

宋玲玲的臉上掠過一絲不悅的神色，說道：「你們男人都這樣，無論自己的老婆長得怎麼樣，總是看不上眼，眼睛總盯著別人的老婆。俗話說得好，情人是自己的好，老婆是別人的好，情人和老婆相比，就像鮮花比小草。像我這樣的老女人，早就是雜草一根了！」

方子元連忙道：「我可沒那意思，你可別想歪了。說實話，在高源市我見過的女人裏面，像你這麼有魅力的可不多。」

宋玲玲呵呵地笑起來：「都說男人的嘴巴最會說話，這話一點都不假，尤其是你們當律師的，最善於顛倒黑白。別以爲我沒有見識過你嘴巴的厲害。」

方子元望著那張桃花般燦爛的臉，低聲說道：「你有沒有想過，我們兩人躲在這裏喝咖啡，萬

一被熟人碰上，別人會怎麼想？」

宋玲玲說道：「你胡想些什麼？身正不怕影子歪，我都不怕你還怕？找個認識的朋友一起喝咖啡怎麼了？非得把兩個人想像成會整到床上去？」

方子元有些尷尬起來，說道：「我沒有別的意思。你說你一個足夠讓男人爲你犯罪的女人，老公不在身邊，要是有什麼風言風語傳出去……」

宋玲玲有些不高興地說道：「喝你的吧，扯那些沒用的做什麼？」

方子元不敢再亂說話，低頭喝了幾口奶茶，只覺得奶茶的味道有些怪怪的，不知道裏面摻了什麼東西。

方子元喝了幾口之後，就不敢再多喝了。眼睛看著別處，腦子裏想著離開咖啡廳沒多久的吳雅妮。

宋玲玲盯著方子元，聲音溫柔地問道：「方律師，你在想什麼呢？」

方子元回過神來，連忙說道：「沒什麼，沒什麼，剛才在門口，我老婆打電話來，問我什麼時候回去，我說等雨停了就回去！」

宋玲玲笑道：「現在雨還沒停呢，你就想回去了？呵呵，妻管嚴，不過，這樣的男人好！」最後那句話的聲音很小，她好像是說給自己聽的。

她接著道：「都說每一個成功男人的背後，都有一個默默支持他的女人，看來你老婆爲你付出了不少！」

方子元欣慰地笑了笑，說道：「我老婆是典型的賢妻良母。」

宋玲玲喝了一口咖啡，說道：「現在很多男人只要一成功就出軌，背著老婆在外面玩女人，你可別說你沒有。」

方子元要說沒有，宋玲玲肯定不相信，弄不好還得被嘲笑一番，所以他乾脆不吭聲。平心而論，除了老婆李雪晴外，他只和兩個女人上過床，一個是大學時候的女朋友，另一個則是他在網路上認識的女網友，只上過一次床，之後再也沒有聯繫了。那都是發生在與李雪晴結婚之前的事，算不得數。雖說他經常陪朋友玩，身邊不乏漂亮的女人，可摟摟抱抱，喝喝花酒還可以，要真想辦那事，他可就打退堂鼓了。

他不是沒想過來一段婚外情，可一想到溫順可人的妻子和聰明可愛的女兒，便打消了那樣的念頭。

宋玲玲有些自怨自艾地低聲說道：「為什麼我就碰不到像你這麼好的男人呢？」

方子元看過很多關於婚外情的文章和影視，孽情產生的根源，總是由一個人同情另一個人的家庭悲劇開始的。他聽宋玲玲那麼說，忙起身道：「對不起，我還有事先走一步了！」

他不顧外面還下著雨，逃也似地離開了咖啡廳。

回到家裏換濕衣服的時候，想起口袋裏那封吳雅妮要他交給李飛龍的信，忙拿出來一看，見信封有些濕了。

他見信封並沒有封口，便想把裏面的信取出來，換一個信封裝進去。當他抽出裏面的信，不經意地展開時，卻看到了那封所謂的信，其實就是一張兩千萬的借據，是李樹成向葉水養借的。

儘管他不在政府部門，卻也知道李樹成和葉水養向來不和，兩人就像一對生死冤家明爭暗鬥。可這下面具借人的名字，確確實實是李樹成呀。他再一看下面的日期，卻是七年前。那時李樹成剛升上市公安局長，正逢春風得意，而葉水養只不過是高源市下面一個縣裏的副縣長。堂堂的市公安局長向一個副縣長借款兩千萬，用來做什麼？再說，葉水養一個區區的副縣長，哪裏來的兩千萬呢？

想到這裏，他的頭頓時大了起來。吳雅妮要他把這張借據交給李飛龍，究竟是什麼用意。而一張兩千萬的借條，事關李樹成和葉水養的私人關係，以及那些不可公開的秘密，又怎麼會落到吳雅妮手裏呢？

饒是他再聰明，都想不明白這裏面的關係。

這張借據就如一個燙手的山芋一般，令他丟也不是，留也不是。

他本想打個電話給吳雅妮，問問到底是什麼意思，可電話打過去，對方提示已經關機了。他想過出去找吳雅妮，卻不知道她家住在哪裏。想來想去，只有等明天上午再看情況。

整個晚上，他躺在床上翻來覆去，想了許多。

第二天一早，他還沒打吳雅妮的電話，李飛龍的電話倒先來了。說是昨天晚上被雙規的葉水養已經畏罪自殺，要他儘快找到那份朱時輝給他的文件及時燒掉，否則別怪他不講情面。

接到這通電話，他整個人愣在那裏，事情來得也太突然了。

- 第3章 -

終止調查

雖說也有幹部在調查期間自殺，可情況不同。根據調查組目前掌握的資料，還無法立即對葉水養進行處理，就算他最終被撤職查辦，充其量判個有期徒刑，說不定判決之後，還能以身體不適為由保外就醫，等刑期一過，接下來就可以安度晚年了。所以，他沒理由要自殺。

除非葉水養在閒聊過程中想到了什麼問題，促使他對自己失去所有的希望，才選擇走那條路。

葉水養是跳樓自殺的，事前沒有一點預兆。

負責看守他的是調查組的人，是省紀檢部門的人，一個叫王林，另一個叫莫志華，都是三十歲不到的毛頭小夥子。事情發生後，王林和莫志華嚇得要死，出了這樣的事情，是要追究責任的。據他們事後向許宗華彙報，當天晚上他們兩個人陪著葉水養聊天，聊的都是高源市的風土人情和古今逸事。葉水養不愧是高源市土生土長的，對高源市的歷史很瞭解，他們三個人聊得也很投機。聊到晚上十點多，葉水養起身去洗手間，沒想到他居然從洗手間的小窗口擠了出去。他們兩人見葉水養進去那麼長時間，感覺不妙後叫了幾聲，可沒有人回應。兩人合力把洗手間的門撞開，才知道葉水養跳樓了。

大體的情況就這樣。

許宗華站在葉水養跳樓的小窗口，見窗戶較窄，大小不過一個平方米，距離地面有近兩米高。要想爬上窗戶，需踩著下面的馬桶，抓著洗浴間的橫杠才能上去。不要說像葉水養那種缺乏鍛煉而又身材臃腫的人，就算是一個普通人，要想爬上去也比較困難。

窗戶外面都是光禿禿的牆壁，根本沒有搭腳的地方。窗臺上有一處刮痕，留有一些血跡。在屍檢報告上，葉水養右膝蓋有一塊皮被磨破。

這足以說明，葉水養當時爬上去，並不是打算要逃走，而是抱著必死的決心。

現場的初步勘察結果，跟王林和莫志華所說的差不多。他們都是從省幾個部門臨時抽調過來的，和高源市並沒有什麼瓜葛，許宗華沒有理由不相信他們的話。

只是令他想不明白的是，對葉水養的調查才剛開始沒幾天，很多別人舉報的問題，都需要進一

步的確認，在這種情況下，葉水養爲什麼要跳樓自殺呢？

他怪自己太疏忽，調查組住在高源大酒店的頂層，酒店房間的窗戶都是沒有加防盜窗的。從十二層樓高的地方跳下去，哪有不死的道理？

雖說也有幹部在調查期間自殺，可情況不同。根據調查組目前掌握的資料，還無法立即對葉水養進行處理，就算他最終被撤職查辦，充其量判個有期徒刑，說不定判決之後，還能以身體不適爲由保外就醫，等刑期一過，接下來就可以安度晚年了。所以，他沒理由要自殺。

除非葉水養在閒聊過程中想到了什麼問題，促使他對自己失去所有的希望，才選擇走那條路。

許宗華分別和那兩個負責看守葉水養的工作人員談了幾個小時，想從中捕捉到一絲促使葉水養跳樓的原因。

可是那些話題都是高源市的風土人情和歷史典故，又有什麼問題呢？

人已經死了，許宗華必須要向上面報告，在擔當責任的同時，怎麼安排調查組接下來的工作，就要看上面的意思了。

整個上午，方子元在律師事務所裏，一連給吳雅妮打了好幾個電話，都提示是關機。他只得打了那兩個平時與朱時輝關係不錯的同學的電話，想問一下朱時輝的家在哪裏。

可那兩個同學都說，在朱時輝死之前的一個月，他們聽說他搬進了新家，新家在哪裏，他們也沒去過，正要攛掇他請客，以便慶祝喬遷之喜，可客沒請，人就出事了。至於吳雅妮，他們只在朱時輝的遺體告別儀式上見了一面，之後就再也沒有見過了。

方子元掛上電話，望著桌子上那厚厚的一疊案件卷宗出神。為了不讓李樹成和李飛龍對他有想法，他並沒有去參加朱時輝的遺體告別儀式。按高源市的民間風俗，喬遷新居和結婚一樣，都要大肆宴請親朋好友以示慶賀的，一般都是安排在當天，不過也有提前或者推後請客的，但像朱時輝這麼不聲不響地搬家的人，並不多。

他想了一會兒，打了市房管局一個朋友的電話，求對方幫忙查一查，近期以朱時輝或吳雅妮的名義購買的新房，在什麼位置。

到了下午，那個朋友回電話了，說沒有查到，近半年來都沒有資料顯示以那兩個名字登記的新房，倒是有一個地址，但那是六年前的。

方子元知道那個地方，是朱時輝原來的住處，他四年前到過那棟樓的下面，當時有事，並沒有上去。

或許朱時輝買了新房後，來不及去房管局辦證。但是這個想法很快被方子元自己推翻，現在有幾個人買了房之後，不是儘快去辦證呢？

他想了好一會兒都想不通，心裏又想著吳雅妮給他的那封信，葉水養已經畏罪自殺了，還有把信交給李飛龍的必要麼？

他認識葉水養，還跟他一起吃過幾次飯，那人給他的感覺是老成穩重，而且頗具領導風範。當了那麼多年的律師，這些場面上的事，方子元還是知道一些的。當他得知葉水養跳樓自殺的消息後，第一感覺就是，絕對有問題。

正想著，辦公室的門被人推開，一個人從外面走進來，是他的同事程明德。在高源市，程明德律師的名氣雖然沒有方子元大，但社會關係比他強得多，不像他那麼只鑽研案件。除了幹律師外，他還跟幾個朋友合股做生意，聽說生意做得還不錯。

程明德進來後低聲說道：「方律師，你聽說了沒有？葉副市長跳樓自殺了。」

方子元淡淡地說道：「聽說他貪污受賄了很多錢，是畏罪自殺吧！」

「他畏什麼罪？胡扯！」程明德說道。

方子元問道：「你到底知道些什麼？」

程明德有些神秘兮兮地說道：「我是聽市政府的一個朋友說的，他說上面派人下來調查葉水養，是因爲有人把事情捅上去了，都是市委市政府裏的那些頭兒，他們聯手搞他。你說舉報的資料上，總金額也就一千來萬，有很多都還沒有被證實。其他人都住在別墅裏，兒子孫子都安排在好單位，開著豪車。只有他還住在老房子裏面，老婆還是失業員工，至今都沒有被安排，唯一的女兒在市第六小學當老師！唉，好人沒好報呢！」

方子元笑道：「看來你知道得不少呀！」

程明德嘿嘿地笑道：「有人說葉水養是被人推下樓的，市裏早就傳開了，你還不知道呀？算了，還是好好研究你的案件吧，我的方大律師！」

他轉身出門的時候，卻被方子元叫住。「程律師，你說葉水養會不會表面上裝得很廉潔，但背後卻是一個大貪官？」

程明德笑道：「仁者見仁智者見智，也許吧！反正官場上的那些事，和我們沒關係。我們只管收錢替人打官司，無論官司輸贏，我們的錢不少就行！幹我們這一行的，好處就是旱澇保收，沒有風險。方律師，要不要晚上一起吃飯，我介紹幾個朋友給你！」

方子元說道：「算了，昨天晚上沒有陪老婆逛街，我打算今晚補償一下。」

程明德笑道：「那你昨天晚上去哪裏了？陪別的女人了吧？」

方子元說道：「跟一個客戶談點事，後來就下雨了！」

程明德說道：「是呀，昨天晚上雨下得真的很大，我和幾個朋友唱歌，一直等到雨停才回家，都十二點多了！行，你忙吧！」

程明德出去後，方子元摸了摸一直放在口袋裏的那封信，不知道怎麼處理才好。他試探著又打了吳雅妮的電話，沒想到這回居然通了，只不過電話裏傳來一個男人的聲音：「你好，請問你是誰？」

方子元問道：「你又是誰？吳雅妮呢？她在嗎？我找她有事！」

電話那邊說道：「我是市公安局刑警隊的黃立棟，請問你是哪位？」

方子元認識黃立棟，是刑警隊的大隊長，他的頭頓時「嗡」的一下，說道：「她是不是死了？」

黃立棟厲聲道：「你還沒有回答我的問題呢，別以為我們找不到你！」

有些人的手機裏儲存了朋友的電話，電話打來一看就知道，而有的卻沒有存，方子元的手機號碼屬於後一種。

方子元連忙說道：「黃隊長，我是方律師，昨天吳雅妮找過我，求我幫她一個小忙，今天上午我打她的電話，一直沒打通呢……」

他的話還沒有說完，那邊黃立棟就問道：「你為什麼懷疑她死了？」

方子元說道：「上午她的電話一直沒通，現在卻是你接的，要是人不出事的話，是不可能不接

我電話的，我是她的代理律師呢。」他突然想起一件事，接著問道，「她是在哪裏出事的？」

黃立棟說道：「她家裏！」

方子元說道：「不好意思，黃隊長，雖然我是她的代理律師，可是我還不知道她家住在什麼地方呢！」

黃立棟說了一個地址，方子元大吃一驚，他知道那地方，是市裏最高檔的別墅區，裏面住著的非富即貴，一棟別墅要好幾百萬，絕對不是像朱時輝那樣的人住得起的。

黃立棟接著問道：「方律師，她要你幫她代理什麼案件？」

方子元連忙說道：「是她老公撞車後，保險公司賠償的問題，一直沒能達成意向，所以想請我幫忙。」

黃立棟問道：「你跟她除了這一層關係外，應該還有另一層關係吧？」

方子元也不想隱瞞，說道：「我和他們夫妻倆都是高中時候的同學，但是聯繫不多！」

黃立棟「哦」了一聲，說道：「方律師，根據我們現場勘察，她是自殺的，死亡時間在凌晨五點左右。下午有鄰居約她出去打麻將才發現的。」

案件的現場情況屬於警方的高度機密，方子元不明白身為刑警隊長的黃立棟，為什麼要把這種違反刑警條例的情況告訴他，對方既然那麼做，肯定是有原因的。

果然，黃立棟繼續說道：「方律師，我建議你最好過來看一下，省得我們去找你！」

黃立棟的這句話，使方子元的心沒來由地一沉，話都說到這份上了，他不去是不行的，沉默了片刻之後，他回答道：「好的！」

當方子元開車到達吳雅妮的新住處時，見這棟別墅裏裏外外都是員警，屋子的邊上被拉了警戒線，不少居民在警戒線外好奇地觀望著。

現場已經被勘察過，但是吳雅妮的遺體還沒有運走，就躺在臥室那張雕花紅木大床上，身上蓋著一床白布單。

黃立棟上前道：「方律師，你來了就好。你和死者不僅僅是那點關係吧？」

方子元問道：「黃隊長，你這是什麼意思？」

黃立棟的手上拿著一頁紙，他說道：「這是死者手裏拿著的。」

方子元定睛一看，見那頁紙上寫著一行字：方子元，沒想到你是那樣的人，我恨你。他頓時變了臉色，說道：「黃隊長，我跟她真的沒什麼！」

身爲律師，他也明白，在這種時候，他縱然有千百張嘴，也說不清楚了。警方注重的是證據，這不是在法庭上，靠兩片嘴皮子就能說清楚的。

黃立棟走到一邊，望著床上的屍體，說道：「我也希望你跟她沒有關係。」他接著道，「死者是服氰化物自殺的，據我們初步調查，她剛搬來這裏沒多久，自從她老公死了之後，經常很晚才回來，好像在忙什麼事情。行了，你先回去吧，這段時間最好不要離開高源市，我們可能隨時去找你詢問一些問題。」

方子元問道：「你確定她是自殺的？」

他剛說出這句話，就立即反應過來，自己實在問得很蠢。人都已經死了，至於是怎麼死的，實在不是他該關心的。再說，事情都到這份上了，他根本不想往裏面摻和，又何必多此一舉，懷疑警方的辦案能力，令黃立棟不高興呢？

果然，黃立棟問道：「方律師，你憑什麼懷疑呢？」

方子元的臉色一漾，說了一句假話：「她昨天和我見面談事的時候，還說今天要我陪她一起去保險公司的，你說，她怎麼會突然自殺呢？」

黃立棟用手托著下巴，說道：「你知道不知道，她的兒子在住院。照常理推斷，她應該在醫院陪兒子，而不應該扔下兒子回來自殺。」

方子元問道：「你也懷疑？」

黃立棟點頭道：「可是現場除了她自己外，沒有別人留下的痕跡。根據現場的情況看，她確實是自殺的！」

方子元想起朱時輝對他說過的話，他想了想，說道：「每個人的死，都是有原因的，自殺的人也不例外。黃隊長，我就不打擾你們查案了，有什麼需要我幫忙的，請隨時打我電話。」

離開那棟別墅的時候，方子元發覺自己居然出了一身冷汗，從葉水養到吳雅妮，誰敢保證他們真是自殺的？他要再這麼摻和下去，說不定哪一天他也會被「自殺」了。

葉水養和吳雅妮都死了，下一個會輪到誰呢？坐在車內，他突然想起了一個人的名字，孟瓊。

他拿出手機打了孟瓊的電話，接電話的正是孟瓊本人。他放下心來，便把今天早上李飛龍對他說過的話重複了一遍，電話那頭孟瓊的聲音顯得很平淡，只說：知道了，你就按虎老大說的去做吧！

掛上電話後，他隱隱覺得有一絲不安，可又不知道究竟擔心什麼。想了一會兒，覺得越想越心亂如麻，乾脆不去想了，開車回家。經過市第一人民醫院時，方子元不由自主地想起黃立棟對他說過的話，有心去看一看那個失去父母的可憐孩子，可又不知道在哪所醫院；萬一被黃立棟知道他在這種時候去看吳雅妮的孩子，又解釋不清楚了。

方子元一路上儘是走神，險些闖了紅燈。經過昨天晚上和吳雅妮一起喝咖啡的咖啡館時，他忍不住將車停在路邊，回想起昨天晚上的情形，吳雅妮那副孤苦無助的模樣和那一雙紅腫的眼睛，至今仍深深印在他的腦海中。

他再一次摸了摸口袋裏的那封信，覺得兜裏放了一顆定時炸彈，隨時都會爆炸。當他把信拿出來，正要用打火機點燃燒掉時，卻又想起黃立棟給他看過的那頁紙。到現在爲止，除了沒有將信及時交給李飛龍之外，他並沒有做對不起吳雅妮的事情，她憑什麼恨他？

吳雅妮爲什麼要在自殺前寫下那些字，這不明擺著要把他這個局外人拖進來嗎？他們夫妻兩個就好像一對溺死鬼，抓住了他這根救命稻草，沒想到命沒有救到，稻草卻被拖下水了。

他並不恨他們，他們既然那麼做了，就有那麼做的道理。他歎了一聲，將那封信塞到座椅的椅墊下面。

剛啓動車子，手機卻響了，一看來電顯示，是陌生的號碼。接聽後，裏面傳出李飛龍的聲音：「你在哪裏呀？」

方子元說道：「我在車上，正要回家！」

李飛龍懶洋洋地說道：「就別回去了，陪我一起吃頓飯，你看怎麼樣？」

方子元沒有辦法拒絕，只得問道：「去哪裏吃？」

「一品香海鮮酒樓V八一八房，現在就過來，我等你！」李飛龍說完之後，就把電話掛了。

方子元來到一品香海鮮酒樓的時候，正是吃飯時間，酒樓的停車場上停滿了各種豪車，在一個服務生的幫助下，他將車子停到一個角落裏。

一個女服務員將他領到三樓的一個豪華包廂前，方子元走了進去，只見巨大的飯桌上擺了很多菜，而桌旁只坐了一個人。

「坐吧！」李飛龍指了一下他對面。在他的身後，還站著兩個保鏢樣的壯漢。

方子元有些拘謹地坐了下來，他認識李飛龍這麼久，還是第一次單獨和他一起吃飯。他拿出手機說道：「我給雪晴去一個電話，就說不回家吃了！」

打完電話，李飛龍說道：「聽說朱時輝的老婆死了，今天下午你去了她家？」

憑李飛龍在公安系統的關係，方子元知道什麼事情都瞞不了他，他喝了一口茶，說道：「是黃隊長叫我去的，我也不知道爲什麼。」

李飛龍問道：「朱時輝死了之後，你和他老婆見了幾次面？」

方子元說道：「就昨天傍晚，她到我家來找我的，後來我們一起去喝的咖啡。」

李飛龍問道：「她找你做什麼？」

方子元說道：「朱時輝是買了人身保險的，保險公司要扯皮，所以她就來找我了。」

他們兩人一問一答，就像員警與罪犯。方子元當過那麼多年的律師，經歷過各種大場面，卻從來沒有像今天這麼被動。

李飛龍端起酒杯道：「來，妹夫，我們喝一杯！」

方子元低著頭喝了一口酒，酒是好酒，可他現在這心情，根本品不出酒的好壞。

李飛龍笑道：「你好像不開心？」

方子元抬起頭，用哀求的口吻說道：「看在雪晴的份上，你放過我好不好？萬一我被——自殺了，她怎麼辦？」

李飛龍的微笑慢慢凝固在臉上，用一種很奇特的眼神看著方子元，緩緩說道：「你說這話是什麼意思？」

「沒……沒什麼意思！」方子元不敢碰上李飛龍的目光，忙又低下頭去。

李飛龍說道：「沒有意思就好，我可以告訴你，朱時輝老婆的死和我沒有半點關係，我找你吃飯的目的，是想讓你幫我！」

「幫你？」方子元張著嘴巴，他懷疑是不是自己聽錯了。

李飛龍點燃了一支煙，說道：「當年你跟雪晴結婚的時候，我爸就想讓你去考公務員，憑你的本事，再加上他的關係，隨便幫你一下，混到現在，你好歹也得是一個副局級幹部了，是吧？可是你居然一門心思要當律師，爲這事，老頭子對你一直有看法。人各有志，無須強求！想不到你當律師也當得不錯呀，在高源市，誰不知道你方大律師呢？他也想通了，你選擇的路子是對的，還是當律師好呀，沒有那麼多壓力，沒必要活得那麼累！」

方子元說道：「哥，都是自家人，有什麼需要我幫忙的，儘管說吧！」

李飛龍恢復了笑容：「這才像自家人說的話，這麼多年，我李飛龍可沒求你幫過什麼忙，這是第一次，對吧？」

方子元點了點頭：「倒是我們家要你和伯父幫了不少忙！」

李飛龍說道：「以前你只知道我是做房地產、做外貿的，現在知道我的真實身分，你會怎麼想？」

方子元說道：「也沒怎麼想，你當你的老闆，我做我的律師。大家都是親戚，和和氣氣的，能幫就儘量幫一把！」

李飛龍說道：「想跟你說聲對不起，其實那天齊隊長帶人去你家，是我的意思，老頭子後來知道了這事，還罵了我一頓。」

公安系統的那些大大小小的頭兒，很多都是李樹成一手栽培的，李飛龍要想叫人家去辦點事，還不是小兒科？

李飛龍接著說道：「朱時輝把那麼重要的東西交給你，說明他跟你的關係很不一般，我們雖然是親戚，可也有胳膊肘往外拐的時候，你說是吧？」

方子元說道：「我雖然知道你是他的老闆，可不知道你想要那份資料呀！如果資料還在我手上，你給我來個電話，我能不給你麼？」

李飛龍高深莫測地一笑，問道：「還沒有找到麼？」

方子元說道：「那天晚上喝了不少酒，糊裏糊塗地去你家，說完那些話之後回來，真的想不起來放在哪裏了！」

李飛龍端起酒杯說道：「來，我敬你！」

方子元端起杯子喝了一口，這才感覺到杯中之酒的綿甜醇香，他仔細一看放在桌邊的酒瓶，原來是三十年陳釀的紅運郎酒。

李飛龍笑道：「看什麼？喝吧，這酒不上頭的。方大律師這種身分的人，你可別說沒喝過！」

方子元確實沒有喝過這種酒，但是他喝過其他牌子的酒，有些酒的味道和這差不多，但是價錢卻相差了不知道多少倍。有錢人抽煙喝酒，不是真正地去品味，而是顧及面子問題，擺排場，要的就是牌子。

方子元微微笑了一下，說道：「哥，你還沒說要我幫你做什麼呢。」

李飛龍笑道：「不急，不急，吃完飯帶你去一個地方，認識幾個人！」

既來之則安之，方子元逐漸放下心來，和李飛龍頻頻舉杯，兩人都是場面上的人，酒量都不小，沒一會兒，那瓶紅運郎酒就見了底。

李飛龍看吃得差不多了，拿出手機打了兩個電話，用餐巾紙抹了抹嘴，起身就走。方子元跟在他後面下了樓。

李飛龍邊走邊說道：「你就不要開車了，跟我的車過去就行！」

李飛龍的車子是價值六百多萬的勞斯萊斯幻影，據說這款車目前在國內也沒幾輛。豪車就是豪車，車子啓動後在街道上行駛，聽不到一絲雜音，車內蕩漾著軟綿綿的輕音樂，這種無可挑剔的音質，彷彿讓人置身於歐洲的某場音樂會現場，聆聽著大師們的傑出表演。

方子元坐在車內，以他現在的心情，居然無法感受到這款豪車帶來的舒適。但是車子主人的那種狂傲和霸氣，卻從車速上毫無保留地體現出來了。

從他們所處的酒樓到李飛龍的公司樓下，一路上共闖了四個紅燈，用時十二分鐘。要是換成方子元自己開車走這麼遠的路，非得二十分鐘以上不行，這還不包括等紅燈的時間。

不可否認，從方子元認識李雪晴開始，到結婚這麼多年，和李樹成家接觸得較少。他也深知和李樹成的談話有很多避諱，所以每次去李樹成家，除了帶去應有的親情問候外，就再也沒有別的話題可談了。

因此，對於李樹成家的實際情況，他幾乎一無所知。他只當他的律師，從不關心業務之外的事情。要不是因為朱時輝，他絕對走不近李飛龍的身邊。更想像不到高源市赫赫有名的虎老大，就是他的妻舅。

他們乘電梯上樓，走進一間佈置得幾近奢華的辦公室，見那裏已經坐了三個人。其中兩個是方子元的熟人，程明德和宋玲玲，另一個則沒見過。李飛龍介紹後，他才知道，這個叫莊東林的瘦子，居然就是葉水養的貼身秘書。

除了幾句客套的問候外，大家幾乎沒有說別的話，完全是用眼神交流的。看得出，其餘三個人好像各有心事。

李飛龍親自為他們泡上了極品鐵觀音，一股濃郁的茶香在室內瀰漫開來。方子元端起小杯子呡了一小口，不知道是酒喝多了還是別的原因，他只覺得舌頭有些發麻，根本品嘗不出鐵觀音特有的醇厚來。

他見莊東林喝茶的時候，眉頭微微皺了一下。大家見面的時候，他就有些奇怪，葉水養和李樹成的關係，那是眾所周知的，憑莊東林的身分，怎麼會在這裏？

不過話又說回來，現在的人都很精明，懂得如何很好地保護自己。莊東林身爲葉水養的貼身秘書，在葉水養出事後，要想保住自己的地位，就必須尋找新的靠山。

這也許就是莊東林出現在這裏的原因。

李飛龍也沒有讓他們多說話，只告訴他們，大家都是朋友，是爲了一個共同的目標走到一起來的，那就是爲死去的葉水養翻案。

人都已經死了，罪名是市委市政府的領導、省裏派下來的調查組經過研究決定的，如果替葉水養翻案，就等於和政府部門打官司。就憑他們這幾個人的力量，能行麼？

沒有永恆的朋友，沒有永恆的敵人，只有永恆的利益。這句話是著名的英國政治家班傑明·迪斯雷利說的，後來被很多政治風雲人物和商界精英奉爲聖言。

方子元不懂政治，也不會做生意，但是他很明白那句話的意思。李飛龍把他們幾個人叫到一起，無非是爲了兩個字——「利益」。

但是他想不明白，李飛龍爲什麼要這麼做，這麼做的好處究竟在哪裏？其他人有沒有利益他不知道，而他卻是一點利益都沒有的。

因爲他是被逼來的，完全身不由己。從朱時輝給他那份資料，求他向李飛龍說好話開始，他就被莫名其妙地扯了進來，怎麼擺脫都擺脫不了。既然擺脫不了，那就只好認命。爲了老婆和孩子，他只有被人家牽著鼻子走。

前後還不到十分鐘，茶几上的那壺鐵觀音還在冒著熱氣。李飛龍並沒有太多的廢話，說過那幾句話後，就起身送客。

他們幾個是分乘不同的電梯下樓的，從不同的方向離開那棟大廈。坐在計程車上，方子元想打程明德或宋玲玲的電話，問問今晚是怎麼回事，可一摸口袋，才知手機忘在辦公桌上了。

他也不想多事。

在知道李飛龍的另一重身分後，他越來越覺得這個人非常可怕。那薄薄的眼鏡片後面的目光，是那麼的深邃和複雜。當李飛龍盯著他時，一種無形的壓力，竟然逼得他喘不過氣來。

他自信當過這麼多年的律師，見過形形色色的人，從那些人的眼神和臉部表情上，就能夠將他們心裏的想法猜個八九不離十。

可是他面對李飛龍時，卻根本無法猜測到對方此刻在想些什麼，就像一個學習很差的學生，望著老師寫在黑板上的數學題，想破了腦袋，都無法想出答案。

但是他明白，李飛龍那麼做，肯定有那麼做的道理。

家是很溫馨的。

方子元回到家，已經十一點多了。

平常這個時候，李雪晴已經給女兒講完童話故事，沖完涼換上睡衣，躺在床上睡覺了。可是今晚她並沒有睡，而是坐在客廳的沙發上，默默地等著他。

在她面前的茶几上，放著一盒打開的蛋糕，上面插著幾根蠟燭。他這才想起，今天是什麼日子。

她望著方子元，幽幽地說道：「自從齊隊長帶人到家裏來過之後，我就發現你變了。傍晚就打你的手機，一直沒人接！」

方子元走過去坐在妻子的身邊，擁住她，充滿愧疚地說道：「對不起！」

「說對不起有什麼用？今天是什麼日子，你自己都不記得了，女兒本想給你一個驚喜，可她實在等不了！看你明天怎麼向她解釋！」李雪晴說完後要起身，卻被方子元拉住。

方子元低聲道：「難道你不想知道發生了什麼事？」

自兩人結婚以來，對於方子元工作上的事，他不說，她是從來不主動去問的。

李雪晴說道：「齊隊長帶人來家裏的時候，我打電話給伯父了，他說可能是誤會。可他們帶著搜查令上門的，怎麼可能是誤會。這幾天，我一直等著你主動說，可你一直都沒說！」

方子元把身體往後一仰，靠在沙發上，閉著眼睛問道：「你難道不知道你那個堂哥李飛龍是做什麼的？」

李雪晴說道：「他不是方園集團的老闆嗎？生意做得挺大的，前些日子我還聽伯母說，他可能要去省城定居，說是在那裏辦事方便！」

方子元睜開眼睛問道：「你真的不知道？」

李雪晴有些奇怪地說道：「我知道什麼呀？」

「你那堂哥還有一個名字，就是虎老大！」方子元接著把這幾天來發生的事都說了，只不過隱瞞了他和宋玲玲喝咖啡，以及吳雅妮給他那張借據的事。

李雪晴瞪大了眼睛，有些不可思議地望著方子元，過了好一會兒才說道：「要不我去找伯父說

說，這事跟你沒關係！」

方子元說道：「你傻呀！要是你伯父能聽你說，齊隊長也不會帶著搜查令，連招呼都不打就上門來了！」

李雪晴急道：「那份資料已經遺失了，你說怎麼辦？」

方子元說道：「那份資料固然重要，只怕這個時候，你伯父的目的不僅僅於此了！官場上的那些彎彎繞繞我不懂，也不想知道，爲了你和孩子，我只有按你堂哥說的去做！」

官場上的利害關係，方子元不懂，可李雪晴懂呀！她十分擔心地說道：「聽說省裏的調查組明天就要走，調查組一走，市裏的問題，肯定是市裏的領導說了算。葉水養已經死了，他們到底想幹什麼？」

方子元說道：「這得去問你的伯父，你堂哥肯定是按他的意思去辦的。這段時間你在單位裏，得多留意些事。」

這話不用方子元交代，李雪晴也知道該怎麼做。夫妻倆商量了許久，也商量不出一個子丑卯酉來。

蛋糕肯定沒有心思吃了，方子元洗過澡躺到床上，李雪晴偎依在他的懷中，用手撩撥著他。可他滿腦子都是這幾天發生的事，根本提不起興趣。最後爲了安慰妻子，配合著來了一回。

夜已深，方子元看著懷中的妻子發出熟睡的聲音，他根本沒有睡意，不知道明天又會發生什麼事。不過，他覺得有必要和孟瓊談一談。

那個女人，也許是問題的關鍵。

- 第 4 章 -
女檢察官

他像做賊一樣進了賓館，躡手躡腳地上了樓，敲開了三〇二的房門。進了房，看清宋玲玲身上穿著的衣服，他頓時覺得頭大了許多，預感到今天會出事。

她一身半透明的真絲睡裙，外加浴後未乾的散亂頭髮，最勾引人的是那雙媚眼。

「宋……宋檢察官，我們在……在這裏談事，好像有……有些不妥吧？」方子元的眼睛發直，連説話都結巴了。

許宗華一連抽了三支煙，眉頭打成了結。他這次帶隊來高源市查案，就怕無功而返，哪知工作才開展幾天，就遇到這樣的事情。

那天他和葉水養談話，並沒有覺察出對方有什麼不對，他也一再交代負責看管葉水養的王林和莫志華，要是有什麼異常的情況，無論是什麼時候，都要立即向他彙報。

事情都已經發生了，他只怪自己的工作太疏忽。他已經仔細詢問過王林和莫志華好幾次，而且也認真看過那些卷宗，想從中找出一些與葉水養自殺有關的蛛絲馬跡。無論他怎麼分析，都找不出葉水養自殺的理由。

上面的處理結果很快下來了，對於葉水養的自殺，許宗華負有不可推卸的責任，暫時停止調查組所有的工作，所有工作人員回省裏等待最終處理結果。

就這麼灰溜溜地離開高源市，許宗華實在心有不甘。這次的工作沒有做好，會影響他在領導心目中的形象。回到省城，只需上面的領導一句話，他這個秘書二處的處長就當不成了。

方才市裏的幾個領導來看過他們，市長余德萬代表市裏領導對他們表示了慰問，也對葉水養的自殺深表遺憾，說市裏已經安排了葉水養的追悼會，在他的問題沒有徹底查清，處理結果沒有下來之前，不管怎麼說，他畢竟還是常務副市長。

另外，余德萬還說市裏準備爲調查組的同志們餞行，看什麼時候安排比較方便。

說話的時候，許宗華看到他們的眼中隱約有一絲幸災樂禍，雖然言語間顯得很親熱，可是那種親熱勁兒，卻讓人極爲不舒服。

葉水養的後事，自然有市裏去安排，調查組的任務就是吃完餞行宴，第二天帶著有關資料拍拍屁股走人。

晚上的餞行宴安排在市委食堂的大包廂裏，市裏的幾個領導都來了，飯菜不豐盛，卻也過得去，都是當地的特色。觥籌交錯之間，賓主的關係越來越融洽，氣氛也越來越和諧，不料就在宴席接近尾聲的時候，有一個人舉著酒杯突然大聲道：「葉副市長死得實在不值呀！」

乍一聽到這句話，在座的所有人幾乎都變了臉色。許宗華循聲望去，見說話的人是市政法委副書記兼公安局長李樹成。

李樹成的眼中似乎有淚水在打轉，聲音也變得哽咽起來，他接著說道：「其實葉副市長的工作能力還是相當不錯的，為我們高源市做了那麼多實事，在群眾中的口碑也很不錯。我實在想不通，他怎麼會做出那樣的事呢？」

坐在李樹成旁邊的余德萬連忙拉住他道：「老李，你喝多了吧？」

「我很清醒！」李樹成環視了一眼大家，接著道，「今天，省裏來的調查組同志都在，大家都知道他是自殺的，可是你們想過沒有，他為什麼要那麼做？人無完人，工作上的失誤，那是在所難免的，在座的哪位同志在工作上沒有出現過失誤呢？不能因為他有那一點失誤，就把他一棍子打死。我聽說舉報資料上說他貪污受賄一千多萬……」

余德萬陰沉著臉厲聲道：「夠了，人都死了，你還想怎麼樣？你想替他翻案不成？」

立即有人起身，連哄帶扯將李樹成拉了出去。飯吃到這分上，大家都索然無味起來，相互寒暄一下，就起身離開了。

回到住處，蘇剛進了許宗華的房間，坐下後說道：「許處長，你看出來沒有？高源市的問題不小。」

只要不是傻子，都能從今晚的踐行宴上看出高源市幾個領導之間的問題。可看出來有什麼用，在官場上，同事之間的那種微妙關係，是眾所皆知的。

許宗華起身道：「走吧，我們出去散散步！」

兩人出了酒店，沿著燈火輝煌的街道往前走。街邊的路燈和霓虹燈映出婆娑的樹影。

兩人並肩在街邊走著，低聲談著這幾天來發生的事。蘇剛突然問道：「今晚歡送宴席上，我不明白那個李書記為什麼要那麼做，這不明擺著讓市裏的那些領導在我們面前難堪嗎？」

許宗華微笑著說：「我讀中學的時候，教我化學的一個老師，就曾經對我說過，人生就是一個大舞臺，就看你在這舞臺上扮演什麼角色，會不會演戲！」

蘇剛問道：「你的意思是，他們在演戲給我們看？」

許宗華說道：「如果葉水養不自殺，情況絕對不是這樣！」

蘇剛說道：「我總覺得葉水養的死有很大的問題，從各種跡象上分析，太不合常理了。可他確確實實是自殺的。」

許宗華淡淡地說道：「那是有人逼他，他不得不自殺！」

蘇剛問道：「你認為誰在逼他？」

許宗華微笑道：「每個人都有可能，包括我們！」

「包括我們？」蘇剛有些想不明白了。

許宗華呵呵一笑：「有些事你明知道是什麼人所爲，卻對他們無可奈何。這樣的事情，我遇到太多了。你還年輕，以後經歷的事情多了，就會明白。」

蘇剛「嗯」了一聲，通過這幾天的詢問和調查，他也知道高源市有很大問題，可是他們就像一群拿著斧頭的壯漢，面對一堵鋼筋混凝土澆築的牆壁，不知道用什麼方法才能把這堵牆推倒，將躲在牆後面的人揪出來。他不無擔心地問道：「我們就這樣回去，是不是有點……」

許宗華說道：「還能有什麼辦法？」

有幾個人圍在前面街角的一張小方桌前喝茶聊天，他們走過去時，聽到其中一個人說：「……你們說這調查組的人都是幹什麼吃的？葉市長一個大活人都看不好，明明是被殺的，還硬說是自殺……」

另一個人說道：「你們說上面下來的人是不是都瞎了眼，我們高源市那麼多貪官不抓，葉市長那麼好的人，憑什麼被抓呢？唉，這年頭呀，好人是做不得的！」

一個年紀最大的老人慢悠悠地說道：「唉，你們不知道呀。上面下來的人又怎麼樣呢？和那些貪官都是一夥的，人家收了錢，自然要辦事呀！只要人一死，就什麼事都沒有了！他們回去也好交代。只是委屈了葉市長，人死了還要背個貪官的罪名！我們這些老百姓，都替他不服呀！」

剛才說話的那個人說道：「不服又能怎樣？難不成你跑到市政府門口替葉市長喊冤去？」

蘇剛聽著很不服氣，正要開口說話，卻被許宗華用眼神制止住。那幾個聊天的人也發現了兩個陌生的人在旁邊偷聽，趕緊換了話題。

走了一段路之後，許宗華低聲道：「難道你不認爲他們說的那些話，都有一定的道理？」

蘇剛說道：「可是我們並沒有……」

許宗華用眼神示意蘇剛往後看，蘇剛扭頭往後面看時，見離他們不遠的地方，有兩個人很快躲進路邊的樹影裏。

許宗華說道：「他們一直跟著我們，你猜猜他們是什麼人？」

蘇剛說道：「可能是負責保護我們的吧。」他見許宗華露出一抹冷笑，忙改口道，「要不就是有人派來跟蹤我們的！」

許宗華低聲說道：「我們一直高高在上，就是有問題也看不到呀！對於我們這些上面下來的人，人家可是保護得很周到的！」

蘇剛看了一眼那些五光十色的霓虹燈，還有街邊那一排排生意興隆的店鋪，說道：「我有一個同學是在這裏當律師的，聽說比較出名，要不我約他見面，也許他能幫上我們什麼忙！」他好像想起了什麼，接著說道，「我們明天就回去了，還能怎麼樣？」

許宗華平淡地說道：「還是回去吧！如果我沒有猜錯的話，明天還有一齣好戲看呢！」

他猜得一點都不錯，有一場好戲正等著他們去看！

次日上午，調查組一行人的車隊，在高源市幾大領導的注目下，緩緩駛出高源市政府大門。兩輛走在車隊前面的警車開道，不時拉響威風十足的警笛，要前面的車輛讓路。

許宗華身爲省委秘書二處的處長，享受這種特殊待遇的，還是第一次。

透過車窗，他看著道路兩邊那些神色各異的行人，心裏五味雜陳。昨天晚上許宗華回到住處，想著在街邊聽到的那些話，越想心裏越不是滋味。

坐在他旁邊的蘇剛說道：「許處長，今天這排場可夠大的，我們這些不起眼的人物，還享受了領導的特殊待遇，警車開道！」

他見許宗華不說話，便繼續說道：「許處長，你不是說有一場好戲可以看的麼？再過一會兒就上高速了，戲怎麼……」

他的話還沒有說完，車子猛的一個急剎，他的頭隨著慣性撞在前座的椅背上，頓時磕得生疼。許宗華似乎早就有所準備，並沒有被撞到。

坐在副駕駛位置上的那個工作人員叫道：「前面有人擋道！」

是的，前面是有人擋道，不是一個，而是一群。他們趁車隊過市中心廣場人行道而車速稍緩的時候，從右側的人行道上衝到第二輛警車的後面，堵住了調查組的車隊。爲首的是一個四五十歲的女人，那個女人的手上高舉一張大白布，白布上寫著一個紅色的「冤」字。

蘇剛摸著脹痛的額頭，怔怔地看著前面問道：「她在替誰喊冤？」

許宗華淡淡地說道：「一個自殺的人。」

蘇剛望著許宗華，不解地問道：「這就是你所說的那場好戲？」

許宗華微微一笑，說道：「你和我都是這場戲中的角色，是人家導演安排好的！」

「導演？誰是導演？」蘇剛似乎不明白許宗華的意思。

前面的車輛中已經有人下車，不斷有員警圍上前去，維持秩序。場面顯得有些亂，但並未發生肢體衝突。

前面過不去，車隊無法掉頭，幾輛車都停在那裏。

蘇剛看了一會兒，似乎看出來了，他說道：「這是有組織的行動。許處長，我見過那個女的，是葉市長的愛人！」

常務副市長的老婆帶人攔住省調查組的車隊喊冤，這下新聞媒體可有大新聞可抓了。可是十幾分鐘過去了，現場卻不見一個抓拍新聞的記者，倒是有不少路邊的人拿著手機在拍。沒等那些人拍上幾秒鐘，訓練有素的便衣就衝過去，連哄帶逼，將那些人的手機給沒收了。

有幾個領導模樣的人趕了過來，正在和那些堵路的人商量著什麼。蘇剛他們坐在車內，加上距離較遠，根本聽不到那些人在說什麼。他們只能靜靜地看著，根據那些人說話時的動作，猜測其中的意思。

許宗華問道：「你真的認得她？」

蘇剛說道：「是她，沒錯！葉水養自殺的那天傍晚，她來過我們住的地方，說是想見上一面。我正好從外面進來，聽旁邊的工作人員介紹，才知道她是什麼人。按照規定，被雙規的人是不允許和外界有接觸的，所以我沒讓他們見面！」

許宗華說道：「我看過他的家庭資料，妻子原來在化工廠上班，失業後一直待在家中，女兒大學畢業後去深圳一家外企上班，後來嫁給了一個德國人，現在已經移民去了德國。」

蘇剛說道：「我去過他家，就在江邊的一處居民區裏，那是上世紀八十年代建的房子。家裏的擺設很簡單……」

許宗華點了點頭，這些情況他都知道，可又能說明什麼呢？堂堂的常務副市長的家居然跟普通人差不多，是表面現象還是確實如此？

根據那些舉報資料，這幾年來，葉水養就以多種名義向大生建築公司總經理董和春要錢，前後共收受賄賂達八百多萬。

奇怪的是，當調查組去銀行部門查賬時，葉水養和他妻子的帳號上，加起來不過十來萬。那些錢到哪裏去了？

諸如此類的問題還有很多，許宗華本想一步步地查清楚，誰知道葉水養居然跳樓自殺了。現在可好，丈夫跳樓自殺，妻子攔街喊冤。

許宗華揉了揉有些發漲的太陽穴，短短幾天的工作，竟讓他有種身心疲憊的感覺。按道理，這類的調查案件，應該是省紀檢部門的人帶隊下來才對，現在居然讓他這個幹秘書工作的人帶隊下來調查。雖然這次調查組的陣容強大，可仔細一看，居然沒兩個能夠擔當調查任務的人。總之，他們下來的真正任務，不是調查問題，而是和以前一樣，是在走過場。這一點，在他下來之前看到那張調查組人員名單時，就已經明白了。但是，省委副書記王廣院對他說的那番話，卻讓他不得不有所考慮。

他非常清楚自己的處境，所以他也知道自己該幹些什麼。過場要走，問題也要查，至於深淺程度，就看自己怎麼去把握了。

不管怎麼說，黑鍋總要有人去背的。

他望著外面有些混亂的場面，嘴角微微露出一抹笑意。

距離律師事務所不遠的街角，有一家名叫又一春的茶樓。這家茶樓除了裝修得很具有濃厚的鄉村氣息外，服務也相當不錯。叫上一壺茶，只要你有時間，可以在這裏坐上一整天。看看雜誌或者報紙，當然，也可以點些特色小吃和茶藝套餐，細細地品嘗。

方子元經常來這裏，有時候和同事朋友，有時候是一個人。此刻，他正坐在一間雅座裏，還沒喝上幾口茶，就有三個人推門進來了。爲首的正是他要等的李飛龍，後面兩個是李飛龍的助理，說白了就是保鏢。

李飛龍坐下後，將一份個人簡歷放在方子元的面前道：「你看看！」

方子元拿起簡歷：查金梅，女，一九六三年生，一九八一年畢業於高源市共產主義大學，同年被安排到市化工廠當技術工，一九八三年嫁給時任化工廠車間主任的葉水養，次年生下女兒葉麗。一九九七年化工廠倒閉成了失業員工，二〇〇三年辦理了病退手續。

李飛龍問道：「你看出來沒有？一九九七年化工廠倒閉的時候，葉水養就是市外經貿副主任，他完全有本事幫他老婆找一份更好的工作，他爲什麼沒有那麼做？」

方子元搖了搖頭，表示不明白。

在方子元的潛意識裏，葉水養真的很「傻」，有權不用過期作廢的道理，居然都不懂。官當到常務副市長的位置上，還住在那樣的房子裏，連老婆的工作都沒有解決。現在人死了，還落個畏罪自殺的罪名。

簡歷的最下面還有一個手機號碼，估計是查金梅的。

他鼓足勇氣問道：「人都已經死了，我們爲什麼要替他翻案，再說，他和伯父之間……」

李飛龍打斷了他的話說道：「你只照著我的意思做就行，別的你少問！」

方子元說道：「從法律程序上來說，我們要那麼做，就必須徵得葉水養家屬的同意！」

李飛龍高深莫測地笑了一下：「所以我給了你這份簡歷呀！葉水養在雙規後自殺，查金梅肯定要去鬧的，你這時候去找她，不亞於雪中送炭！以你的本事，一定能夠拿到她的委託權。」

方子元自嘲道：「我打了那麼多年的官司，還是第一次自己主動去找人家要求委託的！」

李飛龍面無表情地說道：「那也要看對方是誰。如果這場官司打贏了，你可不僅僅是我們高源市的名人，有時間回去看看網路上的新聞吧！」

方子元雖然很忙，可他空閒的時候，也是經常上網的，主要是看看國內的新聞，搜索有關法律辯護方面的案例和資料。這幾天他也留意高源市政治方面的事，並未有官方的新聞出現，幾個網友在本地論壇上發的小道消息，很快就被人刪掉了。

既然李飛龍那麼說了，方子元肯定要去看一看的。

李飛龍說話做事乾淨利索，吩咐完了就走人，從來不會陪客人閒聊喝茶。方子元拿著那份簡歷，看著他離去的背影，不由得思索起來。

就這份簡歷能夠說明什麼?身居高位的葉水養不以權謀私麼?市裏有幾個領導的老婆是上班的?就算是上班的，也是在某個無關緊要的部門，每天去晃一下就回家，工資不少拿。

他收起那份簡歷，又喝了幾口茶，想起昨天晚上考慮的問題，便拿出手機要打孟瓊的電話。不料此時手機卻響了，是宋玲玲打來的。

這個女人的聲音仍是那麼豪爽：「方大律師，你在哪裏呀?」

方子元說道：「我在外面喝茶，宋檢察官，有事麼？」

宋玲玲咯咯地笑了兩聲，說道：「打你的電話，當然有事了。昨天晚上在李總的辦公室裏和你見面後，回到家就想給你去電話，那麼晚了，怕你有想法，所以才沒有給你打！」

半夜和異性通個電話，只要是業務方面的，能有什麼想法？由此可以看出，宋玲玲倒是會替別人考慮問題。

「我也想給你打呢，就怕李總知道後不高興！」方子元說的倒是實話，接著說道，「我有點不明白，他把我們幾個叫過去見一面，說上那幾句話，不知道是什麼意思！」

「你是真不知道，還是假不知道？」宋玲玲說道，「這樣吧，你來我這裏，我們好好談談！」

她隨後說了一個地方，鴻泰賓館三〇二房。

方子元微微一愣，這個時候，宋玲玲應該在檢察院上班才對，跑到鴻泰賓館去做什麼？難道去那裏開房的目的，就是想約他見面？

鴻泰賓館是位於市郊的一個小賓館，坐落在一個湖泊的邊上，這裏山清水秀風景如畫，每逢節假日，便有許多人開著車來這裏休閒度假。

方子元以前陪朋友來釣魚，就住在這裏。沿湖一帶的岸邊，有許多特色農莊和旅館，就是專供那些客人休閒娛樂的。

當然，這裏也是情人約會的好地方，不一樣的氛圍，自然有不一樣的感覺。

他聽程明德炫耀過，和一個外地的女網友見面，帶人家到那裏，釣魚燒烤之後，穿上泳衣在湖

裏游個來回，兩人就抱一塊了。回賓館啥話也不用多說，脫掉衣服就幹那事。興許那晚給女網友留下了深刻的印象，後來還幾次想來這裏，可程明德的新鮮勁已過，再也不理人家了。

今天不是週末，所以到這地方來玩的人不多。方子元將車子停在鴻泰賓館旁邊的草地上，下車時還特地留意了一下，還好，沒有看到熟人。

他像做賊一樣進了賓館，躡手躡腳地上了樓，敲開了三〇二的房門。進了房，看清宋玲玲身上穿著的衣服，他頓時覺得頭大了許多，預感到今天會出事。

她一身半透明的真絲睡裙，外加浴後未乾的散亂頭髮，最勾引人的是那雙媚眼。

「宋……宋檢察官，我們在……在這裏談事，好像有……有些不妥吧？」方子元的眼睛發直，連說話都結巴了。

程明德向他傳授過玩女人心得，二十歲以下的女人是李子，味酸而甜，很多人都喜歡吃，但不宜多吃，容易上火。三十歲以下的女人是雪梨，吃起來很甜，但吃到最後越來越酸，弄得不好能酸到你的牙齦。四十歲以下的女人是熟透了的水蜜桃，很多這種年紀的女人，都是女人中的極品，尤其是那些老公不在身邊的怨婦，輕輕咬一口，蜜汁狂噴，弄不好噴得你一頭一臉，想洗都洗不乾淨。曾經有兩個二十多歲的少婦鬧到律師事務所來，非要和程明德結婚，後來花了不少錢才擺平。

照程明德的話說，宋玲玲應該就屬於那種多汁的水蜜桃，這種身材高挑不失手韻且長相不俗的女人，應該就是女人中的極品了。

宋玲玲有些得意地看著方子元，用一種女性特有的溫柔聲音問道：「方大律師，你怎麼了？」

方子元清醒過來，忙道：「沒……沒什麼。我只是覺得在這裏見面，而你又穿成這樣子，讓我有些不自然！」

宋玲玲笑道：「能夠使你不自然，就說明我很有魅力，對不對？」

方子元沒有否認，他低聲說道：「我不會做對不起老婆的事！」

宋玲玲正色道：「我知道你是個好男人，所以想救你！」

方子元一愣：「救我？」

宋玲玲坐在床邊說道：「是的，救你！」她很優雅地點了一支煙，吸了一口，吐出幾個漂亮的煙圈，接著說道，「你有沒有想過，樂逍遙娛樂城的朱總，爲什麼要把一份很重要的東西交給你？」

方子元搖了搖頭，這件事從開始到現在，他都是一頭霧水。他望向窗外，見外面不知什麼時候下起了淅淅瀝瀝的小雨。

宋玲玲有些得意地笑了一下：「那天晚上在李總的辦公室內見到你，從你的眼神中我就猜到，其實你是被捲進來的。後來我才知道，原來樂逍遙娛樂城的朱總給了你一份東西！」

方子元著急地問道：「你知道那份文件裏有什麼嗎？」

宋玲玲認真說道：「如果你看過，你就不會這麼問我了！」

方子元拿到手之後，並沒有看過，所以根本不知道裏面有什麼。吳雅妮告訴過他，那份資料裏面有加了密的光碟，而密碼只有她才知道，現在她死了，沒有人知道密碼，就算找到那份資料也沒用。他低聲道：「我怎麼可能看過？」

宋玲玲媚眼如絲，嬌笑道：「你想知道答案的話，就看你在床上能有多大的能耐！」

眼前騷得不行的這個女人，活脫脫的一個蕩婦，實在讓方子元大跌眼鏡，那個在法庭上正襟危坐、義正詞嚴的女公訴人，換了一個地方，換了一身衣服，就成了這模樣。也許他孤陋寡聞，像宋玲玲這樣的女人，怎麼可能不在外面「偷食」呢？只不過善於「隱秘行動」，知道的人不多，緋聞沒有傳出去罷了。

看來今天是躲不過去了，要想弄清事情的真相，只有和這個女人上床。雖然方子元不願意做對不起李雪晴的事，可在這種時候，這種地方，這種情況下，縱使他一萬個不願意，也由不得他了。更何況，他的身體反應積極，已經出賣了他的靈魂。

時間和技術最能充分證明一個男人的魄力，一個多小時之後，渾身癱軟的宋玲玲喘著粗氣，非常虛弱地說道：「我沒看錯，你果真是個男人中的男人！」

方子元斜靠在床頭，點燃一支事後煙，緩緩說道：「宋檢察官，你現在可以說了吧？」

宋玲玲說道：「我可以告訴你，但是你得保證，絕對不能說出去，否則朱時輝和地稅局副局長劉兆新就是你的榜樣，我宋玲玲跟著你倒楣！」

方子元點了點頭，從這些天來的經歷中，他已經知道這件事的嚴重性。李飛龍和孟瓊都要他找到資料後立即毀掉，裏面的內容，肯定是至關重要的。

宋玲玲沒有說話，而是裸著身子下了床，走到電視櫃邊上，拿起上面的一件東西來。方子元定睛一看，原來是一架微型攝影機。他剛進來的時候，注意力全在宋玲玲身上，並沒有留意到電視機旁邊的那玩意兒。當下叫道：「宋檢察官，你這是什麼意思？」

宋玲玲微微一笑，不以爲然地說道：「沒什麼意思，純屬個人愛好！」

方子元下床去搶微型攝影機，卻被宋玲玲躲過。他生氣道：「宋檢察官，我們都不是孩子，希望你明智點。」

宋玲玲嬌笑道：「方大律師，攝影機的儲存卡和問題的答案，你只能選一種！」

方子元正是想知道問題的答案，才和宋玲玲上的床，如果這種東西被她捏在手裏，他就成了她身底下的羔羊，任由她擺佈了，他是幹律師的，深知證據的重要性，稍有不慎，後果不堪設想。他問道：「被你拍的人，我絕對不是第一個，是吧？」

宋玲玲咯咯地笑起來，笑得胸前那兩個誘人的肉團上下顫動。說句心裏話，近四十歲的女人，還能有這種身材的，一百個人裏面找不出兩個。作爲男人，最痛恨的莫過於老婆給自己戴綠帽子，真不知道她的男人是怎麼想的，放著這個尤物不用，甘願當郵電局局長。

方子元上前一步，說道：「答案我想知道，但是你手裏的那個東西，我也想要。宋檢察官，你我都是懂法律的……」

宋玲玲打斷了方子元的話，說道：「我知道，是我主動勾引你的，放心，我不會去告你強姦！我既然把事情的真相告訴了你，肯定也得有所防備，你說是吧？簡單點說，我們兩人相互制約，誰也不能把誰怎麼樣。當然，能夠擁有你這樣的男人，是我的幸福，我會珍惜的。請你放心，偷情歸偷情，絕對不會影響各自的家庭！」

話已經說到這份上，方子元還能說什麼？他看著宋玲玲手裏的微型攝影機，低聲說道：「現在你可以告訴我了！」

宋玲玲收好微型攝影機，穿上衣服，坐到窗邊的沙發上，翹起二郎腿，恢復了女檢察官應有的氣質和神態，說道：「我和你一樣，都被別人抓在手裏不能動，都是別人手裏的棋子……」

方子元找了一張椅子坐下來，靜靜地聽宋玲玲講下去。

「……在高源市，只要不是內部人，都不知道他就是虎老大。方園集團只不過是他對外的一個幌子，他真正賺錢的地方，就是市裏的那幾家夜總會。還有你想不到的，就是他幫人洗錢。很多人都認為，李樹成和葉水養兩人水火不容，其實他們是朋友，生意上的朋友。李飛龍的所有生意，葉水養和市裏的幾個領導都有股份。有利益就有衝突，我想你也知道……」

方子元忍不住問道：「你也有股份？」

宋玲玲說道：「當然，只不過占的份額很少，一年大約能夠分個兩三百萬！」

方子元有些驚呆了，連宋玲玲這樣的人物都能分兩三百萬，那葉水養能分到多少？

宋玲玲接著說道：「這件事的起因，是年底的人事換屆。早就有消息傳出來說，余德萬要調到省裏去，葉水養當市長，李樹成退到二線當調研員。這樣一來，權力的變化導致了利益的紛爭，我不知道他們是怎麼談的，反正談崩了。李樹成暗中搜集葉水養的黑資料，捅到上面去了，所以上面派了調查組下來調查。其實李樹成並沒有想整死葉水養，他那麼做，只是要讓葉水養知道，大家都是自己人，不要把事情做得太絕。沒想到事情完全出乎他的意料，葉水養突然在不明不白的情況下自殺了……」

明眼人都知道，馬上要升為市長的葉水養，怎麼可能會自殺呢？就算要自殺，也要等調查組掌握他的全部實據之後，覺得人生無望，才會選擇那條路。在問題還沒有定論的情況下自殺，確實令人匪夷所思。儘管政府部門認定他是自殺，可沒有幾個人相信。才兩天的時間，有關葉水養自殺的幕後真相，早已經傳得街知巷聞了，各種版本都有，也沒有人去辨真假。方子元說道：「朱時輝給我的那份資料，極有可能與葉水養有關，是不是？」

宋玲玲說道：「朱時輝只不過是樂逍遙娛樂城的經理，是李飛龍手下的人，可能他知道了什麼不該知道的事，才惹來殺身之禍。」

方子元沒有說話，他在仔細聽。

宋玲玲繼續說道：「……葉水養一死，上面肯定要調查死因，究竟是不是自殺，你我都不知道，只能去猜測！李飛龍感覺會出事，所以要想對策！」

方子元說道：「所以那天晚上李飛龍召集我們幾個，要我們替葉水養翻案，是不是？到時候我一開始申訴，對手肯定是你，對不對？」

宋玲玲露出贊許的神色：「當律師的就是與別人不同，能夠想得到！到時候就算我不是公訴人，也會拿得到葉水養案件的有關資料，對你很有幫助！」

方子元問道：「程明德是什麼身分？」

宋玲玲回答道：「他是李飛龍的法律顧問。」

方子元大吃一驚，和程明德同事這麼多年，只知道他是個玩女人的高手，其他的一無所知。替葉水養申訴，大可叫程明德去做，爲什麼李飛龍卻要他去呢？有時間的話，他想和程明德談一談。他思索了片刻，問道：「也許在李飛龍的眼裏，程明德不僅僅是法律顧問那麼簡單。否則那天晚上，他就沒有必要出現在那裏了。」

宋玲玲說道：「這是他們的事情，我不太清楚。我只知道李飛龍叫我過去的目的，就是和你們見一面。我知道的就這麼多！」

「恐怕還不止吧？」方子元說道，「你很會保護自己呢！宋檢察官，其實你把我叫到這裏來，可不僅僅是勾引我上床那麼簡單。我看得出來，雖然你表面上很鎮定，其實你的內心和我一樣，都很害怕，都想擺脫這件事，對不對？你有沒有想過，我們倆現在的情況都一樣，只有靠我們自己的努力，才能救自己，你明白嗎？」

宋玲玲的眼中閃過一抹無奈，說道：「你太高估你自己了！我還可以再告訴你一件事，葉水養的死，和你那個同事有著很大的關係！」

這一下，方子元驚呆了。

- 第5章 -
初見查金梅

當律師的都會演戲，站在法庭上面對各種人，要用不同的演技去演好自己的角色。正因為會演戲，所以他贏的機率相當高，「名律師」這三個字可不是憑空得來的。

查金梅的眼睛一眨不眨地看著方子元，就像是一個看戲的觀眾，當方子元說完那些話之後，她才說道：「方律師，如果你不說真話，恐怕我們很難合作！」

查金梅攔車喊冤的事鬧得很大，儘管市裏採取了強力壓制的手段防止消息蔓延，但是在這個資訊發達的時代，任何手段都顯得蒼白無力。

許宗華沒能回到省裏，不是他不想回去，而是他沒有辦法回去。發生這樣的事情，他這個調查組組長負有不可推卸的責任。要是被上面知道他未能及時處理，而導致事情鬧大的話，後果非常嚴重。所以他決定向上面彙報，並按上面的意思留在高源市。

蘇剛對他的事情預測能力佩服得五體投地，可佩服歸佩服，副市長的老婆攔車喊冤，終究不是一件體面的事。調查組的所有同志，都覺得有壓力。

他們也清楚，壓力最大的並不是他們，而是市裏的幾個領導。

市長余德萬親自出馬，一再向查金梅說明對葉水養的處理意見，是市委市政府的臨時決議，再三解釋了臨時決議的臨時性後，又鄭重承諾市委市政府會配合調查組的同志，認真查清別人舉報的事情，還葉水養一個清白。

最不能相信的話，就是領導的承諾，這一點查金梅是知道的。所以她堅持要見調查組的組長，直接陳述冤情，否則就去省裏告狀。

就在市政府的小會議室裏，余德萬安排許宗華和查金梅見了面。除了他們兩人之外，現場還有市裏的幾個領導以及調查組的同志。看著那個一臉憔悴的老女人，許宗華代表調查組，爲沒有保護好葉水養的安全，向查金梅表示了深深的歉意。

不料查金梅卻說道：「老葉他不是自殺，絕對不是，是有人想他死，要害他！」

此言一出，除許宗華外，其他的人都驚呆了。李樹成低聲道：「葉副市長是在被雙規後自殺

的，市公安局和調查組的同志都看過現場，證明他確實是自殺，你可別亂說，要負法律責任的。」

他的這幾句話，每個人都能聽出弦外之音來。葉水養是在被雙規後自殺的，言外之意，是調查組的責任，和市裏的幾個領導無關。況且，葉水養自殺的現場，是經過市裏和調查組的人勘察後認定的，誰都沒有辦法推翻；如果質疑葉水養的死因，卻又拿不出有力的證據，那就得承擔法律責任。

查金梅顯得非常激動，大聲叫道：「既然你們都說他是自殺，那你們告訴我，他為什麼要自殺？」

許宗華說道：「我們正調查他貪污受賄一千多萬的事……」

查金梅指著旁邊幾個市裏的領導，大聲叫道：「你為什麼不去調查他們，他們哪一個人的家裏沒有上千萬的，他們哪一個可以摸著自己的良心說，沒有利用手裏的權力撈過錢？」

幾個市領導的臉色頓時變得很難看，李樹成陰沉著臉說道：「你知不知道說這種話的後果？余市長安排你和許組長見面，是想聽聽家屬對這件事的看法和意見，你不是要喊冤嗎？那就拿出證據來，不是讓你來胡說的。」

查金梅說道：「我可不是胡說，我說的都是實話。許組長，你既然是上面派下來調查的，就應該實實在在地去調查，不要聽他們幾個人胡說。」她哭起來，哽咽道，「老葉真的死得很冤，他絕不會自殺……不會自殺……」

李樹成說道：「事實就擺在眼前，是不是自殺，大家都知道！」

沒法再談下去了，許宗華說道：「李書記說得不錯，如果你認為葉副市長不是自殺，可以向上面提出申訴，請國內的專家來勘察現場。我沒有意見！」

他沒意見，其他人更沒有意見。

他起身走了出去。蘇剛追上來，在他身邊低聲道：「許處長，今天好像有點……」

許宗華說道：「回去再說吧！」

回到住處，許宗華召集調查組所有的人開了一個會，簡單地介紹了調查組來高源市後發生的事情，並徵求大家的意見。

每個人都發了言，但都不切實際。他們都和許宗華一樣，從下來的那天開始，就知道自己的使命，該怎麼做，不該怎麼做；該說什麼話，不該說什麼。

許宗華看著大家，說道：「不知道大家想過沒有，葉水養爲什麼要自殺？出事之後，我一直在考慮這個問題，可是我找不到答案！」

他找不到答案，別人更加找不到。不可否認，葉水養確實是自殺，但原因成謎。他望著蘇剛，問道：「你說那天傍晚查金梅要見葉水養，你沒讓他們見面？」

蘇剛說道：「是的，後來我還對葉市長開玩笑說，請他諒解一下，我們是按規定辦事！」

許宗華低著頭說道：「他被雙規後一直都沒事，卻在你告訴他，他老婆想要見他的消息後跳樓了，這兩者之間會不會有什麼聯繫？」

一個省人大派來的工作人員說道：「許處長，你這麼說，我就有點不理解了，人家家屬想見面，那也是正常的事情，總不能說聽到家屬想見面，就要跳樓吧，這也太說不過去了！」

許宗華也無語，他這麼推斷，只是個人的猜測而已。

會議開到這份上，根本沒有了開下去的必要。許宗華宣佈散會，他需要好好靜一下，理清思路後向上級彙報。

方子元逃離了鴻泰賓館，宋玲玲還想和他在那裏共度一宿春宵，被他以老婆不許他晚回家爲由拒絕了，宋玲玲並沒有逼他，只說來日方長。

方子元回到市內已經是晚上七八點鐘，肚子咕嚕嚕地響了一陣，他這才想起從中午到現在一直都沒吃飯。

他記得沿江東路那邊有一家湘味菜館，菜式不錯，價格也很公道。他剛到那家飯館門口，孟瓊卻來電話了，說今天一大早，葉副市長的老婆查金梅帶著一幫子人攔住了調查組的車子，市裏的領導出了面，把那些人都帶到市政府去了。

對這樣的事情，方子元並未放在心上，現今攔車喊冤的事情太多了，前陣子市郊的一些人，爲了拆遷的問題，還到高速公路上去攔車了呢，最後還不是不了了之？

堂堂的市長夫人，有事也應該通過正規途徑來尋求解決，沒必要採取這種極端的方式，帶著一幫人到路上去攔車。

或許這是沒有辦法的辦法，不管結果如何，她要的就是那種影響力，最起碼市領導出面了，有了商量的餘地。

他雖然不認識查金梅，但對於這位未來的委託人，他覺得有必要瞭解一下。能夠在丈夫死後，有膽量帶著那麼多人去攔車的，絕對不是善類。

孟瓊在電話裏還說，大生建築公司老闆董和春已經失蹤了三天，雖然已經報了案，可到現在活不見人死不見屍。

方子元笑道：「這下你連一分錢都不用給他了，不是更好麼？」

孟瓊說道：「你別忘了，在葉水養的案件中，董和春是行賄人。他爲了拿到三千五百萬的市建工程項目，送給葉水養八百萬的好處費……」

方子元問道：「那是紀檢部門的事，你告訴我做什麼？」

他有些奇怪，孟瓊怎麼會那麼關心董和春的生死，之前兩人爲了那筆建築款的事，已經撕破了臉，董和春在法庭上還罵她是臭婊子，被法警拖了出去勒令反省十分鐘。

孟瓊急道：「方大律師，你可不知道，其實大生建築公司是方園集團屬下的公司，真正的老闆是李飛龍。」

方子元「哦」了一聲，心道：從時間上判斷，董和春是在葉水養死後失蹤的，現在查金梅攔車喊冤，從法律角度上來說，如果調查組要想進一步對葉水養定案，就必須拿到確鑿的證據後，通過司法途徑來判決。在司法行使過程中，董和春是個關鍵性的人物。換句話說，如果董和春不露面，調查組就無法再次調查取證。不管怎麼說，背上畏罪自殺的罪名，對活著的家屬而言，終究不是一件體面的事。如此一來，無須他這個名律師出馬，查金梅就能夠替葉水養翻案。

他有些蒙了。董和春是李飛龍的人，或許在葉水養與李樹成的關係惡化之後，被授意去告葉水養的黑狀。現在葉水養莫名其妙地自殺，查金梅攔車喊冤，省裏派來調查組肯定要針對此事深入調查，李飛龍害怕董和春把事情捅出去，才讓董和春「失蹤」。

他不由自主地想起了朱時輝和吳雅妮，從車禍到自殺再到「失蹤」，一個個關鍵性的人物都是

那樣的結果，不得不令他心寒。

孟瓊在那邊急道：「方大律師，你有沒有聽明白我的話？」

方子元說道：「你的意思是李飛龍讓他失蹤的？」

孟瓊說道：「除了他之外還能是誰？」

方子元問道：「你有沒有想過，李飛龍爲什麼要那麼做？」

孟瓊說出了方子元剛才的想法，接著道：「接下來，就該輪到我們了！」

方子元問道：「你爲什麼會這麼想？」

孟瓊說道：「建議你去找查金梅談一談，或許你會有所啓發！」

說完後，孟瓊就把電話掛了。方子元下車去湘味菜館，吃完，看看已經是晚上九點多鐘，拿出那份簡歷，照著上面的手機號打過去，那頭是一個女人接的，聽起來聲音很蒼老：「喂，你好，請問你是哪位？」

方子元說道：「你好，我是方子元律師，請問你是葉市長的夫人查金梅女士嗎？」

電話那頭冷冰冰地說道：「方律師，你有事嗎？」

方子元力圖將自己的聲音變得有幾分感傷，深沉地說道：「葉市長是個好人啊，他爲我們高源市做了那麼多好事，沒想到背後有人捅他刀子。聽說葉市長是自殺的，這話說出去連小孩都不信。葉市長這麼好的人，怎麼會自殺呢？這裏面有什麼內幕，我實在不好說，反正公道自在人心，高源市的老百姓是會記住他的！」他的話鋒一轉，接著道，「我作爲一名有良心的律師，也爲葉市長所受到的遭遇叫屈，我這麼晚打電話給你，沒有別的意思，只想盡我最大的能耐幫你，弄清事情的真相，還葉市長的清白！」

他這番義憤塡膺的言辭，果然打動了電話那頭的查金梅，她緩緩說道：「方律師，你打算怎麼幫我？」

方子元說道：「向上面申訴。不是說他貪污了不少錢嗎？就讓上面派來的人調查取證，如果舉證不了，就必須還葉市長一個清白，還高源市一千兩百萬老百姓一個公道。」

電話那頭「嗯」了一聲，說道：「我應該早點找你的！」

儘管方子元覺得這麼晚上門去打擾查金梅有些不妥，但還是趁勢說道：「不知道你現在方不方便，我想上門去拜訪你，順便談一下你委託我爲葉市長申訴的事宜，你看怎麼樣？」

查金梅回答得很爽快：「行，你來吧！」

市郊荒廢的化工廠生活區，這是一些上世紀八十年代的老房子，上下五層，由於雨水的侵蝕，外體磚牆的石灰大都掉落，露出斑駁的牆體來，在路燈的映照下，就像一張佈滿滄桑的老人臉，有幾分陰森恐怖。

樓道是木板的，走上去嘎吱嘎吱地響。樓道內昏暗的燈光，幾乎照不清面前的樓梯。好幾次，方子元都差點碰到擱在樓梯旁邊的雜物。

按著查金梅在電話裏的指引，方子元好不容易走上三樓，敲了敲一扇鐵皮包著的木門。門開了，一個看上去五十多歲的老女人開了門，問道：「你好，你是方律師吧？我就是葉水養的妻子查金梅。」

方子元點點頭，遞過去一張早已經準備好的名片。

房子不大，也就是七八十個平方米的兩室一廳。這房子是原化工廠的職工宿舍，化工廠倒閉之後，不少人另謀出路賺了些錢後搬離了這裏，但也有不少人留了下來，守候著這處給他們帶來美好回憶的地方。

查金梅面無表情地指著一張椅子說道：「坐吧！」

方子元坐了下來，他望著面前這個衣著樸素的老女人，突然感到一陣莫名其妙的壓抑。查金梅看著他的眼神，就像審視外星人那麼陌生和冰冷。

房子裏面的整體裝修還不錯，屋子打掃得很潔淨，傢俱也比較高檔，書架上的書籍，以及牆上的名家書畫和各種照片，顯示出房子主人不一般的身分來。

在最左邊的一個角落裏，擺放著一張小桌子，桌子上有一張掛著黑紗的黑白相片，相片上的人正是葉水養。相片的前面有一個小香爐，香爐內還插著三支正在燃燒的香。

方子元朝四周打量了一下，走了過去，恭恭敬敬地給葉水養的遺像上了一炷香，低聲道：「葉市長，我一定盡力還你清白，揪出害你的人！」

查金梅坐在沙發上，望著方子元說道：「你不是說要委託嗎？怎麼委託呢？」

方子元返身，從挎包內拿出一份文件，放在桌角，低聲說道：「你只要在這上面簽個字，我就是你的法律委託人了！」

查金梅戴上老花眼鏡，拿過那份文件，仔細看了起來，看完之後問道：「方律師，這律師費怎麼算呢？」

方子元連忙道：「我說了，只是敬慕葉市長的爲人，想盡我最大的能耐伸張正義，怎麼能夠收錢呢？」

查金梅有些奇怪地打量著方子元，過了好一會兒，才厲聲道：「說，是誰叫你來的？」

方子元微微一愣，馬上恢復了正常，說道：「我今天聽說你帶人攔了省調查組的車隊，覺得你是個有勇有謀的巾幗，如果我再不站出來幫你的話，能對得起死去的葉市長，對得起自己的良心嗎？」

他最後那幾句完全是屁話，之所以這麼說，是想打消查金梅的顧慮，順利拿到委託權。要說他會演戲，還真有幾分天賦，當下一副被人冤枉的痛苦模樣，令人無法生疑。如果真的去片場表演，被導演叫NG的次數，絕對不多，說不定還能捧個最佳男配角的獎盃回來。

當律師的都會演戲，站在法庭上面對各種人，要用不同的演技去演好自己的角色，有時逞強有時示弱，有時單刀直入，有時迂迴側擊，打亂對手心理防線，尋找案件的切入點，達到一擊即中的目的。

正因爲會演戲，所以他贏的機率相當高，「名律師」這三個字可不是憑空得來的。

查金梅的眼睛一眨不眨地看著方子元，就像是一個看戲的觀眾，當方子元說完那些話之後，她才說道：「方律師，如果你不說真話，恐怕我們很難合作！」

她居然說出了「合作」這個詞來，方子元不得不再次對面前這個老女人刮目相看，他知道今天要是不說清楚，是很難令對方在委託協議書上簽字的，當下沉痛地說道：「你說這樣的話，使我很傷心，真的，沒有人叫我來。如果你非得說是有人叫我來的，那你認爲是誰呢？」

他用了一招法庭上常用的迂迴戰術。

查金梅冷笑道：「是那個婊子叫你來的，是不是？」

「婊子？」方子元有些奇怪地問道：「你說的是誰？」

查金梅目光如炬，似乎直射到方子元的內心深處，她說道：「除了孟瓊那個婊子，還能是誰？你回去告訴她，老葉的死是我們家的事，她不要再打葉家的主意了！」

方子元有些驚駭地問道：「你說的孟瓊，是不是天宇房地產開發公司總經理，那個女的？前些天我還爲她和大生建築公司打官司呢，她和葉市長是什麼關係？她是怎麼來找你談的？」

查金梅意識到自己說漏了嘴，連忙道：「你真的不是她叫來的？」

方子元苦笑道：「我說我是自願來幫你的，可是你不信，非要扯上她。她來找過你嗎？」

查金梅上下打量了方子元一番，說道：「你是怎麼上來的？」

方子元老老實實地回答道：「走上來的呀，樓道內很暗，還差點碰到呢！」

查金梅問道：「他們讓你上來？」

方子元很快反應過來，像查金梅這樣的人物，鬧出了那麼大的事，在這樣的時候，市政府的某些人是不允許她隨便接觸別人的，在樓下肯定安排了人，一天廿四小時監視著。他說道：「我上來的時候，並沒有看到別人！」

查金梅低頭道：「這就奇怪了，他們居然讓你上來，這麼說，你是他們叫來的。你明的是幫我，其實是暗中幫他們，這場官司要是委託給你，還沒打就已經輸了！」

方子元有些急了，無論他怎麼說，查金梅總是懷疑他是別人派來的，拿不到委託權，他無法向李飛龍交代。他思索了一下，說道：「說實在的，葉市長住在這樣的地方，說出去沒有人相信，要不是看到你，我還以爲自己走錯了地方呢！雖說他是個好市長，可是外面對他的謠言有很多，有人說他是個大貪官，住在這樣的地方是裝模作樣，其實貪污了很多錢，都給了在國外的女兒，還有人說他在外面有許多女人……」

查金梅的臉色大變，吼叫道：「畜生……畜生……人都死了，還有人說這樣的話，要真的有錢，我們還用得著住在這裏？」她老淚縱橫，哽咽道，「我們老倆口好歹工作了那麼多年，就算買不起新房子，也有市政府安排他住的地方，他爲什麼要住在這裏，不就是爲了那些沒有本事的人麼？」

方子元也聽說過，化工廠倒閉後，市裏幾次想把這塊地皮賣掉，讓開發商開發成商業住宅區，就是因爲住在這裏的那些老職工不同意，才沒有賣成。

他深有感觸地說道：「好人啊！這社會，好人難做！葉市長這樣的好人，沒有幾個人理解的！」

查金梅抹了一把老淚，哽咽著說道：「我勸過他很多次，他就是不聽，我有什麼辦法？他替別人著想，有人爲他想過麼？」

方子元有幾分傷感，低聲說道：「不管你相不相信我，我是真的想替他討一個公道！如果你要懷疑我是別人派來的，我也沒有辦法。不過我告訴你，要想替葉市長申訴，必須要請律師，這是法律程序問題！」

他說完之後，收起那份委託協議轉身就走。當他走到門口時，聽到身後說道：「你回來，我們談一談！」

他心中暗喜，這一招以退爲進的方法真的很管用。他回頭走到查金梅的面前，說道：「你剛才說跟我合作，我不懂合作兩個字的意思，在我的心裏，只是想盡一點自己的義務！」

查金梅啞聲道：「人無利而不行，我好歹活了這麼一把年紀，見過各種各樣的人，像你這樣不爲私利肯幫人的，我還是第一次見到！」

方子元沉默了幾分鐘，才問道：「你要我怎麼做才願意和我合作？」

他加重了合作兩個字的語音，爲的是引起查金梅的注意。

查金梅說道：「你不是認識那個婊子嗎？你先去和她談一下，看她怎麼說，你再來告訴我。那份委託協議，你暫時放在我這裏，如果我想好了，會在上面簽字的！」

方子元重新將那份協議放在桌角，低聲說道：「我去找她，你不會生氣吧？你剛才不是說過，葉市長的死是你們家的事，她想都別想麼？」

查金梅肯定道：「那要看她想得到什麼，所以我叫你去和她談。方律師，我雖然年紀有點大，可腦子還沒糊塗，對吧？」

方子元也明白，眼前這個女人，絕對不是什麼善類，他只得說道：「好吧，我去找她談一談，看她說些什麼！」

查金梅吩咐道：「你可別告訴她，是我叫你去的。你不是律師麼？你就說你想替老葉翻案，看她怎麼說。」

方子元點了點頭，說出了他的顧慮：「你有沒有想過？假如……我說的是假如，假如葉市長的死，是有人謀害的，如果你要替他翻案的話，他們會不會對你下手，你這麼大年紀了，又是一個人住的，假如晚上有哪個歹徒從外面進來，你怎麼辦？」

他從來不會在語言上讓別人抓住把柄，這是他當律師多年鍛煉出來的說話藝術。

查金梅平靜地說道：「他們不敢對我怎麼樣！」

方子元堅持道：「不怕一萬就怕萬一，我可不想在辦案期間，我的委託人出事，那樣我會很被動的！」

查金梅再一次說道：「這個不用你擔心，你只做好你自己的工作就行！你走吧！」

對方已經下了逐客令，方子元知道再囉嗦下去，一定會令對方反感，只得在道了一聲「晚安」之後，有些困惑地走了出去。

下到樓底，有兩個西裝革履的男人攔住他，其中一個高個子帶著質問的口吻問道：「你是什麼人，來這裏做什麼？」

方子元已經知道對方是什麼人，他冷笑道：「你們又是什麼人，憑什麼質問一個遵紀守法的公民？就算是警方辦案，也應該事先出示證件，證明自己的身分。」

那兩個人被方子元這麼一陣反詰，頓時愣住了，過了一會兒，那個高個子才說道：「你別管我們是什麼人，我們只問你來這裏做什麼，就算是一個普通人問你，你不可能不回答吧？」

方子元漫不經心地瞟了對方一眼，說道：「那也要看對方是用什麼態度來問我，國家沒有哪一條法律規定，面對陌生人提問一定要回答。所以，無論在什麼情況下，只要我沒有犯法，都有拒絕回答的權利，明白嗎？」

他不待對方說話，遞過去一張名片，說道：「有什麼事，可以來律師事務所找我，我可以為你們上上法律課。從法律的某種角度上來說，你們今天的行爲，說得嚴重點，也是一種犯罪。因爲你們仗著自己的身分，剛才的言語，已經對我形成了恐嚇，如果由此對我造成心理上的陰影，或導致什麼後果，你們要承擔法律責任的！」

那兩個人被他這麼一嚇，頓時不知道該說什麼才好。那個高個子拿著他的名片，目瞪口呆地站在那裏，再也說不出一句話來。

方子元突然有種說不出來的快感，他這才意識到，原來他在查金梅那裏受到的壓抑，在這麼短的時間內就得到了很好的發洩。

他之所以給那個人一張名片，是因爲不用到明天，李飛龍就會知道他來找過查金梅。對外界而言，他成爲查金梅的代理律師，是順理成章的事。

他需要和孟瓊好好談一談，但是談話不一定要在晚上。更何況，如果太晚回家，李雪晴會很不開心的。

方子元回到家，已經半夜時分，妻子李雪晴已經睡了一覺。他脫去衣服，去洗澡間沖了一個涼。當他從裏面出來的時候，見李雪晴靠在床頭，望著他的眼神充滿了怒火：「你這麼晚去哪裏了？」

屋子裏開著空調，方子元有一絲涼意，他擦乾身上的水珠，往床上一鑽，說道：「下班後去見了一個客戶，後來去了葉副市長的家，就這樣，怎麼了？」

李雪晴踢了他一腳，質問道：「那個客戶是個女的，你們去開房了？」

方子元大吃一驚，連忙道：「你這是說什麼話，老婆，這麼多年來，我做過對不起你的事嗎？」

李雪晴說道：「那是我一直對你管得太緊，你不敢罷了！」

方子元坐起身，說道：「小聲點，別把女兒吵醒了！老婆，我承認那個客戶是個女的，但是我和她並沒有怎麼樣。她叫孟瓊，你聽說過的，那樣的女人，我敢碰麼？」

李雪晴拿過方子元脫下的襯衣，說道：「那你說，衣領上這個女人的紅唇印是怎麼來的？」

那件白色襯衣的領口處，確實有一個女人的紅唇印，方子元的心猛地一縮，想起宋玲玲裸身抱住他，在他脖子上親吻時候的情景。他以爲事後身上洗乾淨就行了，沒料到領口留下了印記。他的眼珠一轉，笑道：「我還以爲你是因爲什麼事不高興呢，原來是這事呀！你聽我解釋，說起這紅唇印，我今天還被人笑話呢！」

李雪晴擰了他一把，說道：「編，你就瞎編。都說最不能相信的就是男人的嘴，什麼鬼話都能說得出來！」

方子元把手一攤，說道：「我說真話你都不信，難道非要我編一個故事出來嗎？」他接著說道，「你又不是不知道，每到下雨，我辦公室樓下的地面就很滑的。」

有一次下雨的時候，李雪晴去找方子元，在樓下差點摔倒！

他親了李雪晴一下，繼續說道：「今天我下樓的時候，恰好碰到一個來律師事務所辦事的女客戶，她走到我身邊的時候恰好滑倒，而我也恰好及時地扶住她，就這樣！」

李雪晴問道：「就這麼簡單？」

方子元微笑著用手撫住她那豐滿的胸部，認真地說道：「就這麼簡單，真的！」

當兩人的嘴唇黏在一起的時候，李雪晴已經認可了丈夫的解釋。這麼多年來，他都沒有背叛過

她，就是最好的證明。

儘管方子元十分賣力地行使著自己職責，可明顯感覺力不從心。回想著下午跟宋玲玲的瘋狂，那點精力，全都被折騰光了，當下心中咒罵了一句。

李雪晴正在興頭上，一下子從雲端掉回地上，一雙玉臂摟住丈夫撒嬌道：「老公，我還要！」

方子元抹了一把額頭的虛汗，喘了幾口氣說道：「對不起，老婆！這幾天工作有點累，今天晚上還和葉市長的夫人談了，問題有點麻煩呢！」

遇到這樣的尷尬，他只有用工作上的事來搪塞。

李雪晴表示理解，男人工作的壓力大，會導致夫妻生活的不足，這是很正常的。她很溫柔地將身體偎依在丈夫的懷抱中，柔聲道：「老公，你要多注意身體！不要因爲工作上的事，把自己搞得太累！」

方子元親了妻子一下，說道：「我今晚去找葉市長的夫人時，她罵孟瓊是個婊子，你說孟瓊和葉市長之間，是不是真有那回事？」

李雪晴輕輕打了丈夫的頭一下，低聲說道：「你是打官司打暈頭了還是怎麼？那種事情還用得著抓現行麼？無風不起浪，沒有的事，別人怎麼會胡說呢？再說了，連葉市長的夫人都罵她是婊子，那就是百分之百有一腿了。這不是明擺著的麼？」

方子元說道：「她叫我去找孟瓊談，其實我根本不知道該談些什麼。他們兩人就算有那回事，那也是見不得光的。你說葉市長到底是好人還是壞人？」

李雪晴笑道：「什麼好人壞人，你以爲這是戰爭時期呀？你看看市裏的那些大大小小的領導，哪一個會像他那樣住在那樣的地方？這不能說明他是好是壞，只能說明他在那些領導當中，是個另類！」

方子元聽到「另類」這個詞語，心中微微一動。正是由於葉水養的另類，所以他在官場上沒有幾個貼心的朋友，漸漸地成爲眾矢之的，最終導致被「雙規」。他問道：「就算他是個另類，別人都排擠他，不管怎麼說，他那個常務副市長，可是一步一個腳印走上去的。他另類了那麼多年，爲什麼沒有人打擊他，卻在這個時候被雙規呢？」

李雪晴說道：「領導之間的事情，我們這些小人物怎麼會知道呢？就拿我們科室來說，科長和副科長明爭暗鬥了好幾年，這是大家心知肚明的事，可他們倆在我們的面前，還不是表現得像親兄弟那樣？你當年幸虧沒有進政府機關，不然……好了，跟你說這麼多也沒用，早點睡覺吧，我明天還要上班呢！」

她嘟囔了一陣，轉身睡過去了。

方子元卻睡不著，他還有兩個問題想和老婆探討，那就是葉水養究竟是自殺還是「被自殺」，如果真是自殺，爲什麼要那麼做？

這兩個問題他問了也是白問，那種政府部門的內部絕密，又怎麼能被外人所知呢？

記不清什麼時候，他迷迷糊糊睡去。醒來是第二天上午，是被枕邊的手機鈴聲吵醒的。電話是查金梅打來的，直接問他「和那婊子談得怎麼樣」？

他一看時間，原來已經是上午十點多了，難怪查金梅會打電話過來。他連忙說道：「我打了電話給她，她說上午有事，約我下午去談呢！」

查金梅「嗯」了一聲，就把電話掛了。

方子元伸了一個懶腰，接著打了孟瓊的電話：「孟經理，我想了一個晚上，覺得我們應該好好談一談。」

孟瓊問道：「你去找過查金梅了？」

方子元說道：「我去過，樓下有政府部門的人守著，不讓進呢！」

孟瓊說道：「你是律師，他們憑什麼攔你？」

方子元說道：「他們說爲了保證她的安全，不能讓任何人和她接觸！」

孟瓊沉默了一下，說道：「他們是害怕她亂說話，把不該說的說出去！」

方子元說道：「你看什麼時候方便見面？」

孟瓊說道：「這樣吧，我到時候打你的電話！」

方子元掛上電話，他從孟瓊的話中，似乎預感到有什麼事要發生。

- 第 6 章 -
謎一樣的女強人

從模範到破鞋，她只用了一年的時間。這一年，她二十五歲，正是花一樣的年齡。很多像她這種年齡的女人，不是花前月下地享受愛情的滋潤，就是身為人母，無私地哺育著懷中的愛情結晶。

沒有人能讀懂她的心思，只知道有錢有權的男人，都可以和她上床。

在高源市，不知道市委書記是誰的人有很多，但是沒聽過孟瓊這個名字的人並不多。她是個女強人，她的傳奇經歷足夠寫一部長篇小說，而且保證暢銷。

當年，她以全省高考文科第二名、全市第一名的成績考上大學，以她的成績，去清華北大絕對不成問題，國內好幾所一流的學校向她伸出橄欖枝，做出了免除所有學費的承諾。但是，出身貧困山村的她，毅然選擇了省師範學院。

四年後，她以優異的成績畢業，人事部門安排她去市裏的重點中學，而她卻又出人意料地去了全市最貧困的山區，在一所破爛的鄉鎮中學任教。這事在當時引起了很大的轟動，連外省媒體記者都來採訪她，說她是精神文明的指標、時代的楷模、新世紀青年的榜樣……無數道光環套在她的頭上，身邊圍著一群追求她的優秀男人，有的是高官子弟，有的是商界精英，更有有志青年。他們的求愛方式花樣百出，更有甚者，手捧九九九朵玫瑰，跪在那所鄉鎮的學校門前，也沒能打動她的芳心。

一個又一個的記者採訪，一次又一次的領導談話，一場又一場現場報告，實在使她不堪忍受。

按她自己的想法，只是不願意在大城市的燈紅酒綠中迷失自我，寧願到貧困山區去，讓那裏的孩子接受正規的教育，一個個走出山區。她也是那種地方走出來的，能深刻地體會到孩子們的不容易。因爲在那種貧困而又交通不便的地方，正式教師是不屑去的，教孩子們的老師，很多都是臨時的代課老師，自身的水準都有限，又如何能夠教育好孩子呢？

她的想法其實很簡單，只想當個普通的教師而已，別無其他。可是有人卻不讓她清靜，既然是榜樣，就應該有榜樣的樣子。高源市能有這樣的榜樣，自然是高源市的榮耀。榜樣的力量是無窮

的，肯定不能讓她待在那種山村裏面，要拿出來顯擺造勢才行，打出高源市的名聲。

她不只一次上書要求撥款，孩子們不能再擠在那種四面透風牆體開裂的危房中上課，可沒有人理她。一封又一封的申請書被某些領導們丟到垃圾筐內。反之，她被拉著出入各種場合，陪著那些所謂的領導們喝酒。面對她這樣的美女，只要是食人間煙火的男人，都樂意拜倒在她的石榴裙下。

有領導鄭重地向她承諾，只要懂「味」，馬上就可以調到縣裏甚至是市裏來當幹部。面對領導那色瞇瞇的目光，她知道只要付出，就會有豐厚的回報，但她還是拒絕了。

被人拒絕是一件很丟臉的事，領導的臉丟不起，所以她的遭遇可想而知。一次次的打擊之後，領導並沒有放過她。終於有一天，領導找她單獨談話，只要她陪吃一餐飯，就立馬解決新校舍的建設資金問題。

為了孩子們的將來，她只有答應。她畢竟年輕，怎麼能夠讀懂領導的心思？她也不知道，在喝酒的時候，她的酒裏被人下了藥。醒來時她已經躺在醫院裏，命是保住了，但是醫生說，她永遠失去了做母親的權利。

她醒過來的第一件事就是報警，告那幾個人輪姦。無休無止的詢問和筆錄之後，她所得到的答案就是：法庭認定證據不足，不予起訴。

絕望之後，她選擇了反抗。她反抗的手段也很出人意料，頻頻勾引那些對她虎視眈眈的男人。一年下來，貧困山區建起了兩所新中學校舍和四所希望小學。可是沒有人記得她的好，她成了遠近聞名的破鞋。

從模範到破鞋，她只用了一年的時間。這一年，她二十五歲，正是花一樣的年齡。很多像她這種年齡的女人，不是花前月下地享受愛情的滋潤，就是身爲人母，無私地哺育著懷中的愛情結晶。

沒有人能讀懂她的心思，只知道有錢有權的男人，都可以和她上床。

她不能再繼續從事崇高的工作，下海做起了生意。剛開始，她開了一個女性服裝店，從南方進了許多款式漂亮的衣服，雖然價格很公道，可上門者寥寥。後來又改行開美容院，可生意照樣不行。一番思索之後，她終於明白，原來在別的女人眼中，她是一個名聲不好的人。試問哪個女人願意接近一個名聲不好的人呢？

她終於醒悟了，變被動爲主動，成立了天宇房地產開發公司，致力於本市房地產業的開發。這回，她不需要顧客上門。在房地產業蓬勃發展的經濟浪潮中，她賺了個盆滿缽盈，每年上交市裏的利稅達上千萬。成了市裏的政協委員，也成了眾所周知的女強人。

金錢就是實力的象徵，她再也不用像以前那樣任由男人玩弄，而是有選擇性地玩弄男人。用她的話說，要麼不玩，要麼就玩極品男人。

也許葉水養屬於極品男人。

這個二十三歲畢業於某化工學院的高材生，起先被安排到化工廠當檢驗員，後來任車間主任、生產廠長，一九九〇年當廠長。一九九四年被調離化工廠，去省黨校學了兩年，被安排到市政協，不久調到外經辦，一年後升任外經貿副主任，後又下放到下面當兩年的副縣長，之後一路青雲直上，一直升到常務副市長。雙規之前，他在常務副市長的任上幹了三年。

沒有人知道孟瓊是怎麼認識葉水養，又是怎麼和他扯上關係的。反正像她那麼有魅力的女人，沒有幾個男人能抗拒得了誘惑。

有時候，謠言和事實的真相相差無幾，只是缺乏有力的證據罷了。

一個是知名度很高的女強人，一個是大權在握的副市長，強強的聯合往往能促進一點什麼。這幾年天宇房地產開發公司的欣欣向榮，除了孟瓊的經營管理能力之外，與政府部門的高度扶持是有很大關係的。

有小道消息說，同樣的一塊地，別人花五千萬都買不來，而孟瓊一出馬，三千萬就足夠了。小道消息雖說不準確，但總能說明一些問題。

受幼年貧困的影響，女強人孟瓊在甩開房地產開發的大步伐的同時，非常注重貧困山區的教育事業。據有心人估算，孟瓊這些年投在貧困山區的錢，足夠蓋一個高檔的住宅社區。

這麼多年來，她這種具有很大傳奇色彩的人物，一直是人們茶餘飯後的談資。

無論別人怎麼說，反正她無所謂。

事業的成功逐漸抹去了當年的陰影，思想的開放也讓人們不得不再一次審視這個女人。「破鞋」這兩個字已經被人們所淡忘，取而代之的是女強人三個字。

這幾年來，她身邊不乏追求者。那些男人並不在乎她能否生孩子，他們在乎的是她的女性魅力，還有她的事業。

和當年一樣，縱使追求她的男人再怎麼優秀，都不能夠打動她的芳心。再過幾年就到不惑之年了，她仍心甘情願地孑然一身。

她那扇感情的閘門，似乎已經永遠對所有男人關閉了。

她是個謎一樣的女強人，誰都不能真正瞭解她。

中午，坐在辦公室裏的方子元終於等來了孟瓊的電話，約他去市東郊一家叫夢裏老家的餐館吃飯。

夢裏老家餐館比不得高源市的那些海鮮大酒樓，但是它的名氣並不小，以當地的土菜爲主，所用的材料都是正宗的農家菜蔬，絕對不含殘餘農藥和催長劑。據說夢裏老家餐館的大廚，是一個從鄉下來的老太婆，所燒的菜式很普通，但具有濃厚的鄉里風味，味道也非常好。

在人們日益注重綠色食品和環保食品的今天，那種純天然無污染的鄉村土菜，已經成爲大都市人們的追求。

雖然位置比較偏僻，但絲毫不影響這裏的生意，每天開車從市內來這裏吃飯的客人絡繹不絕，有時候還沒有位子。

方子元將車子停穩的時候，又接到一個電話，還是孟瓊打來的，叫他從餐館的後面上四樓。他之前到這裏吃飯的時候，都是從大門進去的，只知道一樓是大廳，二樓和三樓都是包廂。看不出這家餐館，居然內有乾坤。

他按孟瓊的指引，從餐館的側面轉過去，果真看到一排樓梯。他沿著樓梯直接上到四樓，就見一個守候在那裏的女服務員上前問道：「請問你是方律師嗎？」

方子元點了點頭。那女服務員說道：「請跟我來！」

這四樓的格調，與二三樓完全不同，並不是一間間的包廂，而是一套裝修豪華的四室兩廳居家屋，廳很大，佈置得也很有特色，一套八扇開門的玉雕屏風從中隔成兩邊，外間是幾排古典紅木沙

發，中間一個圓盤大小的巨大根雕，那根雕以自然形狀加以人工雕琢，凸出部分雕成一個龍頭，龍身順勢而下，與根雕融爲一體。龍口處有細流噴出，落入下方的小圓盤內，其形態栩栩如生。

「好一個造型奇特的龍頭根雕茶座，好一副揚州八景玉屏風！」方子元朝坐在龍頭根雕旁邊的孟瓊說道，「孟經理，雖說我認識你那麼久，但今天才知道，原來你這麼有藝術品味！」

孟瓊今天穿著一身淡黃色的休閒套裝，高挽著髮髻，顯得很有氣質，比平素更增添了幾分知性女人的魅力。她微微一笑，說道：「想不到方大律師也是個懂藝術的人，請坐吧！」

方子元說道：「虧你想得出來，約我到這裏來見面，可別說下面的飯店是你開的！」

孟瓊點了點頭：「算你猜對了。你想喝什麼茶？我這裏有上等的鐵觀音、烏龍，還有普洱！」

方子元說道：「隨便吧，到了你這裏，喝什麼茶並不重要，重要的是你想對我說什麼。」

孟瓊也不答話，隨手拿了一小包鐵觀音沖泡起來。方子元看她那嫻熟的手法，便知她也是喝功夫茶的行家。

那個女服務員退了出去，並把門關上。孟瓊說道：「這裏除了你和我之外，就再也沒有第三個人了！」

方子元喝了一口茶，望著對面牆壁上那幅字畫，說道：「這是葉市長的墨寶！」

「寧靜致遠」四個字，筆法蒼勁，頗具魏晉之風。現今很多領導，都喜歡提升自己的文化素養，書法無疑是文化素養的最佳表達方式。葉水養在工作之餘，也喜歡練兩手，漸漸地就練出名堂來了，書法越寫越好，有一次參加全國的書法大賽，還獲得了一等獎。評委們無不驚歎，這種功底的楷書，他們有多少年沒有看到過了。

葉水養很快在書法界出了名，上門求字的人絡繹不絕。他不像其他人一樣，利用領導的身分四處賣字，大賺潤筆費。對於那些求字的人，他一概拒絕，反倒在有興趣的時候主動寫字送人，而且分文不取。有小道消息說，在他自殺之後，他的字畫，每平方尺被人炒到十萬塊，這個價格遠遠超過了某些書法大師。

方子元在一家名人字畫店裏，看到過這樣的墨蹟，那幅字畫並沒有這幅大，標價是廿八萬。葉水養泉下有知，應該感到欣慰才是。

孟瓊淡淡地說道：「如果你要的話，我可以送一幅給你！」

方子元笑道：「那就謝謝了！」

孟瓊端起茶杯，放在鼻子下聞了片刻，接著一飲而盡，閉著眼睛，一副久久回味的樣子，之後睜開眼睛說道：「你認爲市裏會怎麼對葉水養定案？」

方子元以爲孟瓊會說些與茶葉有關的話，沒想到一開口就是那麼敏感的話題，他怔了一下，說道：「不是有了麼？畏罪自殺！」

孟瓊的嘴角浮現一抹冷笑：「那是以前，現在查金梅攔車喊冤，事情就不同了。」

方子元說道：「虎老大要我去爲葉水養翻案辯護，我沒有退路。如果按你昨天對我說的，只要董和春不露面，調查組就沒有辦法再次取證。你打電話給我，好像擔心什麼事要發生？你是不是害怕下一個輪到你？」

孟瓊的眉毛一挑，說道：「我是爲你擔心呢！難道你沒有想過麼，你很危險！」

「我危險？」方子元似乎沒聽明白，問道，「你爲什麼這麼想？」

孟瓊問道：「你老實告訴我，朱時輝給你的那份資料，到底在哪裏？」

方子元說道：「我現在都還在找呢！上次不是答應過你們，找到就馬上燒掉的嗎？」

孟瓊望著那幅字畫，說道：「問題是你到現在還沒找到，就算找到了被你藏起來，你也可以對我們說，已經燒掉了，對吧？」

方子元說道：「那東西對我來說，就是一顆定時炸彈，我留著做什麼？」

孟瓊淺淺一笑道：「別忘了，那也是你的護身符！」

方子元微微一驚，說道：「既然是我的護身符，就也是朱時輝的護身符，他爲什麼輕易交給我呢？」

孟瓊說道：「這我可不知道，你問他去！」

方子元苦笑道：「你叫我去問個死人，我怎麼問？」

孟瓊笑道：「他爲什麼把資料給你，我也不清楚，他那麼做肯定有那麼做的道理。我敢擔保，要是那資料還在他手上，他就不會死，至少不會死得那麼快！」

方子元正色道：「現在資料不在我的手裏，這麼說，我隨時都會沒命？」

孟瓊換了一個姿勢，說道：「你的命被別人抓在手裏呢，你自己都不知道！」

方子元說道：「他要我做什麼我就做什麼，如果他真的要我的命，不替我想想，也應該替雪晴和雨馨想想吧，總不該那麼沒有人情味吧？」

孟瓊繼續泡茶，說道：「事情可沒你想得那麼簡單。董和春失蹤了，就算不請律師，查金梅也完全可以替葉水養翻案。說白了，其實你一點作用都沒有。」

若仔細一分析，方子元確實沒有多大的用處，充其量也就是場面上的擺設。他問道：「你約我來的目的，就是告訴我，我的小命捏在別人的手裏？」他思索了一下，接著道，「我原來聽說你和葉水養的關係很不一般，像你們這些做大生意的，總得在政治上找一兩個靠山，不是嗎？現在他死了，你接下來打算找誰呢？是……」

孟瓊慍怒道：「方大律師，你說這話是什麼意思？我和葉水養怎麼了？」

方子元笑道：「孟總經理，你怎麼了，你和葉水養的關係，我是道聽塗說而已，加上那幅字畫，所以我說你們關係不一般，應該是很好的朋友。怎麼了，男女之間就不能夠有純友誼的，非得要聯想到男女不正當關係上面去才算麼？」

他這通反詰，說得孟瓊啞口無言，臉色極不自然，但很快恢復了正常，說道：「不愧是當律師的，口才一流，我說不過你！其實我叫你來，是想和你分析一下我們兩個人的處境。」

方子元說道：「孟總經理，雖然我和你比較熟，可那都是浮於表面的，我對於你的社會關係，還有在這件事當中扮演的角色，根本一無所知，怎麼分析呀？」

孟瓊說道：「我對你也所知不多呀！我們只是就事論事，談談自己的看法！」

方子元說道：「那你說，我聽！」

孟瓊拿起旁邊一包女性香煙，抽出一支點燃，優雅地吸了幾口，說道：「你也是明白人，像我們搞房地產開發的，和政府部門的關係肯定要密切，土管、工商、稅務、環保、治安、城建等等，哪個部門都得罪不起，否則生意沒法做，隨便來折騰你一下，都吃不了兜著走！」

方子元微笑道：「如果上面有人就完全不同了！」

孟瓊點頭道：「你對高源市的財政情況可能不瞭解，看上去很有錢，其實都是空架子，政府部門的錢都被一個個吸血鬼給掏空了，那點稅收和上面的財政撥款，還不夠吃喝的，現在政府部門要用錢，就全靠賣地皮了。」

地市政府部門的腐敗，方子元也是有所瞭解的，他說道：「我聽人說，你拿到城東那塊商業用地，只花了三千萬，可那塊地的市値超過五千萬，你怎麼解釋？」

孟瓊坦然說道：「不錯，我是花三千萬買下了價値五千萬的地，可我沒有辦法，你不知道，光那一個專案，我前前後後在每個部門的開銷，就不少於兩千萬，這還不包括給每個領導的好處和利潤股份。你知道這些年的房價是怎麼上去的麼？我可以算一筆賬給你聽。四年前，我開發了綠洲花園社區，折算起來，我的地皮成本是每平方米二二〇，建築成本是每平方米二五〇，該繳納的各項審核費用及稅務是每平方米二四〇，其他雜項開支是每平米一〇〇，所以那時候綠洲花園社區的開盤價是每平方米一千兩百，我利潤大約是每平方米三五〇，就是這麼多！」

方子元忍不住說道：「現在綠洲花園社區的房子，每平方米都要四千呢！」

「不錯，現在新物業社區的開盤價，每平方米都超過了五千五百。」孟瓊冷笑道，「四年前的一百塊錢好歹能買點東西，現在怎麼樣，你比我還清楚。開發同樣地段的房子，現在的地皮成本，每平方米達到一千五百，建築成本每平方米五百五十，該繳納的各項審核費用及稅務是每平方米超過一千八百，其他雜項開支每平方米也要三百以上，總的房子成本就已經達到了那麼多，再加上人爲的炒作，哪有不漲的道理？」

方子元說道：「所以現在很多人都說，房子的最大利潤都被政府部門拿去了！」

「你錯了！」孟瓊說道，「不是被政府拿去了，而是被某些人拿去了。他們才是最大的贏家。」

方子元說道：「孟總經理，好像我們說跑題了。我可不是記者，來詢問你房地產真相的！」

孟瓊說道：「沒錯，我只不過讓你明白兩個字，利益！在利益問題上，誰都可以成爲朋友，誰都可以成爲對手！」

方子元問道：「葉水養和你也是一種利益關係？」

孟瓊的神色有些黯然起來，說道：「他是個好人，是我見過所有男人中最負責任的……」

方子元的臉上出現一絲笑意，一個女人要是對另一個男人說出這樣的話，就說明他們的關係肯定會有所超越。男人對女人負責，不就是在那個方面負責麼？

孟瓊低歎一聲，緩緩說道：「我是他的女人……」

女人的心最難揣摩，剛才還在極力辯解，現在卻主動承認了。方子元說道：「有些事情是不需要說出來的，大家心裏明白就行！」

孟瓊抬頭，眼中湧出淚光，說道：「如果我說，我是他的合法妻子，你信嗎？」

方子元大吃一驚，葉水養的老婆是查金梅，怎麼可能是孟瓊呢？既然孟瓊能夠說出這樣的話，就有一定的道理。像孟瓊這樣的強勢女人，在勾搭上葉水養後，肯定要緊緊攀住這棵大樹。葉水養不想把事情鬧大，影響自己的仕途，不得已和老婆查金梅離婚，與孟瓊結爲夫妻。當然，這一切都在不爲人知的情況下進行，所以沒有人知道。他沉默了一下，說道：「我信！」

孟瓊用紙巾擦去眼中的淚水，將煙頭摁滅，用一種幽怨的聲音說道：「你不知道，十五年前，查金梅得了子宮頸癌，手術後根本不能正常過夫妻生活……作爲一個生理正常的男人，如果不能過

正常的夫妻生活，將意味著什麼？」

方子元低聲說道：「像他那種身分的人，找個情人是輕而易舉的。我想他老婆也能夠理解！」

孟瓊說道：「問題是，他在遇到我之前，並沒有別的女人，沒有人能夠體會到他的痛苦！」

方子元用一種調侃的口吻說道：「所以你解脫了他的痛苦，成爲他的紅顏知己！」

孟瓊不以爲然，說道：「他和查金梅結婚那麼多年，一直沒有辦結婚證，從法律角度上說，他們並不是合法夫妻！」

方子元明白過來，有些夫妻雖然共同生活多年，而且子孫滿堂，卻沒有辦結婚證，這在農村來說，並不是什麼新鮮事。這事換成別人可以理解，但是放在葉水養的身上，就令人費解了。即使當年由於特殊原因沒有去辦，可是這麼多年來，就沒有想過要去補辦麼？只有一種解釋，那就是葉水養不願意去辦。至於什麼原因，就無法得知了。他問道：「他沒有告訴你原因嗎？」

孟瓊說道：「我問過，他不肯說！」

「可能他有他的想法。」方子元說道，「你和他結婚的事，查金梅應該知道了，是吧？」

孟瓊說道：「是的，可是她並不恨我。也許她能理解葉水養的苦衷！」

方子元親耳聽查金梅罵孟瓊是婊子，破壞他人家庭幸福，怎麼可能不恨呢？他說道：「你利用葉水養的關係，把生意越做越大，是吧？」

孟瓊說道：「我說他是最負責任的男人，不僅僅是對我和對查金梅，他也對高源市一千多萬人負責！你不知道有多少人想害他，可是……」她哽咽起來，「要不是因爲我，他也不會中人家的圈套！」

方子元驚道：「你說什麼，他中了人家的圈套？你是指董和春賄賂他的事？」

孟瓊啞聲說道：「其實我和董和春合作了很多次，他的公司實力比較雄厚，做大工程沒有問題。只是他這個人貪圖利益，喜歡在材料上動手腳。我知道他的底細，所以對工程的品質要求得很嚴。他在我這裏，沒賺到什麼錢。直到有一天，他對我說，想承建市裏的市建工程，要葉水養幫他，他願意拿出一半的利潤給我！我答應了！」

方子元說道：「董和春拿到了市建工程，還給了葉水養一大筆賄賂？」

孟瓊說道：「其實葉水養沒有收錢，收錢的人是查金梅！這些年來，查金梅背著他收了別人多少錢，他自己都不知道！」

方子元越聽越心驚，說道：「也就是說，他在替查金梅承擔過錯？」

孟瓊說道：「他有愧於她，所以他甘願承擔一切責任。」

方子元說道：「也許他的心理壓力太大，已經無法再承受壓力，所以被雙規後選擇了自殺！」

孟瓊說道：「他絕對不是自殺！」

方子元問道：「你怎麼這樣肯定？」

孟瓊說道：「因爲就在他被雙規前的幾天，得知我已經懷了孕！」

方子元吃驚得連嘴巴都合不攏了，面前這個極品女人終身不能生育，那是大家都知道的事實，怎麼可能會懷孕呢？

孟瓊淡淡地說道：「方大律師，你吃什麼驚，現在的醫學發達，難道你不知道麼？我聽說廣州一家醫院治療不孕不育的效果不錯，就去那邊看了，前後治療了一年多，兩個月前懷的孕。我和他

商量過，不管是男是女，把孩子生下來，跟我姓！」

方子元問道：「你剛才說他也對高源市一千多萬人負責，是怎麼回事？」

孟瓊苦笑道：「房地產業那麼火，哪個當官的不眼紅，他雖然是副市長，凡事也不能做得太絕。我這個總經理其實就是一個幫人家打工的，真正的老闆是別人。公司百分之七十的股份都是人家的，那些人入的是乾股，一分錢不掏，卻坐享分紅。我跟他說過我的過去和我小時候的願望，他非常理解我，也很支持我。於是我把我每年賺的那些錢都拿出來給貧困山區的教育事業做點實事。我一個人的力量畢竟有限，他不忍看到我那麼累，就要求股東們都拿點錢出來，可是他們不答應，後來他們都有了想法！他們爲了自己的利益，就想辦法把他整下來！」

聽到這裏，方子元不禁對這個女人肅然起敬，有錢的人那麼多，很多人寧可大手大腳地享受，整天花天酒地，卻不願意給貧困山區的孩子捐一分錢。他說道：「他是常務副市長，爲什麼不能名正言順地撥款給貧困山區支持教育事業呢？」

孟瓊緩緩說道：「他信不過下面的那些人。你不知道，一百萬的撥款，能夠有三十萬落到實處，就相當不錯了。而民間的慈善投入，各項開支相對透明，能做點實事！」

孟瓊望著牆上的那幅字畫，淚流滿面地說道：「他不止一次對我說，真想辭職不幹了，可是爲了高源市的那些老百姓，他不能讓那些人爲所欲爲。有他頂著，那些人不敢太過分！」

方子元由衷說道：「他一個人要面對一大群人，所受的壓力可想而知。」

孟瓊說道：「他有時候爲了保住自己，不得不違心和那些人同流合污。」

方子元想起吳雅妮交給他的那張借據，試探著問道：「據你所知，葉水養有沒有向別人借過錢，而且數目很大？」

孟瓊說道：「他的生活很簡樸，我認識他這麼多年，從來沒有聽過他向別人借錢的事。方律師，你是不是知道點什麼？」

那張借據就在方子元車子的駕駛座下面，原來葉水養也有孟瓊所不知道的一面，他微微笑了一下，說道：「我有一個朋友聽說葉水養自殺了，就找到我問，人死了，所借的錢找誰要。他說是兩百萬，去年二月份借的！」

那張借據上的日期是去年二月，只是在數目上，他少說了一個零。

孟瓊似乎回憶起了什麼，說道：「去年二月，就是過年之前。我公司的那幾個股東叫著要分紅，按他們的估算，百分之七十的股份，起碼有三千萬。但是我去年兩個樓盤的銷售並不理想，銀行欠貸達到四千六百萬，而我公司的帳戶上，還不到兩千萬，我首先要考慮的就是銀行貸款，而不是股東分紅。他們可不管這些，只逼著我給錢。他實在看不過去，就出面和那幾個人談。沒想到他們竟然以爲他和我是一夥的，想把他們的錢吞掉，爲這事，他和他們大吵了一架，就這麼鬧翻了。他一氣之下，不知道從哪裏給我弄來了兩千萬，付了一部分銀行貸款，其餘的都給那幾個人分。到後來，反倒我一分錢都沒有了！我問過他那些錢是從哪裏弄來的，他只說那些錢的來路不乾淨，但不違法，還叫我不要管。方律師，你那個朋友是誰，有機會的話，我把錢還給他！」

方子元並沒有說那個人是誰，而是問道：「你能夠告訴我你公司的那幾個股東都是什麼人嗎？也許對分析你和我現在的處境很有用！」

孟瓊盯著方子元好一陣子，才說道：「知道得太多，你越危險，還是不知道的好。我之所以告訴你這麼多，是想讓你知道我和他的爲人。爲了利益，有些人什麼事都能做得出來的！總之，你千萬不要去觸犯他們的利益。」

方子元問道：「我想今天下午去找查金梅商談替葉水養翻案辯護的事，你認爲我該怎麼跟她談？」

孟瓊說道：「這是你和她之間的事，翻不翻案，對我而言並無多大的關係，反正人已經死了！」

方子元說道：「你想過沒有，你肚子裏的孩子長大後，得知他的親生父親是一個畏罪自殺的貪官，他會怎麼想？」

孟瓊的眼中閃過一抹痛苦，說道：「我不會讓他知道親生父親是誰的。」

方子元問道：「你又想過沒有，你和葉水養是正式夫妻的事情，瞞得過一般人，是瞞不過調查組的。一旦他們知道事實的真相，會怎麼處理？如果按法律程序，我應該跟你簽署委託協定才對！如果我和查金梅簽的話，是非法的！」

孟瓊說道：「除了你之外，沒有人知道我是他的合法妻子。那些人應該不會去調查他的婚姻問題。」

方子元說道：「不怕一萬，只怕萬一。如果你能拿出你們的結婚證給我看，我心裏也就有了個底！」

孟瓊搖了搖頭：「隨便你怎麼想，我現在什麼都無所謂。方律師，我看時間也晚了，我已經在下面安排好了，馬上就叫人來帶你下去！」

她拿起手機打了一個號碼，不一會兒，一個樓面經理模樣的男人推門進來了，朝她點了點頭，接著對方子元說道：「先生，請跟我來！」

方子元起身隨那人走了出去，下樓梯的時候，他越想越覺得不對勁。孟瓊叫他來的目的，說是分析兩人當前的處境，可是談了這麼久，都是聽她在講述她和葉水養之間的事情，雖然偶爾也談點別的，卻都是在打擦邊球，說到一定的分上就轉了過去。他明顯察覺到她還有很多關鍵的問題沒有對他說，故意對他有所隱瞞。

這種女人說的話，並不能令他完全相信，最起碼打百分之五十的折扣。

到了下面二樓，那個男人帶他進了一個包廂，包廂的桌子上擺了幾樣菜。他的肚子早已經餓得嘰哩咕嚕直叫。剛才在上面的時候，一個勁地喝茶，越喝越餓。

當下也不客氣，坐下來一陣風捲殘雲，直吃得肚子發脹。

在回市內的路上，方子元接到一個電話，一番寒暄之後，才知道是大學同學蘇剛，他現在就在高源市。

大學的同學來了，方子元當盡地主之誼，他當即約蘇剛到錦江海鮮酒樓見面。他接著打了查金梅的手機，提示是忙音，一連打了好幾次都這樣，只得發了一個長長的簡訊過去，說是已經和孟瓊談過了，沒有多大的問題，約她明天上午見面，商談委託的事宜。

簡訊剛發過去，方子元就後悔了，因爲他突然想到了一件事。

- 第 7 章 -
老同學

大學畢業後，一班同學天各一方各奔前程，方子元專注於考律師證，而蘇剛則考上了本校的法律系研究生。四年的感情，青澀的青春記憶，令人一生都難以忘懷。畢業後的前幾年，大家還能堅持著每年聚會一次，到後來，結婚的結婚，出國的出國，各有各的生活圈，聯繫也漸漸少了，聚會更是談不上，偶爾在網路上問候一聲，就算不錯了。

方子元確實後悔一時衝動發那個簡訊，這大白天的，若沒有什麼異常的情況，手機怎麼會關機呢？

自查金梅攔車喊冤後，就成了有些領導人物的眼中釘，一天廿四小時派人伺候著。她終究是個上了年紀的老女人，要是有人存心使壞，後果是不堪設想的。

若手機落到某個領導人物的手上，恰巧發現了這個簡訊，縱使他是能爭善辯的名律師，但在那些不講理的人面前，無論如何都說不清。

這官司還沒開始打，他就已經處於極端被動的局面之中，還怎麼玩下去呢？

他本想直接開車去查金梅家看看，可一想到已經約了蘇剛，只得打算晚上再過去。

到達錦江海鮮酒樓，剛一進門，就看到蘇剛坐在窗邊的雅座上，除了蘇剛外，還有一個看上去四十多歲的男人，那模樣像一個領導幹部。

大學畢業後，一班同學天各一方各奔前程，方子元專注於考律師證，而蘇剛則考上了本校的法律系研究生。四年的感情，青澀的青春記憶，令人一生都難以忘懷。畢業後的前幾年，大家還能堅持著每年聚會一次，到後來，結婚的結婚，出國的出國，各有各的生活圈，聯繫也漸漸少了，聚會更是談不上，偶爾在網路上問候一聲，就算不錯了。

聽說蘇剛碩士畢業後，考上了省檢察院的公務員，這幾年來混得應該不錯。

老同學見面，那份開心和激動就別提了。方子元抱著蘇剛，兩人不顧旁邊有人，像孩子般的打鬧一陣，才肯靜下來。

蘇剛向方子元介紹他身邊的許宗華：「這是許處長，我的上級！」接著轉向許宗華說道：「方子元，我大學同學，同一個宿舍的，就睡在我上面。這小子不道地，拿律師證也不跟我們說一聲，要不然我也當律師去，沒有人管著，也用不著天天上下班，偶爾抽個時間帶著老婆孩子出去旅遊。」

方子元笑道：「哪有你好呀，國家公務員，這年頭就公務員有前途，要不怎會有那麼多人都爭著去考呢？真正千裏挑一，比當年我們高考還難！要不我們換換？」

許宗華望著他們兩個，彷彿看到自己年輕時的影子，官場生涯和多年的機關處世經驗，已經使他的心態不再年輕，也無法再年輕。他微笑著說道：「走吧，我們在上面定了一個包廂，你們老同學多年未見，應該好好聊一聊。」

方子元感激地望了一眼，說道：「許處長，怎麼能夠要你們定呢？看在蘇剛的面子上，今天怎麼也得我來，盡盡地主之誼，否則說出去，其他同學會罵死我！」

許宗華也不爭辯，和聲說道：「沒問題，你說怎麼樣就怎麼樣！」

上樓的時候，方子元記起一件事來，問道：「你們該不會是下來調查葉水養的吧？」

蘇剛點頭道：「都下來十幾天了，早想打你的電話，可一來沒時間，二來工作紀律不允許。今天沒什麼事，所以叫上許處長，和你一起見見面。你這個高源市第一大律師，許處長也想認識呢！」

現在還不是吃飯的時間，酒樓裏沒什麼客人，來去的都是服務員。三個人進了一間包廂，分主客坐下。方子元叫服務員進來，點了一壺烏龍茶，外加一些當地特色的小吃。

在進包廂的時候，他已經猜到，蘇剛這時候帶著上級領導來見他，絕對不是爲了見面敘舊那麼簡單。他望著蘇剛，說道：「我聽說葉市長的夫人帶人攔了調查組車隊，這事鬧得很大，全市都知道了。這裏也沒有別人，我想問一句，葉市長真的是自殺的嗎？」

他這話只是投石問路，看看他們兩人的反應。果然，蘇剛並沒有急於回答，而是拿眼睛看著許宗華。在政府部門混的人就這樣，領導不說話，下面的人是不敢亂說的。

許宗華喝了一口茶，似乎不經意地問道：「你認爲呢？」

不愧是在政府部門混了那麼多年的人，經驗老到城府很深，說話也很模棱兩可耐人尋味。方子元說道：「我可不知道，不過我聽人說，葉市長不可能自殺！」他停頓了一下，接著道，「自不自殺都無所謂，反正人已經死了！你們說是吧？」

許宗華問道：「你好像挺關心的？」

方子元笑道：「好奇而已，畢竟是傳得街知巷聞的大事，每個人都在說，什麼版本的都有，呵呵！」

許宗華說道：「無論別人怎麼傳聞，但事情的真相只有一個！」

方子元點頭道：「那是，那是！不過話又說回來，很多事情的真相是見不得光的，許處長，你說是吧？」

蘇剛聽出他們兩人已經不動聲色地交上鋒了，爲了避免大家把話說得太過，導致場面尷尬，忙打圓場道：「子元，你這高源市第一名律師，誰能說得過你呀？跟我們談談這裏的風土人情，怎麼樣？」

方子元說道：「要說起高源市的風土人情，那可就不知道從何說起了，也許我們三天三夜都談不完。」

蘇剛和許宗華相互看了看，說道：「隨便談，無所謂的！」

方子元說道：「高源市屬下六個縣，總人口一千多萬，古稱黍離，《詩經》裏就有『彼黍離離，彼稷之苗。行邁靡靡，中心搖搖。知我者謂我心憂，不知我者謂我何求。悠悠蒼天！此何人哉？』……」

許宗華的眉頭一皺，說道：「知我者謂我心憂，不知我者謂我何求！」

蘇剛問道：「許處長，你想到了什麼？」

許宗華說道：「葉水養自殺前，就對他們兩人說過這樣的話。之前也多次和他們談高源市的風土人情，他好像想暗示他們什麼。」他說的那兩個人，是負責看管葉水養的王林和莫志華。

蘇剛說道：「那句詩的意思是：瞭解我心情的人，認爲我心中惆悵；不瞭解我心情的，還以爲我待在這兒有什麼要求呢！也許這就是葉水養當時的心態！」

方子元問道：「葉水養真是自殺的？」

蘇剛說道：「葉水養被雙規後，除了我們調查組的工作人員外，連他老婆都不能見他，你難道會以爲我們害他不成。我可對你說清楚，我們調查組的十幾個人，都和他不熟，而且沒有任何關係，我們只對下面舉報的事情進行調查，憑什麼要害他？」

方子元說道：「任何事情都不能說絕對，你能擔保你和他不熟，這很正常，但是不能擔保別人。你和調查組的其他人只是普通的同事關係，或者之前都不熟，又怎麼知道他人的社會關係呢？我們來假設一下，最親近的人莫過於日夜廝守的夫妻，就拿我和我老婆來說，我的熟人她不一定認識，而她的熟人和朋友，也許我聽都沒聽說過那個名字。也許我的某個熟人和她的朋友是親戚，或者說是關係很鐵的朋友，而我和她都不知道。」

蘇剛張了張口，他找不到一個理由來反駁方子元提出的假設。

許宗華問道：「你的意思是，如果葉水養不是自殺，問題還是出在我們調查組內部？」

方子元說道：「我只是假設而已，當不得真的，凡事還是以事實爲根據，要有證據才行！」

許宗華從隨身帶的提包裏拿出一份文件，說道：「你昨天晚上去找過查金梅，是不是？這是今天上午由市領導轉交給我們的東西，是一份律師委託協議！」

打不通查金梅的電話，方子元就猜到有問題，而蘇剛到高源市這麼久，說是同學見面，卻帶了一個上級領導來，他就知道今天的談話絕對不會那麼簡單。他看著那份協議，說道：「是的，我昨天晚上是去她家找過她，但是她沒有和我簽。」

許宗華問道：「你能夠告訴我，你爲什麼要那麼做嗎？」

方子元說道：「我是律師，替人打官司是天經地義的事，許處長，你認爲有什麼不妥嗎？」

許宗華說道：「你是高源市的名律師，按理說不需要靠這樣的案件來打名氣，通常情況下，都是事主去找律師，委託律師打官司，卻很少有律師主動找上門去要求爲事主打官司的。」

方子元笑道：「許處長，你說得有一定道理，可是你忽略了一件事，那就是我在高源市是名律師，僅僅是高源市而已。你是調查組的人，不可能不知道副市長畏罪自殺，副市長夫人攔車喊冤的新聞影響力有多大。我可以和你打個賭，在這一兩天內，不要說我們高源市，省城也會有律師跑過來，主動要求爲葉水養辯護。」

如今是資訊時代，資訊的傳遞是非常迅速而及時的。在事情發生之後，雖說高源市積極採取了多種封鎖消息的措施，但是消息還是以一種不可思議的速度傳了出去。就在今天，已經有好幾家省內外的媒體趕了過來，要求對此事進行跟蹤報導。好在省新聞部門及時出面，與媒體進行了溝通，在問題沒有明朗之前，爲避免干擾辦案，造成不必要的負面影響，暫時謝絕採訪。

見許宗華不說話，方子元接著說道：「許處長，你是不是要問我，昨天晚上在查金梅家裏，除了要求爲葉水養辯護外，還談了些什麼？」

許宗華點燃了一支煙，說道：「你主動爲葉水養辯護，不僅僅是爲了名氣，對吧？葉水養是在雙規期間出的事，原告董和春離奇失蹤，這個案子越來越撲朔迷離，如果你換成是我，你會怎麼想？」

他說話的時候，眼睛一眨不眨地望著方子元，似乎想從對方的眼神中找出一絲端倪。

方子元也不是省油的燈，他微笑著說道：「許處長，你認爲呢？」

蘇剛說道：「你昨天晚上去找過查金梅，我們今天一大早就知道了。市裏領導問我們有什麼處理意見，許處長得知你是我同學，所以想先見見你。你只知道想替葉水養辯護，卻不知道這裏面的水有多深。雖然他是自殺的，可我們到現在都找不到他要自殺的理由。你比我們懂法律，可法律有時候也會被人鑽空子……」

鑽法律的空子，這是律師最擅長的，方子元不可能不明白，他問道：「你的意思，是想我不要捲進去？」

蘇剛點頭說道：「就在查金梅攔車喊冤之後，我們才發覺，原來那個告葉水養貪污受賄的大生建築公司老闆董和春，已經失蹤好幾天了。在此之前，你們高源市也死了好幾個人。我們根據掌握的資料，有理由懷疑他們的死與整件事有著很大的關係。許處長已經向上面提出加派人手，進行刑事案件調查的請求。」

方子元的腦子一熱，對許宗華說道：「你們爲什麼告訴我這些？我又不是員警，也不想知道這宗案子裏面有什麼所謂的幕後真相，我只需根據法律程序，推翻你們對葉水養的結論就行。」

蘇剛說道：「子元，你怎麼這樣跟許處長說話，我們都是在爲你好！」

方子元問道：「爲我好？什麼意思？」

許宗華緩慢地說道：「你想過沒有，你留在查金梅那裏的委託書，爲什麼會轉到我們的手上？」

方子元一愣，問道：「爲什麼？」

許宗華說道：「我們調查組這些天在高源市的行動，時刻都有人盯著，就拿今天來說，爲了見你，我們兩個和後面的尾巴兜了幾個大圈，很不容易才甩掉。你昨天晚上去找過查金梅之後，市裏某些人很快就知道了，他們爲什麼要把你的那份律師委託協議轉給我們？很明顯，某些人想把更多的人捲進來，擾亂我們辦案的視線。」

方子元問道：「如果堅持要爲葉水養辯護，結果會怎麼樣？」

許宗華搖了搖頭，說道：「不知道。」他沉默了片刻，接著道，「如果你堅持要那麼做，我們也沒有辦法。正如你說的，就算你不做，也有別的律師會幹的！」

方子元沒有再說話，只默默地喝茶，蘇剛見氣氛有些尷尬，於是道：「子元，我看吃飯就免了，我們有事先走一步，你等會兒再出去！」

方子元覺得要是強留他們兩人吃飯，已經沒有太多的意義，只得微笑了一下，說道：「等你們把案子完結了，我們再聚！」

看著他們兩人出去，方子元收回目光，若有所思地看著留在桌角的那份委託書。他覺得那個叫許處長的人，說出的每一句話，都含有另一種意思。他們之所以來找他，不僅僅是勸他不要爲葉水養辯護，從說出的那些事中，應該還有另外一層意思，那就是對他提出警告。或者，他們已經掌握了一些他與這件事有關係的證據，只是隱而不發，就看他自己怎麼處理。

他越想越覺得自己已經處於一個巨大的漩渦中，想擺脫都擺脫不了。他拿起那份委託書，長長吁了一口氣，他覺得有必要和老婆商量一下。

這時候，恰巧李雪晴來電話，問他在哪裏，說是伯母來電話，今天是伯父的生日，老頭子不想驚動別人，就想在家裏和自家人一起吃餐飯。

以往李樹成過生日，都是很高調的，記得過五十大壽的時候，光酒席就擺了好幾十桌，來的都是各級領導人物和各行各業的大老闆。後來聽說那一次僅收禮金就上百萬，而其他禮品更是不計其數。

今年的生日，怎麼突然變得低調了？莫非省調查組的人在這裏，怕影響不好？

離開酒店，方子元本想去街上買點生日禮物，轉了一圈，也不知道買什麼東西才好。李樹成畢竟是見過大世面的人，家裏什麼都不缺。正愁著不知道買什麼禮物去，李雪晴又來電話了，語氣有些生氣：「你怎麼還沒回來？我們接完雨馨就過去，去晚了怕伯父不高興呢！」

方子元說道：「我們總不能空手上門吧？我正愁著不知道買什麼東西好呢！」

李雪晴說道：「我的大律師，我早就知道你把這事給忘了，放心吧，我前些天托人從老家帶來了正宗的農家臘肉，還有農家自釀的老酒。我伯父就喜歡吃那東西，比送別的強多了！」

方子元連忙說道：「多謝老婆，我這就過去！」

不可否認，李雪晴是個溫柔而心細的好老婆，家裏一些紀念日，還有至親好友之間的禮尚往來，她都記在腦子裏，無須他多操心。

他開車到市政府門口，見李雪晴身邊有兩個大塑膠袋，其中一個裏面裝著臘豬腿，另一個則是一壺淡黃色的老酒。

李雪晴上車後，輕輕擂了方子元一粉拳，嬌嗔道：「你要是再晚來十分鐘，我可饒不了你！」

方子元問道：「爲什麼？」

李雪晴抬著手腕叫道：「再過十分鐘大家都下班了，看到這樣子站在這裏，還不丟臉死？」

方子元想起一件事，說道：「你們扶貧辦和民政那邊應該關係不錯吧？」

李雪晴問道：「你想幹什麼？」

方子元說道：「我想拜託你去查一下葉水養的婚姻情況。」

李雪晴看著方子元凝重的神色，說道：「葉水養的老婆不是查金梅嗎？還要查什麼？」

方子元說道：「我叫你去查，你就想辦法去查就是，記著，這件事千萬不能聲張出去，也不要讓人知道你是去查葉水養的婚姻情況的，否則後果不堪設想。」

李雪晴擔心起來，問道：「怎麼了，有那麼嚴重嗎？」

方子元說道：「比你想像的要嚴重得多。如果你不想我出事的話，就照著我的意思去做。等晚上回去，我再和你好好商量一下。」

到學校接了方雨馨，來到李樹成家時，天色還早。伯母見他們來了，忙開心地將他們迎了進去。

客廳的茶几上擺著一些水果，李樹成坐在沙發上，正低頭抽著悶煙，看上去精神狀態不太好。

他看到方子元進來，忙欠了欠身，和善地說道：「你們來了！子元啊，來來來，坐坐！」

李雪晴讓女兒在旁邊看電視，自己去廚房幫伯母做菜。

方子元叫了一聲「伯父」，坐在李樹成的旁邊。

李樹成遞過去一支煙，低聲問道：「你最近很忙吧？」

方子元「嗯」了一聲，看了一下四周，問道：「哥嫂呢？」

李樹成漠然地說道：「那小子比你更忙！」

方子元點燃煙，吸了一口，說道：「我今天碰到齊隊長了，他說那天去我家搜查的事，完全是誤會。」

他這麼說，只想探探李樹成的反應。齊隊長若沒有得到李樹成的同意，縱使有天大的膽子，也不敢帶著搜查令去他家搜查。

李樹成淡淡地問道：「聽說你去找過查金梅？」

連調查組的人都知道的事，李樹成不可能不知道。方子元說道：「是哥叫我去的，他要我拿到查金梅的委託權，爲葉水養辯護！」

李樹成低聲道：「這小子到底想搞什麼？」

方子元沒有接話，兒子要想搞什麼，難道做父親的會不知道麼？

李樹成接著問道：「他還要你做什麼？」

方子元老老實實地說道：「沒有，他只叫我做那件事，別的沒說。」

餐廳那邊的桌子上已經擺滿飯菜，大多是李樹成最喜歡吃的臘味。天色已晚，李飛龍還沒有回來，李樹成也沒有打電話去催，而是起身說道：「子元，陪我喝一杯！」

李雪晴問道：「伯父，不等哥嫂了麼？」

李樹成大手一揮，說道：「不要管他們，我們先吃！」

飯菜雖然很多，但是方子元一副心事重重的樣子，根本沒什麼胃口。他知道鄉下的老酒雖然味道很醇厚，但後勁也大，和李樹成喝了幾杯之後，就不敢再放開喝了。

李樹成似乎很開心，幾乎是一口一杯，喝得很豪爽，不住地說道：「好久沒有這麼實實在在地在家裏，和自家人一起吃這樣開心的晚飯了！」

換句話說，李樹成以前都沒有實實在在地在家裏吃過飯。方子元用眼角的餘光瞟了一眼正在吃飯的李雪晴和伯母，見她們兩個並沒有多大的反應，只顧夾菜吃飯。他端起酒杯，對女兒方雨馨說道：「雨馨，來，敬爺爺一杯，祝爺爺生日快樂，萬事如意！」

方雨馨端起面前的那杯可樂，咧開少了兩顆門牙的嘴，含糊不清地說道：「祝爺爺生日快樂，萬壽無疆！」

李樹成原本呵呵地笑著，聽到「萬壽無疆」這四個字，臉上的肌肉抽搐了一下，笑道：「這四個字，我已經有好幾十年沒有聽到過了！」

李雪晴輕輕拍了女兒一下，低聲問道：「是誰教你說的？」

方雨馨一本正經地說道：「老師！」

李雪晴有些生氣地說道：「現在的老師也真是的，怎麼教孩子說這樣的話？」

李樹成呵呵地笑道：「沒事，沒事！小孩子懂什麼，有個意思就行！」

方雨馨瞪著一雙水汪汪的大眼睛，不解地看著大人，她非常不明白，既然是生日祝壽，用萬壽無疆肯定比萬事如意好得多。

李樹成乾了杯中的酒，接著滿上，目光溫和地望著李雪晴，說道：「雪晴呀，你在扶貧辦那邊上班，還行吧？」

李雪晴說道：「反正都那樣，混日子唄！」

李樹成問道：「想不想換一個地方？」他看了一下方子元，說道，「要是你們願意的話，我想放你到下面歷練歷練，過兩年再上來，怎麼樣？」

李雪晴扒了幾口飯，說道：「雨馨還小，子元的工作那麼忙，我不放心。伯父，我又不想當領導，在機關平平淡淡上個班就行了！」

李樹成一臉深沉地說道：「唉，這些年來，我也沒有幫上你什麼忙，現在想起來，心裏還真的有點過意不去。」

方子元說道：「伯父，你要是說這樣的話，我們做小輩的就更過意不去了，來，我敬您！」

幾杯酒下肚，李樹成拍著方子元的肩膀，親熱地說道：「子元啊，你要是這麼想，我就心滿意足了，來，咱爺兒倆再喝幾杯！」

李雪晴忍不住說道：「伯父，子元他的酒量不行，差不多就行了！鄉下的老酒，後勁大！」

伯母也說道：「老頭子，酒醉傷身子，子元他們還要回去的！」

李樹成大聲道：「我難得今天這麼高興，子元，你就陪伯父醉一回，怎麼樣？」他重重地拍了幾下方子元的背，接著說道，「酒逢知己千杯少，沒事，等下我叫車送你們回去！」

既然李樹成這麼說了，方子元還能說什麼呢？他望著李雪晴，一副豁出去的樣子，其實他的酒勁開始有些上頭了，強忍著又和李樹成乾了兩杯。

外面響起了喇叭聲，過了一會兒，李飛龍推門進來，看到客廳裏吃飯的方子元，走進去微笑著打招呼：「喲，你們來了？我公司那邊有些事要處理，所以來晚了，對不起呀！」

李樹成頭也不抬地說道：「都說養兒防老，我們老倆口養了這麼個兒子，也沒想過老來靠兒子養，到時候想見一見都見不著，生個兒子有什麼用呢？」

李飛龍說道：「爸，你這是說什麼話，我過去後，以後每年回來一兩次，你們也可以過去那邊看看，不是很好嗎？」

李樹成氣呼呼地說道：「一兩次有什麼用？哪有在身邊時時看到的好？都說葉落歸根，你的根在中國，不是在美國！」

李飛龍不服氣地反駁：「還不是想你的孫子將來好麼？中國的教育和社會福利，能和美國比麼？」

李樹成拍了一下桌子，大聲凶道：「我是沒有出去，但是我知道，我們中國的經濟每年都在增長，老百姓的生活越來越好。我們中國的國情和別的國家不同，是需要摸索和實踐的，在不斷完善中進步。你說什麼國際地位？都是那些沒有素質的傢伙，仗著有幾個臭錢，去國外給我們中國人丟盡了臉造成的。」

李飛龍坐下來道：「好好好，爸，都是你說得對，來，我敬您一杯，祝您生日快樂！」

李樹成氣呼呼地起身道：「算了，不喝了，我今年過生日，就想在家裏靜靜的，還好有雪晴和子元來，要不然我們可就老臉對老臉了！」

伯母一看情形不對，忙起身過去：「老頭子，你今天要幹什麼？雪晴和子元都在呢……」她的話還沒有說完，就見李樹成已經倒背著手上樓去了。

李飛龍笑了笑，對方子元說道：「來，妹夫，我們喝！」

方子元也沒說話，舉杯碰了一下，仰頭一口乾了。

李飛龍拿出手機打了一個電話，吩咐了幾句，接著道：「沒事，我已經叫人過來了，等下那個人開車送你們回去！」

李雪晴擔心道：「哥，子元不會喝酒，他已經醉了！」

李飛龍笑道：「醉了好，醉了什麼事都不用去想，一覺睡到明天！」

當外面有人敲門的時候，方子元的臉已經紅得發紫，眼睛都幾乎睜不開了，他記不清自己是怎麼出的門，又是怎麼回家的。一覺醒來的時候，已經是第二天上午十一點多，雖然身體有些疲軟，但頭不疼。

他拿起放在床頭的手機一看，見上面有四個未接來電，其中三個是李雪晴打來的，另外的一個是他的老同學蘇剛。

他忙回撥了過去，不料那頭卻按掉了，也許蘇剛現在不方便接電話。他起了床，去浴室沖了一個澡，看到桌子上有一張便簽紙，上面寫著：老公，喝酒傷胃，廚房裏有稀飯，暖胃的。愛你！

下面還用紅筆劃了一個心形。

方子元微微笑了一下，在那張紙上親了一下，走過廚房，果然見電鍋裏煮了粥，旁邊還有一小碟他最喜歡吃的鹹菜。

吃完稀飯，他想起今天有一個案件要開庭，是一個七十多歲的老人狀告子女不贍養的，按理說，這類的小案件，他是不屑接的，可看到老人那孤苦伶仃的樣子，心腸一軟，連律師費都沒要，就接了下來。那老人離開律師事務所的時候，他還拿出三百塊錢，算是一點意思。

老人也沒有拒絕，千恩萬謝地收下了。

剛出門，蘇剛的電話就打過來了，說話的聲音很低，也很壓抑：「你在哪裏？」

方子元說道：「我在家，正要出門呢！我昨天晚上喝醉了，所以沒有接到你的電話！有事麼？」

蘇剛低聲道：「你知不知道，又有一個人自殺了！」

方子元問道：「誰？」

蘇剛說道：「政法委副書記兼公安局長李樹成，聽說他是你老婆的伯父，現在正在人民醫院搶救。」

方子元問道：「你們調查他了麼？」

蘇剛說道：「還沒有，今天上午我們和市裏的幾個領導，開會研究如何更好地處理葉水養的問題，會議開到一半的時候，他接到一個電話，出去後就沒有回來。還好跳樓的時候，被樹枝擋了一下，底下是花壇，才沒有當場摔死，不過情況很嚴重！」

方子元著急問道：「是什麼人打電話給他？」

蘇剛說道：「目前我們正在調查之中，所以不方便透露給你，對不起！」

方子元掛上了電話，思索著蘇剛剛才說過的話，若調查組沒有對李樹成進行調查，又怎麼知道李樹成和他的關係呢？那個打電話給李樹成，導致他自殺的人，究竟是誰？

高源大酒店。

許宗華召集全體調查組人員開緊急會議。

省裏的意見已經下來了：鑒於高源市的特殊情況，暫時保留對許宗華的失職處分，恢復他的工作，並批准他提出的新調查方案，在省裏派出的案件調查專家沒有到達之前，組長許宗華調整調查組人員的工作，立即投入實際調查工作。

另外，省裏已經給高源市委市政府發了緊急通知，必須無條件全力配合調查組的工作。

調查計畫早就已經做好，許宗華徵求一下大家的意見後，就立即按計劃分配任務。他面色凝重，從來到高源市的那一刻開始，他就已經知道，這是一次不同尋常的調查。隨著案件的發展，他也越來越認識到，調查組內部人員有問題，所以他暫時停止了王林和莫志華的外勤工作，只負責後勤事務。

調查組人員分成三批，第一批繼續調查葉水養的腐敗問題，第二批負責調查葉水養的死因及相關問題，而第三批，則由蘇剛領隊，負責李樹成自殺事件的全面調查。

他這麼安排，也是有原因的，是想通過工作中的一些蛛絲馬跡，查出工作組內部的問題，究竟出在誰的身上。

葉水養和李樹成的先後自殺，一定有著不為人知的某種關係，必須要找出那種關係，找到整個案件的突破口。

他知道，所有調查組人員，都將面對一場沒有硝煙的惡戰。

- 第8章 -
劣跡斑斑的老人

原來潘建國在當出納的時候，就在外面和一個女人鬼混，置原配妻子與兩個兒子於不顧。出事前，家中的錢財他全部給了那個女人。出獄後無處去，兄弟倆原本商量好，寄居在大兒子家，小兒子每月出四百塊的生活費。潘建國雖然過了多年的監獄生涯，但不思悔改，幾次嫖娼被抓，都是兩個兒子出錢保釋出來，不僅如此，他還喜歡與人賭博，並欠下巨額高利貸。

方子元趕到市人民醫院，在急救室外面的走廊上，見到了哭得很傷心的伯母。李雪晴陪在伯母的身邊，不住地抹眼淚。

走廊上有很多人，都是市政府和市公安局的幹部，還有其他部門的領導。市長余德萬被幾個人圍著，正低聲不知道在商量著什麼。

沒有看到李飛龍，也許他此刻正忙，並沒有得到父親自殺的消息。方子元一連打了幾次李飛龍的電話，都提示是無人接聽。

他走到伯母身邊，也不知道說什麼安慰的話才好，怔怔地站了一會兒，見一個醫生從搶救室內出來，忙走過去。

還沒等他去問，那個醫生就對迎過去的余德萬報告：「余市長，病人的情況很不妙！」

方子元著急地問道：「醫生，情況怎麼樣？」

那醫生瞟了他一眼，繼續對余德萬說道：「病人的頭部受到撞擊，顱骨開裂，大腦淤血，頸椎、腰椎和右腿都有不同程度的粉碎性骨折。病人的情況很不樂觀，你們要有心理準備。」

余德萬揮著手說道：「關院長，還是那句話，不惜一切代價搶救，萬一不行，就轉到省城去！」

原來是院長親自領隊實施搶救，方子元聽院長這麼說，心裏咯噔一下，照這樣的傷勢，就是搶救過來，也會成爲一個廢人。

這期間，不斷有人來到搶救室走廊前，都是前來「關心」李樹成的。方子元覺得人群中有個熟悉的面孔一晃，想要去找時，卻再也找不著了。

余德萬來到李樹成的妻子面前，低聲安慰了幾句，便在一群人的簇擁下離開了。方子元走過去，坐在伯母身邊，低聲道：「伯母，沒事的。」

在這種情況下，他實在不知道用什麼詞語來安慰。他抬起頭，看著那些在走廊內竊竊私語的人們。那些人雖然表面上一副很同情的樣子，說不定心底在幸災樂禍呢。

他的手機響了起來，一看是那個法院的副審判長打來的，才記起今天下午要開庭的事，忙走到一邊低聲道：「我馬上過來！」

方子元離開醫院趕到法院，走進審判庭，見所有的人都到了，他向大家說了聲「對不起」，就坐到屬於他自己的律師席上。

在世風日下的今天，不贍養老人的案件層出不窮。一般情況下，子女在收到法庭寄出的開庭通知後，在工作人員的溝通下，都會選擇庭外和解的解決方式。法院也樂意那麼做，那樣不會太傷及老人和子女的感情。

一旦開庭，有不少子女都會選擇逃避，真正在法庭上當面鑼對面鼓大吵大鬧的，畢竟不多。方子元整理好資料，望向被告席的時候，見那裏坐著兩個男人，其中一個他見過，就是那天他和孟瓊在一品香海鮮酒樓吃飯的時候，孟瓊叫進來的那兩個人中的一個。

跟孟瓊那種女人混的，也不是什麼好鳥。方子元頓時心生厭惡之情，決定好好替老人出一口氣。

那老人就坐在原告席上，上身穿著半舊的灰色襯衣，下身套著一條黑色的沙灘褲，腳上拖著涼鞋。那一頭灰白的頭髮和一雙蒼老而無辜的眼睛，使人不由得心生憐憫。

對方的辯護律師是一個年輕人，好像剛出校門沒多久。

審判者宣佈開庭後，依照法律程序，方子元代替上訴人陳述案件緣由後，提出上訴請求。當他看清手中的那份上訴狀，眼睛頓時睜大了。

那天他接下這個老人的委託請求後，就把工作交給助理去幹了，所以他對於老人的身分問題，一直沒有留意。眼前的上訴狀中，前一段是老人的生平，裏面提到這個叫潘建國的老人，於一九八五年至一九九四年，在市化工廠當出納。因挪用巨額公款被判刑十年，四年前由於改造良好，被提前兩年釋放。老伴在六年前就已經過世，出獄後，潘建國開始跟著大兒子生活，後來受不了大兒媳的虐待離家出走，在外面流浪了兩年，回來後連個棲身的地方都沒有，現今寄居在一所舊房子裏。

方子元吃驚的不是潘建國出獄後的窘迫生活，而是潘建國犯罪的經歷。據他所知，一九九四年時任廠長的葉水養在離開化工廠時，也就是潘建國犯案的時候。

當審判長第二次大聲宣佈開庭之後，方子元才回過神來，開始宣讀上訴狀。像這類的案件，通常情況下都是走個過程，通過控辯雙方當庭辯護後，法庭在最後判決時，也會趨向於老人，讓老人至少老有所養。

當方子元聽到辯護律師宣讀的辯護狀時，才知道自己對潘建國的過去竟然一無所知。

原來潘建國在當出納的時候，就在外面和一個女人鬼混，置原配妻子與兩個兒子於不顧。出事前，家中的錢財他全部給了那個女人。出獄後無處去，兄弟倆原本商量好，寄居在大兒子家，小兒子每月出四百塊的生活費。潘建國雖然過了多年的監獄生涯，但不思悔改，幾次嫖娼被抓，都是兩個兒子出錢保釋出來，不僅如此，他還喜歡與人賭博，並欠下巨額高利貸。大兒子爲了替他還債，不得已轉掉了一家人賴以生活的店鋪。兄弟倆沒有辦法，只得送潘建國去老年福利院，但潘建國待不到兩個月，就跑回來大吵大鬧，說兩個兒子討厭他，把他送去那種鬼地方，連飯都吃不飽。居委會和民政部門多次出面調解，都無濟於事。潘建國見沒有人管著他，愈發無法無天起來，不僅從外面帶女人回家，還經常偷看兒媳婦洗澡……

有這麼一個為老不尊的長輩，任何人都受不了，兒媳婦實在忍無可忍，將潘建國趕出門。

方子元張口結舌，他實在想像不出，那麼一個可憐的老人，居然那麼可惡，他閱人無數，這次居然看走眼了。他要是事先知道潘建國的過去，是絕對不會到法庭上來丟這個臉的。當下，他有些痛心地說道：「儘管我知道我的當事人有諸多的惡跡，可不管怎麼說，站在人道主義的立場上，我絕對不能眼看著一個有兩個兒子的老人餓死在街頭。但鑒於潘建國的惡劣秉性，我建議對他今後有可能再次出現的行為，有必要申請法律約束。」

也就是說，在這之前的賬可以不算，若此後再出現那樣的情況，可追究潘建國的刑事責任。若按他說的，潘建國最終的去處，還是有專人管理的老年福利院。

潘建國當即叫起來：「律師，你怎麼說那樣的話？你不是幫我的麼？」

正如以前類似的案件一樣，並沒有過多的庭辯過程。法庭當場宣佈，潘建國由居委會安排去老年福利院，每個兒子分擔潘建國在老年福利院的生活開支，並每月出三百元的生活費。對於一般的老人而言，六百塊錢應該足夠生活零花。但是潘建國卻不同意，站起來大聲叫道：「律師，律師，那點錢怎麼夠？最起碼每人也要一千塊！」

方子元起身微笑著走過去，在潘建國耳邊低聲說道：「不要說一千，兩千都沒問題，不過現在不行，等下我請你吃晚飯，到時候我們再談，看怎麼樣繼續打官司，推翻法官的一審判決。」

離開法院時，方子元打電話給李雪晴，問李樹成的情況怎麼樣。李雪晴說還在搶救之中，現在還不清楚情況。

方子元說有要事要辦，等事情辦完了，才能去接女兒，要她照顧好伯母。

李雪晴也沒多說話，就把電話掛了。

方子元開車來到錦江海鮮酒樓，帶著潘建國上樓。潘建國跟在他的後面，一邊走一邊自言自語：「這種高級的地方，我已經有十幾年沒來過了！」

進了包廂，兩人分頭坐下。潘建國問道：「律師，就我們兩個人吃飯嗎？」

方子元拿過菜單丟過去，說道：「這上面的菜，你可以隨便點。不過，我要問你一些問題，你可得如實回答我，否則……」

潘建國拿著菜單連聲道：「沒問題，你儘管問就是！」

方子元問道：「你在化工廠當出納的時候，葉水養就是廠長，是不是？」

剛才還眉開眼笑的潘建國聽到「葉水養」這三個字，身體不由自主地顫了一下，臉色頓時變得很難看。他望著方子元，左右打量了一下，問道：「你到底是什麼人？」

方子元說道：「幫你打官司的律師！」

潘建國的眼中閃現老練而懷疑的目光，說道：「既然你是律師，爲什麼問這樣的話？」

方子元微笑道：「難道我問錯了嗎？」

潘建國的神態不再猥瑣，依稀是一個深藏不露的老人，他沉聲問道：「過去那麼多年的事，很多人都不記得了，你問這做什麼？」

方子元說道：「葉水養自殺的事，相信你聽說了，是不是？」

潘建國的眼光立即變得怨毒起來，從牙縫中擠出兩個字：「活該！」

方子元拿出一包煙，丟了一支過去，自己拿了一支點上，慢悠悠地說道：「你爲什麼這麼恨他？是因爲他對不起你麼？」

一個廠長，一個出納，同是在那一年，一個被抓，一個升官。就算是再沒有頭腦的人，也能猜出他們兩人肯定有著某種關係，只是外人不知道而已。

潘建國將煙含在口中，目光深遠起來：「人都已經死了，恨什麼恨？」

方子元說道：「如果你不肯說真話，我也沒有辦法幫你！」他盯著潘建國大膽說道，「如果我沒有猜錯的話，你當年是替人背的黑鍋！是不是？」

潘建國並沒有說話，但是他的眼神已經出賣了他。

方子元一擊得手，接著道：「難道你就沒有想過，替你自己去討一個公道？如果有可能的話，你完全可以翻案，拿到應有的賠償，還能享受退休待遇。爲什麼要去養老院那種地方，靠兩個並不孝敬你的兒子生活呢？只要有錢，想要怎麼瀟灑，就怎麼瀟灑！」

潘建國似乎心動了，他張了張口，還是沒有說出來。

方子元趁熱打鐵，問道：「你當年一共挪用了多少公款？」

潘建國的目光深遠起來，過了好一會兒才說道：「八百五十萬！」

十幾年前的八百五十萬，確實是數額巨大。方子元問道：「你被抓後，追了多少回來？」

潘建國冷笑道：「一分都沒有！」

方子元說道：「若按十幾年前的法律，像你這種情況，最起碼要十五年以上，死刑都說不定。是不是有人保了你？」

潘建國緩緩說道：「不愧是律師，懂行！他們對我說，最多十年，十年不到，我就可以出來了！」

方子元說道：「事實上他們並沒有騙你！你被判了十年，而且提前釋放了！」

潘建國突然怒吼道：「可是我失去了一切！」

方子元問道：「你除了失去工作外，還失去了什麼？」

潘建國說道：「他們答應給我百分之三十的股份，可是到現在，連一個子兒都沒有給過我！」

方子元說道：「那你爲什麼不去找他們要呢？」

潘建國低頭哭了起來：「我是一個從牢裏出來的人，是個神經病，敢找他們去要麼？那時候他們給我的只是口頭承諾，沒有立字據的！」

方子元問道：「這件事還有誰知道？」

潘建國抹了一把眼淚，說道：「就我們幾個，沒有別人！原來就想把這事做得神不知鬼不覺，他們對我很好，所以我信他們！媽的，要不是查金梅那個婊子，我也不會這麼慘！」

「查金梅！」方子元心中大驚，但他不動聲色地問道，「查金梅也害你了？」

潘建國長歎一聲，說道：「算了，不說了。律師，你的心意我領了，其實那些事，你還是不知道為好，你鬥不過他們的，弄不好命都沒了！」

方子元說道：「你怎麼知道我鬥不過他們？」

潘建國苦笑道：「有人已經試過，結果連命都沒有了！」

「哦，有人試過？」方子元說道，「誰呀，那個人我認識麼？」

潘建國說道：「律師，求求你不要再問了，為了你，也為了我，還是讓我多活幾年吧！這餐飯你願意請就請，不願意就拉倒！」

既然潘建國這麼說了，方子元只得說道：「好，不問就不問，這餐飯還是我請你，就當跟你交個朋友！」

「和我交朋友？」潘建國非常意外地看著方子元，說道，「你這種身分的律師，願意和我糟老頭子交朋友？」

方子元微笑道：「隨便你怎麼想！」

潘建國拿著菜單說道：「那我可就點菜了？」

方子元點了點頭。

方子元和潘建國吃過飯，開車送他到市中心立交橋下，下車的時候，遞給他一張名片，說有什麼事可以打這個電話。

這餐飯吃了一萬多塊，既然有人請客，潘建國也不客氣，盡點那些好吃的，直吃得滿嘴流油，肚皮撐飽為止。

潘建國看了一下名片上的名字：「原來你姓方呀？跟你認識這麼久，還不知道你叫什麼呢！」他們此前雖然見過面，可方子元都是聽潘建國滔滔不絕地講述他可憐的遭遇和那兩個不孝的兒子，並沒有過多地交談，潘建國連對方的名字都不知道。

潘建國接著道：「方律師，我欠你一餐飯錢，只要有機會，我會還給你的！」

看著老人消失在立交橋下的人流中，方子元顧自笑了笑，啓動車子朝四中而去。這個時候正值放學時間，趕過去還來得及。

幸好沒怎麼塞車，方子元趕到四中，見方雨馨正站在學校門口的一棵大樹下，手裏捧著一個和她的人差不多高的布娃娃。

她一看到方子元的車子停穩，興高采烈地跑上前來，伸手拉開車門，把手中的大布娃娃往車內塞。

方子元問道：「雨馨，是誰送給你的娃娃？」

方雨馨擠到車內，說道：「是一個叔叔送給我的，他說是你的同事，還讓我把一封信交給你！」

她從書包中拿出一封信，遞了過去。

聽女兒這麼說，方子元的心中大駭，在現在這種非常時期，誰會跑到這裏來送給他女兒一個布娃娃，又叫她幫忙帶一封信給他呢？他撕開信封，拿出信紙，果然如他所料，信紙就一句話：方律師，你的女兒很漂亮。

這句話雖然很短，但充滿恐怖的氣息，這是躲在暗處的對手向方子元提出警告。到目前爲止，方子元都沒敢亂來，完全是按照李飛龍的意思去辦的。他當下心道：莫非是李飛龍的對手在警告他？

李飛龍的對手，除了孟瓊之外，還會是誰呢？不過，他們兩人之間，不僅僅是對手那麼簡單，否則，孟瓊也不會說出虎老大要她這麼做的話來。或許在某種程度上，他們還是合作關係。

方子元也顧不了那麼多，帶女兒回家吃飯洗澡睡覺。他打了李雪晴的電話，得知李樹成還在手術中，狀況還是那麼糟糕，隨時都有生命危險。她今天晚上要在醫院裏陪伯母，怕老人家受不了。最後她還說，李飛龍來過醫院，但待了一會兒就走了。

也許他們父子倆的關係已不再像以前那樣，所以昨天晚上李樹成才會說出那樣的話。

等方雨馨睡著之後，方子元一個人坐在客廳的沙發上，看著那頁紙上的字，想著潘建國說過的那些話。

他想去醫院看看，可不放心女兒一個人在家，他很想找個人說說心裏話，可惜身邊沒有一個人，只得進了書房，打開電腦上網。

剛上了一會兒，手機就響了，是一個街道派出所打來的，說潘建國嫖娼，現在被抓到派出所裏，叫他去處理。

這是什麼跟什麼呀？給個二兩顏色，還開染坊了？這個死老頭子，還真要把他強行管制起來才行，稍一放開，就去幹那些齷齪的事了。

儘管他有些不願意，可還是去了，交了三千塊錢罰款，把人從拘留室內領出來。潘建國仍是那副猥瑣的樣子，嘴巴裏不住地咕嚕道：「媽的，剛脫褲子人就到了，奶子都沒來得及摸一把，就被人帶到這裏。」

方子元無奈地說道：「你奶子沒摸一把，就害我花三千塊，值得嗎？」

潘建國嘿嘿地一笑，說道：「我在裏面聽人說，沒錢的人才去那種地方，多花冤枉錢。那些有錢的人都會去別的地方，比如酒店桑拿保健什麼的，那裏的小姐又年輕又漂亮，雖說貴了一點，可值呀！」

看著潘建國那副慫樣，方子元只覺得很搞笑，他說道：「你該不會想我帶你去那些地方吧？」

潘建國搓著手，說道：「如果能去，那是最好了！」

幾千塊錢都花了，也不在乎那幾百塊錢，方子元只想快點打發走潘建國。「行，我就帶你去舒服一次，可說好，你以後要是再去街邊的那種地方被抓，可不要打我的電話，我沒有那麼多錢給你交罰款。」

潘建國咧開嘴，露出黃黑色的大門牙，乾笑道：「那是，那是！放心吧，等我以後有了錢，會還你的！」

都窮成什麼樣子了，還說那樣的大話，這話要是別人聽到了，肯定不信，但是方子元相信，他微笑道：「有你這句話就好，到時候有了錢，可別忘記了我！」

市內很多家星級酒店都有那種色情服務，而且無須擔心被員警抓。方子元帶著潘建國來到鴻賓館開好了房間，他和賓館的老闆熟，以前也帶朋友來這裏開過房，只是他自己不喜歡做那種沒有感情色彩的苟且之事，所以不懂這裏的行價！

他拿了一千塊錢遞給潘建國，接著用房間裏的電話打到前臺，叫一個小姐上來按摩。

潘建國見方子元要出門，忙道：「怎麼了，你不玩？」

方子元說道：「你慢慢玩吧，我家裏還有事！」

離開賓館，方子元開車回家的路上經過市人民醫院，便順道去醫院看看。到了醫院裏，見搶救室門上的紅燈還亮著，走廊內還有一些人。李雪晴陪著伯母，還坐在走廊旁邊的椅子上。看到他走過去，李雪晴忙起身道：「你來做什麼，伯母有我照顧呢，雨馨一個人在家裏，萬一醒過來看不到爸爸媽媽怎麼辦？」

方子元連忙說道：「我馬上回去！」

他轉身的時候，不巧撞在一個人的身上，他認出那個人，兩天前在查金梅家的樓下見過。那人也似乎認出了他，想急忙避開，卻被他一把抓住。

「方律師，你想幹什麼？」那個人說話的時候，聲音充滿了不屑。

方子元低聲道：「葉水養出事後，你去監視查金梅，現在我伯父出事了，你是不是也來監視我的伯母？你說，你是哪個部門的，是誰要你們這麼做的？」

那人低聲道：「方律師，你別激動，我們只是奉命行事，目的就是保護證人！」

方子元一愣，低聲問道：「你說什麼，證人？你是指躺在搶救室裏的，還是坐在那裏哭的？」

那人看了看前面，說道：「方律師，這個問題到時候會有人回答你的！」

他說完後，推開方子元，走到前面去了。方子元怔怔地看著這人的背影，低聲詛咒了一句，無可奈何地離開了醫院。

當他上車的時候，見車前的陰影裏站了一個人，他大著膽子走過去，認出是蘇剛。他說道：「你躲在這裏做什麼，我還以爲是偷車的呢！」

蘇剛看著車子，低聲說道：「這車子不錯，高源市能夠開這種車的人，恐怕不多，不愧是名律師，財大氣粗呀！」

方子元回憶起來，他上午在搶救室的走廊裏瞟了一眼的那個熟人就是蘇剛，於是問道：「你來這裏做什麼？辦案？」

蘇剛說道：「走吧，我們上車聊！」

兩人上了車，方子元漫無目的地開著，往前走了一陣，才說道：「你想和我談什麼？」

蘇剛看著街邊的夜景，說道：「你對你老婆的那個堂哥，瞭解多少？」

方子元說道：「雖然是親戚，但來往不多。我只知道他是方園集團的老總，聽說生意做得很大。偶爾在伯父家和他見上一面，也很少說話。人家是大老闆，不屑跟我們這樣的人交談的。事實上，我和他也沒什麼好談的。」

蘇剛說道：「他的生意確實做得很大，而且眼光不錯，前兩年，把老婆孩子都送到美國去了。」

方子元說道：「除了他之外，你們恐怕連我也調查了吧？也好，我就透露一點消息給你！」他從口袋中拿出那封女兒轉給他的信，接著說道，「你看看，也許對你的調查有用。」

蘇剛看過那封信之後，說道：「他們是在警告你！」

「我知道。」方子元說道，「像我們這種當律師的，辦過那麼多案子，肯定得罪了不少人。他們當官的和做大生意的，就更加不用說了。」

蘇剛笑了一下，說道：「可是你想過沒有，什麼人可以逼他們自殺呢？」

方子元說道：「這我可不知道。我可以假設一下，如果有歹徒劫持了我的女兒，逼著我跳樓。在只有我跳樓才能救我女兒的情況下，我沒有選擇的餘地。」

蘇剛笑道：「好一個沒有選擇的餘地，我真服了你。老同學，說真的，你這當律師的，見識面就是比我在政府部門混的強，有很多問題我還想請教呢。」

方子元說道：「請教就不敢當了，有什麼要問的，就直接問吧！」

畢竟走上社會那麼多年，同學之情雖然還在，但已非當年的青春懵懂，各自有了不同的社會歷練及認知，說起話來，無形之間多了一層隔膜。

蘇剛說道：「找個安靜的地方，請我喝杯茶吧，我們坐下來慢慢談！」

方子元說道：「那就去我家。我女兒一個人在家睡覺，我不放心呢！」

蘇剛收起那張紙，點了點頭。

來到方子元的家裏，蘇剛看著房間裏面裝潢設施，驚訝道：「老同學，你不愧是開奧迪A8的，這房子的裝修不便宜吧？」

方子元淡淡地說道：「花了七八十萬，也不多！」

蘇剛由衷說道：「有錢人就是牛，說話也這麼大氣，像我們這種拿死工資的人，何年何月才住得起這樣的房子？」

方子元去女兒的房間，輕輕打開門，見女兒還在熟睡之中，便放下心來，把門關上，回身說道：「你可別對我說，你現在的房子是租來的？」

蘇剛坐下來說道：「租倒是不至於，我那八十多個平方米的兩房一廳，裝修也就十萬，現在還欠著銀行裏的房款呢，還得六年才能還清！哪像你，五室三廳，這面積有兩百個平方米吧！」

方子元說道：「兩百六十個平方米！」

蘇剛說道：「要是換在省城，光買這樣的房子，就要三四百萬呢！」

方子元泡了兩杯西湖龍井，放到茶几上，他坐在蘇剛的對面，說道：「這裏很安靜，最適合聊天，你想要問什麼，就直接問吧。」

蘇剛喝了一口茶，說道：「嗯，這茶不錯，老同學，你真會享受！」

方子元說道：「是一個朋友送的。」

蘇剛品了一會兒茶，說道：「老同學，我就不拐彎抹角了。我聽說你剛替一個女強人打贏了一場官司！」

方子元說道：「是天宇房地產開發公司的總經理孟瓊，你是怎麼知道的？」

蘇剛並沒有回答方子元的問題，而是說道：「那個向孟瓊追債的人，就是告發葉水養受賄的大生建築公司老闆董和春，是吧？」

方子元說道：「天宇房地產開發公司拖欠大生建築公司一千多萬的建築款，這事已經折騰了一年多，後來大生建築公司讓步了！」

蘇剛問道：「一個打一年多的官司，涉及一千多萬的建築款，大生建築公司憑什麼讓步？」

方子元笑道：「退一步海闊天空，大生建築公司也知道如果強行要的話，可能一分錢都要不到，倒不如退一步，能要多少要多少。這類的經濟案件，我遇到過很多，並沒有什麼值得懷疑的。」

蘇剛說道：「問題是，他們兩個人都與葉水養有著不同一般的關係！一個向他巨額行賄，而另一個則是……」

他停了下來，沒有繼續說下去。方子元的心一動：莫非蘇剛已經查到孟瓊和葉水養是合法夫妻的事？

蘇剛繼續說道：「則是他的情人。」

方子元說道：「那事全高源市都知道，有什麼稀奇的？」

蘇剛說道：「可是今天下午，孟瓊給葉水養的老婆查金梅打過電話，說了董和春失蹤的事。據我們調查，董和春確實失蹤好幾天。一個是老婆，一個是情婦，她們爲什麼要通電話，而且電話裏還提到你先後去找過她們的事。」

難怪方子元好幾次都沒打通查金梅的電話，也許那個時候，查金梅正跟孟瓊通電話呢！她們並不知道，查金梅的電話已經被有關部門監聽了。他問道：「她們還說了什麼？」

蘇剛看著方子元說道：「你騙了她們！」

方子元說道：「所以你想知道，我爲什麼要騙她們，對不對？」

蘇剛搖頭道：「我想知道的是，你對她們瞭解多少？」

方子元說道：「我對她們瞭解並不多，在大生建築公司和天宇房地產開發公司的經濟糾紛案中，我是孟瓊的委託律師。葉水養自殺後，當我得知查金梅攔車喊冤時，就想成爲她的代理律師，爲葉水養辯護。我去找過查金梅，她沒有和我簽委託協議，卻讓我去找孟瓊。我去找孟瓊的時候，她問我見過查金梅沒有，我當時回答是沒有。其實我那麼說，就是不想讓她誤會我，沒有別的意思。我昨天給查金梅發了訊息，說今天去找她，談委託代理的事，可沒想到今天這麼多事。」

蘇剛問道：「孟瓊對你說過什麼？」

方子元說道：「也沒什麼，就談了她的創業史，隨便提了一下和葉水養的關係，她懷孕了，孩子是葉水養的。」

他隱瞞了孟瓊和葉水養是合法夫妻的事情，有些事情洩露得太多，反而給自己造成不必要的麻煩。

蘇剛問道：「就這些麼？」

方子元有些生氣地說道：「老同學，我現在還不是你們的嫌疑對象吧，用不著這麼問我。從法律上講，我有權拒絕回答的。」

蘇剛微笑道：「有那麼嚴重嗎？其實我只是想幫你，連我們都覺得這宗案子越來越棘手，還是上次那句話，你最好別捲進去，對你沒好處的！」

方子元說道：「我可不想捲進去。你的意思還是叫我不要爲葉水養辯護？那我……」

他的手機突然響了，是賓館那邊打來的：「你是方律師吧，你的朋友在這裏出事了！」

方子元生氣道：「怎麼回事，你們那裏也有員警去的嗎？要是這樣的話，叫你們經理聽電話，我對他說……」

賓館那邊說道：「方律師，不是那回事，是你那個朋友出事了。」

方子元問道：「我那個朋友出什麼事了？」

賓館那邊說道：「你那個朋友都一大把年紀的人了，還那麼猛，你走了之後，他一連叫了三個

小姐上去，剛才房間裏打電話過來，說他暈死過去了。小姐在他身上，找到一張你的名片，所以我們打電話給你，問你怎麼辦？」

平時那麼餓，有得吃就想吃個飽，這種人遲早不撐死才怪。方子元說道：「你們還打電話給我做什麼？還不快把人送到醫院去，萬一人死在你們那裏，可就不是這麼說的！」

賓館那邊說道：「放心吧，方律師，我們已經把人送到市人民醫院了，還代交了一千塊錢，我們把你的名片給了醫院那邊，有什麼事，醫院會打你電話的！我們經理說了，你是熟人，這次就當我們賓館吃點虧！」

說完後，賓館那邊就把電話掛了。

蘇剛問道：「是誰打來的？」

方子元白了他一眼，說道：「一個朋友出了點事，我可能要去醫院一趟，你要不要一起去？」

自從幫潘建國打了官司之後，到現在都沒有消停，難怪那兩個兒子不願意養他。要不是想從他口中套出當年發生的那些事，方子元才懶得理他呢！

照這種情況下去，還不知道那個死老頭子會鬧出什麼樣的事來，得儘快處理好才行！

- 第 9 章 -
老人之謎

方子元走下樓梯的時候，覺得兩腿有點發軟。潘建國怎麼都不肯說出當年替什麼人背的黑鍋，肯定也是有所顧忌的，莫不是有人怕他將當年的事情說出來，才殺人滅口？

方子元和蘇剛趕到醫院，從服務台那裏得知鴻泰賓館送來的病人，是由於勞累過度造成虛脫，經過緊急搶救，現已經脫離了生命危險。由於鴻泰賓館預交的一千塊錢的搶救費已經用完，在病人沒有續交住院費的情況下，醫院將病人暫時安置在走廊的過道上，只等病人的家屬來了之後，再行處理。

在住院部走廊的一張病床上，方子元只看到潘建國丟在那裏的一件襯衣，問了旁邊的護士，都不知道他去了哪裏。

「媽的，這個老頭子，從來不讓人消停！」方子元忍不住罵了一句粗話，吩咐那護士道：「要是你們覺得他沒什麼事的話，就讓他趕快出院，千萬不要相信他給你們的那張名片！」

既然來到了醫院，就順便到搶救室那邊看看，剛從住院部轉過去，離搶救室還有一段路的時候，就見前面來了一個人，那人踉踉蹌蹌地走著，邊走邊罵，也不知道在罵什麼。

當那人看到方子元的時候，幾步衝過來，抓住他的手高興地叫道：「方律師，我就知道你是好人，不會不管我的，是不是？」

礙於蘇剛在旁邊，方子元也不願意多說，只推開那人的手，淡淡地說道：「你回病床上去，我等下去給你補辦住院手續！」

那人正是從病床上溜走的潘建國，他將方子元拉到一邊，說道：「你知道我在醫院看到誰了？」

方子元問道：「你看到誰了？」

潘建國神秘兮兮地說道：「是我以前的一個朋友，都十幾年沒見了，想不到她還沒什麼變化，剛才我過去跟她打招呼的時候，她居然說不認識我。陪在她身邊的那個妞，真的很漂亮！」

方子元立即想到了他的伯母和妻子李雪晴，潘建國認識查金梅，這是他知道的，想不到還認識伯母，這麼說來，潘建國和他們都有一定的關係。他當下裝作無所謂的樣子，笑道：「你也不看看你是什麼樣子，十幾年沒見的人，乍一見到你這副模樣，哪裏還認得？沒事了，你早點回去吧！明天我過來接你！」

等潘建國離開後，蘇剛微笑道：「老同學，這一晚我跟著你，收穫可真大。如果我沒有猜錯的話，這個老頭子肯定認識李樹成的老婆，也就是你的伯母，對不對？」

方子元打了蘇剛一下，說道：「你們這些人哪，就知道胡思亂想，我聽他說過，他和伯母原來是街坊，認識她並不奇怪。在這種情況下，她不願認以前的街坊，是很正常的事。」

蘇剛問道：「既然是你伯母的街坊，你又是怎麼認識的呢？」

方子元耐著性子說道：「我老婆原來就住在她伯父家，我們談戀愛的時候，我經常去那邊，當時那老頭在街口開一家小百貨店，我經常去他那裏買東西，一來一往就熟了。有一次我買完東西才記起沒有帶錢，他讓我把東西先拿走，以後隨時給都行。可巧沒幾天我老婆就搬離她伯父家了，我也就沒有再去那裏。那天他來我的律師事務所，說是要告他的兩個不孝兒子，我認出了他，幫他打了官司，還帶他去吃了一餐海鮮，送他去賓館住。就這樣！蘇檢察官，還有什麼要問的麼？」

蘇剛有些陌生地看了方子元一眼，拍了拍他的肩膀，搖搖頭走開了。

方子元趕到搶救室那邊，見李雪晴和伯母仍坐在那裏。李雪晴見他走過去，起身生氣道：「你怎麼又來了，雨馨一個人在家呢！」

方子元說道：「沒事，她睡著了，我過來看看，馬上就走！」

正說著，搶救室的門開了，一臉疲憊的院長從裏面走出來，虛弱地對守在門口的人說道：「手術……還算成功……病人馬上……要進ＩＣＵ特護病房……」

少頃，幾個護士從裏面推出一張病床來，伯母壓抑著哭泣衝到病床前，口中喃喃地說道：「怎麼會這樣，怎麼會這樣……」

方子元見李樹成的頭上和頸部以下都綁在白色的繃帶中，臉色如紙一般蒼白，眼睛緊緊閉著，但表情顯得很平靜，就像睡熟了一般。

整台手術做了差不多二十個小時，幾撥醫學專家級別的領導親自上陣，一個個都累得夠嗆。院長看著大家，說道：「……還沒度過危險期……需要觀察……最好……最好別讓人去打擾他，他需要安靜……家屬可以回去……」

看著護士推著病床往前面去了，方子元走到伯母身邊，說道：「伯母，我送您回去。雪晴，你明天打電話去單位請假，這幾天都陪著伯母，雨馨有我照顧，沒事的！」

李雪晴含淚點了點頭。

方子元將伯母和李雪晴送回去後，一個人回到家倒頭就睡。第二天一大早送女兒方雨馨上學後，正要去醫院，卻接到助理打來的電話，說是有一個姓查的女士想和他談委託打官司的事情。

姓查的女士，那一定是查金梅。他前天給她發過訊息，說是昨天上午去談委託的事，結果昨天沒去，今天一大早，查金梅就找到律師事務所來了。

方子元趕到律師事務所，見查金梅正坐在他的辦公室裏，她今天穿著一身圓領黑色套裙，胸前別著一朵小白花，表情非常肅穆。

看到方子元進來，查金梅並沒起身，而是說道：「方律師，你昨天怎麼沒有去找我？」

方子元說道：「昨天有一個案子要開庭，後來有事，所以就沒去。你在那張委託書上簽字了？」

他明知道委託書在許宗華的手上，故有此問。

查金梅淡淡地說道：「我以爲你是他們派來的，所以把你給的那份委託書給了他們。」

方子元微微一笑，沒有說話，查金梅一定是在與孟瓊通了電話之後，才想起來找他。可她們明知他騙了她們，爲什麼還來找他呢？

他坐了下來，從抽屜裏拿出一份委託書，放在查金梅的面前。

查金梅掃了一眼，拿起筆在上面簽了名，說道：「方律師，這樣總行了吧？」

方子元關上辦公室的門，說道：「你爲什麼要我去找孟瓊？」

查金梅說道：「你見過她，是吧？你們談了些什麼？」

方子元把身體前傾，低聲道：「你知道孟瓊與葉水養的真正關係，是不是？」

查金梅的臉色一變，說道：「她對你說了？」

方子元微笑道：「不過我還沒有去證實，如果你告訴我那是真的，我就沒有必要去民政部門查了。」

查金梅說道：「你只幫我打官司就行，其餘的不需要知道太多！」

方子元微笑道：「我也不想知道，可是她居然告訴我了，到現在我都不明白她是什麼意思。放心，我會爲葉水養上訴辯護的。你是我的當事人，不可能沒有一點案件的資料給我吧？」

查金梅從隨身的挎包中拿出一疊資料，說道：「都在這裏，是董和春告他受賄的，還有那個地稅局副局長劉兆新跳樓之前寄到省紀委去的檢舉信，檢舉他違規提拔幹部的事，另外還舉報他挪用了一千五百萬的財政專項資金。」

方子元問道：「上面對他的處理決定下來沒有？」

查金梅說道：「那天就有人告訴我，說是畏罪自殺！」

方子元說道：「我要的是官方的正規資料，是送達家屬的！」

查金梅說道：「那裏面有他被雙規的通知書！」

方子元好像想起了什麼，說道：「我差點忘了，他是在被調查的時候自殺的。調查組還無法確認別人所舉報的情況，也就形不成證據。至於說他是畏罪自殺，那只是一些人的說法。在沒有政府部門公示調查結果的情況下，任何人說的話，都是不足爲信的！」

查金梅問道：「你的意思是，現在打官司還爲時過早？」

方子元說道：「也不是，畢竟人都已經死了，你可以上訴，要政府給死者一個明確的身分，對於他的死，也要給你一個合理的說法。」

查金梅說道：「我昨天去找過余市長，他說根據現場痕跡判斷，老葉確實是自殺的，至於是不是畏罪自殺，還要等調查組進一步取證後確定。他還說這兩天就有省裏的專家下來，專家一下來，就能確定了！」

余德萬說的話，確實是實情，要是調查組已經掌握實據，結果就應該出來，而不是像這樣懸而不決。

方子元說道：「葉水養自殺後，你去看過遺體沒有？」

查金梅說道：「他們不讓看，我都不知道他們把他放在哪裏。」

方子元說道：「如果你想見的話，我可以想辦法讓你去見一見。」

查金梅面無表情地說道：「那我可就謝謝了！」

等查金梅走了之後，方子元想打電話給李飛龍，告訴他已經拿到委託代理的事，可電話怎麼都打不通。

他想起要去醫院一趟，出門的時候，聽到有幾個同事在那邊竊竊私語，見他走出來，一個同事上前問道：「方律師，你要不要一起去？」

方子元問道：「一起去幹什麼？」

那個同事說道：「難道你不知道嗎？」

方子元微笑道：「我知道什麼？」

那個同事說道：「程明德律師出事了，昨天晚上他陪朋友吃飯，可能喝多了酒，回來的時候就撞了車，還沒等送到醫院，人就沒了。好歹同事一場，我們幾個打算去醫院看看！」

方子元大驚，他正想找個時間和程明德聊一聊，沒想到這麼快出事了。那天他在李飛龍的辦公室裏見到程明德之後，就預感到他們幾個人中，總有人要出事。李飛龍確實夠狠的，連這樣的人都不放過，看來還是知道得越少越好。

他本來就要去醫院，趁此機會去看看也好，以免同事們說他不近人情。

和朱時輝一樣，程明德也是死於車禍，所不同的是，他是醉酒駕駛，直接撞在一個水泥墩上，整個車頭都凹了進去，據說把人從駕駛室裏抬出來的時候，就沒氣了。人一送到醫院，根本沒進搶救室，就直接送去了停屍間。頭天傍晚的時候，他還打電話回去，說第二天帶兒子去兒童樂園玩的。

沒有人敢去停屍間看程明德，檢查屍體是員警幹的活，他們幾個人只安慰了一下哭得死去活來的程明德的老婆，就離開了。

方子元並沒有離去，他到服務台去問李樹成的ＩＣＵ病房在哪裏，可那裏的人說，沒有上面調查組的同意，任何人都不能見李樹成。

一個跟死了差不了多少的人，被「雙規」了。

也許潘建國還在醫院裏，當方子元來到住院部的走廊時，見那張病床已經被搬走，問了一下護士，才知道那老頭今天一早就不見了，還欠著住院部這邊幾百塊錢的藥費呢。

離開醫院的時候，方子元想著躺在那個冰冷地方的程明德，禁不住出了一身冷汗。也許有那麼一天，他也會躺進去。

走到醫院的大門口，他看到從外面進來幾個人，為首一個是他認識的市公安局刑警隊長黃立棟。黃立棟表情冷漠地看了他一眼，從他身邊走過，往裏面去了。

在這之前，黃立棟每次見到他，都會親切地微笑，有時會走過來和他握一下手表示親熱。

方子元離開了醫院，一路上想著怎麼向調查組申訴的事，無論怎麼樣，讓家屬見一見死者，這個要求並不過分。

葉水養自殺也有好些天了，政府部門至今不下定論，這也太反常了。不管怎麼說，總得給個說法才行。

他需要整理一些資料，寫成申訴狀，以便能夠佔據主動，和蘇剛的上級交鋒。

他走到停車場，見車前站了一個人，正是在法庭上出現過的潘建國的小兒子。在上訴資料上，他得知潘建國的大兒子叫潘文，曾經開了小型雜貨批發部，小兒子叫潘武，高中畢業後在社會上混，目前在天宇房地產開發公司上班，具體職務不詳。他問道：「是孟經理叫你來找我的？」

潘武搖頭道：「你把我爸弄到哪裏去了？」

方子元說道：「沒什麼，昨天晚上我請他吃了一餐飯，後來他就走了！」

潘武說道：「我去過你的律師事務所，他們說你來了醫院。我問過他們，你幫我爸打官司，一分錢都沒收，像你這樣的名律師，居然不收錢就肯幫人打官司？告訴我，你和我爸是什麼關係，以前怎麼沒聽他說起你！」

方子元說道：「你應該去問你爸，來問我做什麼？」

潘武說道：「我找不到他，所以來問你。像我爸那種人，別人都避之唯恐不及，可是你除了幫他打官司外，還請他吃飯。從你在法庭上說的那番話，我就知道，之前你們根本不認識。」

方子元笑了一下，說道：「那又怎麼樣？我和你爸做朋友，也需要請示你嗎？」

潘武說道：「我覺得你有意接近他，肯定有目的！」

方子元問道：「你認爲我會有什麼目的？」

潘武說道：「上車說吧，有些話被人聽到不好！」

上了車，方子元按潘武的意思，沿著江邊朝市郊駛去，這樣他們就能有更多的時間在車上說話。

潘武望著街邊來來去去的車輛和人流，低聲說道：「我爸出事前是化工廠的出納，那個時候廠長就是葉水養。我小的時候，就住在葉水養現在住的那棟樓，是二樓，葉水養經常叫我爸上去吃飯，還經常請他出去喝酒，他們的關係好得就像親兄弟。後來我爸在外面有了女人，就經常和我媽打架，漸漸地也不回家了。就在我爸出事前一天的晚上，他回來了，和我媽說了很多話，還哭了，說對不起我們。但是他對我們兄弟倆說，以後會有好日子過的。第二天他就被抓走了，接著我們知道他挪用了幾百萬的公款，被判了刑。我爸進去後，沒多久化工廠就倒閉了，我們的生活很艱難，有時候家裏連買油的錢都沒有。我媽每年都去監獄裏看他，回來總是哭。他出獄的前幾年，我媽生了一場大病，臨死的時候對我們說，不能怪他，他是替別人背的黑鍋。我們也知道他是替別人背的黑鍋，你說挪用幾百萬，怎麼家裏一點都沒有呢？就算他在外面玩女人，可家裏有兩個兒子的呀。他說以後我們會有好日子過，可他出來後，也沒見他拿多少錢回來，反倒變成那副模樣……」

他說著說著，眼淚禁不住順著雙頰流了下來，到最後幾乎是在抽泣了。

方子元問道：「你認爲你爸是替誰背的黑鍋？」

潘武說道：「我和我哥都問過他，可是他就是不說。方律師，當我得知你在幫葉水養做辯護後，就想知道你刻意接近我爸的企圖，你是不是想從他那裏得到什麼？」

方子元說道：「其實我之前並不知道你爸的過去，那天他來到律師事務所，我看他說得很可憐，才答應幫他。就在昨天下午開庭的時候，我才從那些上訴資料中，知道他過去的經歷。所以我很想知道，當年葉水養調離化工廠的時候，怎麼會發生那樣的事。對你們兄弟倆他都不說的話，對我這樣的外人，他就更不會說了。你應該知道，十幾年前貪污幾百萬，只判了十年，肯定有人保了他，而那個人肯定也是有權勢的人。」

方子元接著說道：「廠裏的出納挪用幾百萬公款，身爲廠長的葉水養居然沒有追究責任，還被送去省委黨校學習。你有沒有想過，也許你爸是在替他背黑鍋！」

潘武說道：「我也懷疑是他，可是我媽臨死的時候說，是他們而不是他，所以要我爸背黑鍋的人，絕對不止一個，而是好幾個！」

方子元說道：「既然你爸挪用的是廠子裏的錢，除了葉水養外，也許其他領導都有份。」

潘武說道：「我查過，在這十幾年間，廠裏的書記和幾個副廠長先後都死了，他們的家境也不怎麼樣。不過，還有一個會計活著。」

方子元問道：「那個會計叫什麼名字？」

潘武說道：「柳春桃！」

方子元大吃一驚，柳春桃正是他伯母的名字，莫非他伯母也捲入了當年的那件事？

潘武從口袋中拿出一頁紙，遞給方子元。方子元連忙將車子停在路邊，接過那頁紙。紙張有些舊，已經開始泛黃了，是一張借條，借款金額是八十萬，借款人是葉水養，時間是一九九三年六月。借條下面的簽名和方子元座椅下面的那張一模一樣。那個時候，葉水養還沒調離化工廠，一廠之長憑什麼要向出納借款八十萬，這八十萬用來做什麼？

方子元問道：「你怎麼會有這張借條？」

潘武說道：「我爸出事的前一晚不是回家了嗎，是我媽從他換下來的衣服裏發現的，她一直藏著，直到死前才交給我！」

方子元問道：「難道你沒有去找過葉水養？」

潘武沉痛地說道：「我媽生前去找過他，可是他不承認，要我媽把借條拿出來給他看，我媽沒有拿出來。結果那天晚上，有一夥人衝進我家，把我哥打傷了，還逼問我媽那張借條的事。我媽說沒有借條，是我爸對她說的。那夥人把我家裏翻個底朝天，就走了。第二天，我媽就帶著我們兄弟倆搬離了那裏，直到她死都沒有回去。」

方子元說道：「你媽是個聰明人，如果不搬走，那夥人不會輕易放過你們的！」

潘武說道：「葉水養當時在市政協上班，後來就調到外經辦去了。」

方子元把借條還給潘武，問道：「你爲什麼要告訴我這麼多？」

潘武說道：「我只想告訴你，葉水養是個貪官！如果你替他辯護，這不明擺著助紂爲虐嗎？」

方子元望著潘武，過了好一會兒才說道：「孟瓊知不知道你父親和葉水養的事？」

「她並不知道。」潘武冷笑道，「方律師，我可以告訴你，這個女人很不簡單，她的話不可以信的。」

方子元本來就沒有相信孟瓊對他說的那些話，他問道：「你在孟瓊的手下幹了那麼多年，就因爲她是葉水養的情婦，你認爲他們之間肯定有什麼勾結。你只想抓到他們一些見不得人的勾當，替你爸討一個公道，是不是？」

潘武說道：「我原來是這麼想的，可是後來越來越發現不可能，孟瓊從來不相信身邊的每個人，這幾年來，我看到她經常換掉公司裏的會計和出納，有的人進來沒幹一個月，就被掃地出門。我在她手下，也只是打打雜，除了知道她做房地產開發和飯店外，其他的就不太知道了。」

能夠令身邊跟了幾年的人都捉摸不透，其城府之深可見一斑。方子元說道：「她那麼頻繁地換會計和出納，就表明公司的賬目有問題。」他接著說道，「你在她身邊那麼久，不可能不發現一點什麼，比如她的個人愛好！」

潘武說道：「她愛好打牌，經常打到天亮，都是和市裏的一些有錢人，有時候也陪領導打，打得都很大，幾十萬來去的。不過，她也喜歡旅遊，都是一個人出去的，去過內蒙古和西藏，還有國外。」

方子元說道：「現在省裏的調查組就在調查葉水養的事，爲什麼不把這張借條交上去，也許能替你爸翻案！」

潘武苦笑道：「天下烏鴉一般黑，我從來沒有想過要替我爸翻案，雖然現在葉水養死了，可讓我爸背黑鍋的，又不是他一個人。那種損人不利己的事，有必要去折騰麼？」

方子元笑了一下，問道：「那你告訴我，要怎麼做才能損人利己呢？」

潘武長歎一聲，說道：「我還沒想到呢！」

方子元說道：「還是先把你爸找到吧，你們兄弟倆跟他好好談談，現在情況不一樣了，也許他會有新的想法。如果你不介意的話，我帶你認識我的一個同學，他是調查組的。他對我說過，自從葉水養跳樓自殺後，他們越來越覺得這宗案子很不簡單，現在連李樹成也跳樓了，牽扯面肯定很大……」

潘武的眼中閃現一抹異樣的神色，說道：「我看就算了。方律師，謝謝你！我就在這裏下車，先去找我爸，看他怎麼說！」

方子元望著潘武離去的背影，覺得這背影似乎在哪裏見過，想了一會兒，卻想不起來。剛啓動車子，宋玲玲來電話了：「聽說你的那個律師同事撞車死了？」

方子元說道：「宋檢察官，想不到你的消息很靈通嘛！怎麼了，你害怕了？」

宋玲玲說道：「你也不看看我是什麼人，他李飛龍就是有十個膽，也不敢把我怎麼樣！」

方子元問道：「那你打電話給我做什麼？是提醒我嗎？」

宋玲玲忽然換了一種語調，說道：「人家想你了，怎麼樣？」

像宋玲玲這樣的女人，還是少碰爲妙，從那晚可以看出，她和李飛龍的關係，也絕對不是那麼簡單。一個老婆不在身邊的男人，外面有多少個女人，是誰都說不清楚的。方子元嘿嘿地笑了一下，說道：「宋檢察官，我們說好不能干涉彼此家庭的，那天我回來後，衣領上有你留下的口紅印，被我老婆洗衣服的時候看到了，她現在對我管得很緊，每天都查我的手機呢！這段時間，我們還是少聯繫爲好！」

宋玲玲說道：「你們律師最會用假話忽悠人，你連這點事都擺不平，我不信！」

方子元說道：「信不信隨你，我不是不會騙她，而是不想騙她。結婚這麼多年來，我從來沒有騙過她。」

宋玲玲笑道：「我沒有看錯，你果真是男人中的極品。放心，我不會干涉你的家庭，不過呢，像你這樣的男人，我可不想輕易放棄！」

方子元頓時覺得頭大了許多，急忙說道：「要是被李飛龍知道我們有那層關係，他會怎麼想？」

宋玲玲笑道：「隨他怎麼想唄，他現在連他父親都顧不上，還能顧上我們？」

李樹成出事後，李飛龍確實沒能及時趕到醫院去，也不知道他在忙什麼，方子元幾次打電話過去，那邊不是忙音就是無人接聽。他問道：「你是不是知道他在忙什麼？」

宋玲玲有些神神秘秘地說道：「方律師，我可以透露一個消息給你，昨天晚上李飛龍把他手下的幾家娛樂場的股份，都轉給了別人！」

方子元一驚，急忙問道：「他轉給了誰？」

宋玲玲說道：「這我可就不知道了。轉讓手續是你的同事辦理的，他昨天晚上幫人家辦好事，當晚就出事，你不覺得太巧了麼？」

方子元問道：「他爲什麼要那麼做？」

宋玲玲說道：「你傻呀！這不明擺著殺人滅口麼？他老婆孩子都在美國，這些年借著他父親的權力，撈了不少錢，現在把所有的產業轉成錢，這一輩子在美國那邊，什麼都不用愁了！不說了，不說了，有人來了……」

電話掛斷了，方子元笑了一下，不來騷擾他更好，要是現在這個女人提出去哪裏約會，他還真不知道怎麼應付。他在前面的路口轉了一個彎，朝李樹成家而去。

以前方子元去李樹成家，幾乎每次都會遇上客人上門拜訪，從來沒有哪個客人是空著手來的。樓梯下面那個儲物間，就是專門用來放禮品的，五花八門，什麼東西都有。煙酒這兩樣東西，他們家從來不缺，有時放不下了，伯母就挑出一些來，拿到外面回收煙酒的地方換成現金，據說有一個月居然換了四五萬塊。

大門是開著的，方子元停好車走進去的時候，感覺客廳內很冷清，茶几上有幾杯一次性杯子泡的茶，還有些溫度，不知道什麼人剛才來過。

他拿出手機打了李雪晴的電話，說他現在就站在伯母家的客廳裏，問她在哪裏。李雪晴「哦」了一聲，說馬上下來，就掛了電話。不一會兒，她從樓上下來了，問道：「你來這裏做什麼？」

方子元說道：「我來看看，伯母她沒事吧？」

李雪晴說道：「伯父都那樣了，她還能沒事？昨天晚上回來後一直哭呢，我怎麼勸都沒用，只有坐在旁邊陪著她。」

方子元說道：「剛才什麼人來過？我進來的時候，連大門都沒關呢！」

李雪晴非常厭惡地說道：「還不是調查組的那些人？問這問那的，恨不得連我穿的內褲顏色都想知道。」

方子元說道：「那是他們的工作。你在這裏陪著伯母，多留點心，要是還有人來問這問那，只要伯母不說，你可別瞎說！」

李雪晴不耐煩地說道：「你快走吧，我好歹在政府部門幹了這麼多年，知道什麼話該說，什麼話不該說。」

方子元問道：「我叫你幫忙查的那件事，你查了沒有？」

李雪晴說道：「這兩天我哪裏來的時間呀，民政部門那邊你不是也有熟人嗎？」

方子元說道：「要是我去查，就怕別人多事。算了，我自己想辦法吧！」

他剛出門，宋玲玲又來電話了，說是剛才調查組來人，先找了檢察院的幾個領導談話，不知道

他們談了些什麼，談完話之後，幾個領導的臉色都不太好看。說了幾句，電話就掛了，估計這會兒宋玲玲也很忙。

回到律師事務所，方子元叫助理整理了一份申訴資料，他要親自去找調查組的負責人，傳達死者家屬提出的想法。

在助理整理文件的時間裏，他坐在辦公室裏，一共抽了四支煙，腦子亂七八糟的，想到了很多問題。期間還接到一個電話，是一個朋友約他出去吃飯，他以有事爲由推掉了。

出門的時候，見幾個員警走進來，爲首一個人攔住他問道：「請問誰是方子元律師？」

方子元說道：「我就是，請問找我有什麼事嗎？」

爲首一個員警說道：「今天上午有人在城南的一棟破屋裏發現了一具屍體，我們在屍體的身上找到你的名片，所以來問問你和死者的關係。」

方子元愣了一下，說道：「高源市有我名片的人那麼多，我怎麼知道你說的死者是什麼人？」

那個員警說道：「是一個六十歲左右的老人，上身是半舊的灰色襯衣，下身穿著黑色的沙灘褲，腳上是一雙拖鞋。」他拿出一張凶案現場的照片，「你看看認識他不？」

儘管死者的臉上有很多污泥，可方子元還是一眼就認出，照片中的死者就是從醫院裏逃走的潘建國。

那個員警接著說道：「死者是被人勒死的，死亡時間大約是早上七八點鐘，我們根據現場判定，兇手極可能是個女人。」

方子元把照片還給那個員警，說道：「他是我的一個當事人，昨天下午我還幫他打了一場官司，他叫潘建國，以前是化工廠的出納，後來因爲挪用公款被判了十年，出獄後失去了工作，靠兩個兒子養活，可是他在外面嫖賭逍遙，弄得兩個兒子都不願意再理他！我不知道他的兩個兒子住在哪裏，不過我知道他有個兒子在天宇房地產開發公司上班，叫潘武。」

那個員警又問了幾句，轉身走了。

方子元走下樓梯的時候，覺得兩腿有點發軟。潘建國怎麼都不肯說出當年替什麼人背的黑鍋，肯定也是有所顧忌的，莫不是有人怕他將當年的事情說出來，才殺人滅口？

潘武也說過，當年化工廠的那些領導，一個個都死了，如今只剩下一個沉浸在痛苦之中的柳春桃。柳春桃前幾年就被檢查出患有嚴重的糖尿病，身體一直都不好，一個手無縛雞之力的老女人，怎麼可能去殺人？

員警說過，兇手有可能是女人，除了柳春桃之外，還有一個可能殺潘建國的女人，是查金梅。昨天查金梅來律師事務所找他的時候，他注意到事務所的門口多了兩個陌生面孔。一個被監視了的女人，又怎麼能抽身去殺人呢？

那個殺死潘建國的女人，會是誰呢？

- 第 10 章 -
風雨欲來

李樹成的自殺，有可能與十幾年前一宗案子有關。因為據調查報告，那個打給他的電話，是從一個公用電話亭打出來的，在極少人用公用電話的今天，電話亭的老闆對那個打電話的老頭子的長相記憶猶新，很可惜的是，老闆沒能聽清楚那個老頭子在說什麼，只記得有那麼一句「……不能再拖了……」

許宗華對自己所佈置下的工作任務，還是挺滿意的，在他面前那頁紙上，寫著好幾個人的名字，相互之間用線連接起來。

通過這兩天各調查小組彙集上來的資料，他漸漸對整件事的來龍去脈，有了一個初步的想法。

舉報葉水養的問題，大體可以下定論，他在任職期間，前後收受別人賄賂達一千五百萬元，挪用公款兩千八百萬元。至於違規提拔幹部的事，那是經過市委市人大開會決議通過的。不過，據調查的情況顯示，地稅局副局長劉兆新跳樓之前，曾與葉水養在辦公室中大吵了一場，回去就跳樓自殺了。

毫無疑問，葉水養確實做了一些實事，正是這樣的實事，觸犯到某些權勢團體的利益，使得他一次又一次地被人告狀，並備受排擠。雖然現在還沒有查清他自殺的原因，但從他最後與王林和莫志華的談話中，不難猜測出他內心深處的壓力之大，是促使他自殺的原因之一。

至於李樹成的自殺，初看上去，確實有些令人匪夷所思，可隨著調查的深入，卻發現一個重要的情況，他的兒子李飛龍雖然經營著一家外貿兼房地產開發的集團公司，但依仗父親的權勢，採取巧取豪奪的手法，在市內很多酒店、企業和娛樂場所，都擁有不少的股份。而且，李飛龍很可能就是高源市人人談之色變的黑社會老大「虎老大」。正是這個「虎老大」，從事敲詐、暴力、放高利貸等多種違法活動，並涉及多宗故意傷害案件。

另外，李樹成的自殺，有可能與十幾年前一宗案子有關。因爲據調查報告，那個打給他的電話，是從一個公用電話亭打出來的，在極少人用公用電話的今天，電話亭的老闆對那個打電話的老頭子的長相記憶猶新，很可惜的是，老闆沒能聽清楚那個老頭子在說什麼，只記得有那麼一句

「……不能再拖了……」

就在今天早上，有人在市郊的一棟破屋裏發現了一個老人的屍體，而從公安部門傳過來的最新報告顯示，死者叫潘建國，曾經是化工廠的出納，十幾年前因挪用巨額公款被判刑，出獄後在兩個兒子家裏待了一段時間，後來被兒子趕到街上流浪。

電話亭的老闆認出死者，正是日前在他那裏打電話的那個老頭。

有工作人員曾經看到潘建國出現在醫院裏，並主動上前和李樹成的妻子柳春桃搭話，但柳春桃卻好像不認識他。根據資料顯示，當年潘建國在化工廠當出納時，會計就是柳春桃，他們怎麼會不認識呢？

方子元律師昨天下午還替潘建國打了一場官司，潘建國出現在醫院裏時，方子元也趕到醫院，當著蘇剛的面，他好像刻意避開與潘建國交談。據蘇剛彙報，方子元與潘建國之間，應該不僅僅是律師與代理人的關係。

在此之前，方子元律師主動找到查金梅，要求爲葉水養做辯護，也不知道他出於什麼目的。這個人正是葉水養的對頭李樹成的侄女婿。

方子元的同事，李飛龍的方園集團公司法律顧問程明德，明知在酒醉的情況下，居然還敢駕車，在遭遇車禍後不治身亡。

所有的跡象表明，那個律師也許是個關鍵性的人物。

這是一場悄無聲息的權力與利益之戰，到目前爲止，還不知道捲入的人有多少。在整件事中，很多都是無頭線索，需要進一步的核實。

高源市委市政府經過開會討論之後，決定抽調全市最精幹的力量，配合調查組的調查。

外面響起敲門聲，許宗華低聲道：「請進！」

王林推門進來說道：「組長，省裏來的專家已經下了高速，十幾分鐘後就可以到我們這裏！」

許宗華問道：「專家住的地方都安排好了吧？」

王林說道：「就住你的隔壁，以便於你和他們交流情況！我已經通知了高源市委市政府，要求他們全力配合專家們即將展開的各項調查工作。專家到達後，按你的吩咐，先和他們開個小會，下午再去醫院查驗葉水養的遺體。另外，我和小莫已經將這些天來的調查報告整理出來了，以便專家們隨時查閱。」

許宗華點了點頭，沒有說話，對於這個小夥子的工作能力，他是比較欣賞的，處事精明果斷，行事有條不紊，符合領導人的性格和作風。在葉水養跳樓的問題上，雖然有不可推卸的責任，可他畢竟是年輕人，有些問題會有考慮不到的地方，如果好好培養幾年，一定大有前途。

王林接著說道：「有一個人想見你，他說他叫方子元，是個律師。他還說你們之前見過面的！」

許宗華微微一笑，他正要找個時間再去見一見這個高源市的名律師，想不到他居然主動找上門來了，他說道：「你帶他進來吧，如果專家們到了我還沒有出去，就說我出去辦案了。你先安排他們休息一會兒，等我和那個律師談完，自然會去找他們！」

王林出去後沒多一會兒，就帶了方子元進來。

方子元進來後，坐在許宗華對面的椅子上，說道：「許處長，你好！」

那天蘇剛介紹這個許處長給他認識之後，他就知道許處長很可能就是調查組的負責人，今日一

見，正如他的猜想。

許宗華打量了方子元一眼，問道：「你找我有什麼事嗎？」

方子元從皮包裏拿出一份文件，說道：「我是查金梅的委託律師，我的當事人想問一問，爲什麼她的丈夫在不明不白死了之後，連最後的遺容都不讓見，而且事情已經過去好些天了，你們對他的案件處理，至今都沒有一個說法！」

許宗華並沒有馬上回答，而是瞟了一眼方子元手上的那份文件，過了一會兒才緩緩說道：「據我所知，你是高源市的名律師，既然是名律師，不可能不知道我們在調查腐敗案件的時候，是根據案件調查的進度，在掌握確鑿證據之後，才會通過上級做出處理。而調查的時間，有時候一兩個月，甚至半年都不等。現在葉水養才死沒幾天，你就以他辯護律師的身分來問我這些問題，不覺得爲時過早嗎？」

正如方子元所想的那樣，他果然被許宗華一頓搶白，但作爲名律師，他的名氣也不是白得的。他微笑著說道：「許處長，我只是個律師，我的責任就是替委託人服務。我的委託人在她的丈夫莫名其妙地死了之後，多次要求你們給出合理的解釋，你們一直都置若罔聞。在我的委託人攔車喊冤之後，你們仍然無所作爲。現在，你卻在我提出委託人的人性化要求之後，說出這樣一番推脫之辭，這種極端不負責任的話，令我感到很寒心。據我所知，你們調查組下來調查，前後已有十幾天。這十幾天的時間裏，我無權知道你們在做什麼，但是我有權知道，我委託人的丈夫在雙規期間，有沒有受到調查組的暴力對待。」

許宗華淡淡地說道：「等下省城來的專家就到了，在專家對葉水養的遺體進行檢查的時候，你的委託人可以一起去看，當然，你也可以去。看看我們到底有沒有暴力對待他，看看究竟是不是死於自殺！」

方子元說道：「謝謝你，許處長，我沒有別的意思，只希望你們能儘快查清楚葉水養的案件，給我的當事人一個合理的解釋，無論他是貪官，還是遭人陷害的！」

見方子元起身，許宗華正色說道：「許律師，你別急著走。你的問題問完了，我還有幾個問題要問你呢！」

碰上許宗華那犀利的眼神，方子元突然有一種說不出的壓迫感。

許宗華起身給方子元倒了一杯茶，兩人轉到旁邊的沙發上坐下，在這地方談話，相對來說比較平和，比坐在辦公桌後面要強多了。他遞了一支煙給方子元，說道：「我聽蘇剛多次提到你，在大學的時候，你們是上下鋪，關係很不錯。」

方子元微微一笑，點頭道：「畢業之後的那幾年還經常聯繫，見面的機會也多，這些年大家都各忙各的，聯繫也就少了！」

許宗華點燃煙，說道：「他說你很優秀！」

方子元謙虛地說道：「優秀倒談不上，只是我這人考慮的問題多，家境不太好，就想著畢業後找份賺錢的工作，所以就考了律師！」

許宗華說道：「你怎麼沒想到去考公務員，以你的本事，一定能夠考上的！」

方子元喝了一口茶，說道：「其實很簡單，就是心態問題。像我們律師，就算能力再不濟的

人，一年的收入也比普通公務員高出許多，而且不用每天上下班那麼麻煩。」

許宗華微笑著說道：「方律師，想不到你居然有這種獨到的見解。」

方子元說道：「這只是我個人的看法。許處長，你的時間是很寶貴的，如果我們坐下來僅僅是談論這些話題，可以等你把案子完結之後，再坐下來談，那樣不是更好一些嗎？」

開場白已經結束，接下來應該轉入正題了。許宗華吸了幾口煙，盯著方子元的眼睛問道：「方律師，你對『虎老大』這個人瞭解多少？」

「虎老大？」方子元微微一驚，說道，「我只聽朋友說起過，可不知道他到底是誰，也沒見過。」

許宗華問道：「那你對你老婆的堂哥李飛龍，又瞭解多少呢？」

方子元說道：「他是做大生意的人，平時和我接觸得也少，偶爾見個面，也沒有多少話。怎麼了，他有問題麼？」

「只是隨便問問。」許宗華說道，「你的同事程明德是方園集團公司的法律顧問，你平時和他接觸得多吧？」

方子元笑道：「大家都在一個律師事務所做事，幾乎每天都見面的，經常一起吃飯，或者坐在一起談論案件。他出事之後，我還和其他的同事去了醫院。」

許宗華說道：「據警方對車禍的調查，車子的前軸被人爲動過，導致在車子拐彎的時候失去控制而撞上水泥墩。有人看見車禍發生時，有兩個人從車上拿走了他的皮包，上了一輛無牌照的車。」

方子元故作驚訝地說道：「你的意思是，他是被人害死的？」

許宗華說道：「可以這麼說，你認爲什麼人會害他呢？」

方子元說道：「這可說不準。我們雖然是同事，可每個人都有自己的生活圈子，接的案子也不同，有時候幫人打贏了官司，會得罪另一邊的人。我就曾經接到過幾封恐嚇信。」

許宗華問道：「你最後一次見他是什麼時候？」

方子元說道：「就在他出事前的那天中午，我們還在辦公室裏見過面呢，他約我一起去吃飯，我沒去，因爲我約了別人談事。」

許宗華問道：「你去醫院的時候，是不是看到了一個熟人，他對你說了什麼？」

方子元想起蘇剛在他身邊的時候，潘建國對他說過的那些話，於是說道：「是我的一個當事人，我們就談了幾句，是關於他兒子不贍養他的那些事。」

許宗華問道：「他認識你的伯母？」

方子元把對蘇剛說過的那些話說了，接著問道：「你們認爲還有什麼問題嗎？」

許宗華問道：「你幾次打電話給李飛龍，想對他說什麼？」

方子元不知道許宗華怎麼知道他幾次打電話給李飛龍的事，莫非他和李飛龍的電話都被監控了？他回答道：「家裏出了那麼大的事，他居然還忙他的生意，所以我打電話給他！」

許宗華微笑道：「是呀，家裏出了那麼大的事，他居然還忙他的生意，不僅僅是你，連我都覺得很意外。這幾天我們都在找他，想和他談談，可他居然像那個舉報葉水養受賄問題的董和春一樣失蹤了。」

方子元說道：「這兩天都是我老婆在陪著她的伯母，我聽她說，李飛龍去過醫院，沒待一會兒

就急匆匆走了。」

許宗華微笑道：「你和你的另一位當事人，就是外面傳聞是葉水養情婦的孟瓊，接觸得多麼？」

方子元非常誠實地回答道：「之前只是在一些朋友的宴會上見過，只是認識而已，後來她委託我辦理她與董和春兩家公司之間的經濟糾紛，就有了一些接觸，交情很普通而已。官司贏了之後，她請我吃過兩餐飯，就這樣。」

他說話的語速比較慢，是爲了有充裕的時間思考，他說出的每一句話都要有迴旋的餘地，從而不讓對方找到破綻。許宗華所問的問題，雖然看上去很胡亂，卻有著一定的邏輯性和突然性。

他們就像兩個在競技場的對手，儘管有過一次交鋒，但這一次交鋒，顯得比第一次更有戲劇性，矛盾衝突也要激烈得多。從一開始方子元就採取守勢，幾乎毫無破綻，使對方那咄咄逼人的進攻招招落空。

許宗華將吸剩的煙頭摁到煙灰缸裏，問道：「潘建國被殺了，你知道吧？」

方子元說道：「有人來找過我了，他們在他的身上找到我的一張名片。」

許宗華收斂了笑容，嚴肅地說道：「李樹成自殺前，曾經接到一個奇怪的電話，經我們調查，那個電話是潘建國打的。一個出獄後的人，一通電話就能讓一個身居高位的領導幹部跳樓，你不覺得這裏面有很大問題嗎？」

方子元說道：「許處長，我不明白你爲什麼要對我說這些，我只是一個律師，只懂法律，不懂你們辦案的事情。他們兩個人是什麼關係，我根本不知道，也不想知道。如果你認爲我和他們有什麼勾結的話，完全可以根據法律程序，在證據確鑿的情況下將我收審，你認爲呢？」

方子元想老是這麼被動地防守，也不是辦法，得主動出擊，否則真的會被懷疑與他們有什麼勾結。

許宗華沒有再說話，起身走到一邊，打開窗，望著窗外鱗次櫛比的高樓大廈，長長吁了一口氣，過了好一會兒才說道：「方律師，我可沒那麼想。我的問話到此結束，最後我只想對你說一句，好自爲之！」

最後的那四個字，就像一把利劍一般刺入方子元的心臟，使他整個人如同虛脫了一般。不是他不想說，而是他不敢說，因爲他愛他的女兒，勝於愛自己的生命。他不能讓女兒因爲他的緣故，受到一絲一毫的傷害。所以，他必須明哲保身。

他站起身來，顧自笑了一下，強撐著走了出去。

從省城來的兩個專家，在市委書記和市長的陪同下，到高源大酒店的餐飲部用了簡單的工作餐，就上樓了。他們走出電梯的時候，見方子元正從許宗華的房間裏走出來，他的臉色看上去不太好，一副心事重重的樣子。

市長余德萬認得方子元，上前問道：「方律師，你來這裏做什麼？」

許宗華從房間內走出來，接住話頭道：「他是查金梅的委託律師，是替葉水養市長辯護的。我剛才和他交換了一下意見，在我們對案件沒有做出最後處理之前，我們應當尊重家屬的意見。余市長，我想知道你們市裏什麼時候開追悼會？」

「這個……」余德萬有些遲疑地看了看那兩個專家和市委書記，說道：「我們原定是昨天開

的，可是由於特殊情況，所以把時間推遲了。我們想等調查組將案件調查清楚後，確定案件的處理情況，再考慮追悼會的事。」

在處理結果沒有出來之前，開追悼會確實是個問題。如果最後確定葉水養是貪官，那政府爲其開這個追悼會，等於是爲貪官樹碑立傳，豈不貽笑大方？

從目前調查組所掌握的證據來看，葉水養的腐敗問題確實很大，涉及面也很廣。最起碼可以說，他不是一個合格的官員。許宗華之所以問那句話，也是給旁邊的人聽的。

在這種氛圍下，每個人都各存心思，看著別人的眼神都不同。方子元對許宗華說道：「許處長，你們忙吧，等下我聯繫我的委託人直接去醫院就行。」

見方子元已經離開，許宗華請那兩個專家進了他的房間，幾個人坐下之後，他簡單地介紹了一下當前的調查情況。

兩個專家聽完調查組的工作彙報，當即提出去葉水養跳樓的房間看看。

一行人來到那個房間，兩個專家在洗手間裏仔細看了一會兒，又爬到坐便器的上面，攀著浴室的鐵橫杠朝窗外看了看。

回到外間，兩個專家又仔細聽了王林和莫志華講述當時的情況。

大致的情形就是這樣，接下來要做的，就是去醫院的停屍間查看葉水養的遺體。兩個專家不顧旅途勞累，當即表示要去醫院辦案。

從高源市大酒店到市人民醫院，距離並不遠，當許宗華陪著兩個專家來到醫院時，見方子元和查金梅已經到了。

方子元上前表示他就不進去了，只要委託人查金梅見過遺體，沒有意見就行。走進停屍房的只有四個人，許宗華和查金梅，還有那兩個專家。葉水養就躺在冰櫃中，還保留死時的姿勢。

醫院的工作人員將遺體抬了出來，放在旁邊的鐵架床上。查金梅一看到葉水養的遺體，眼淚禁不住奪眶而出，雙手捂著臉轉身跑了出去。

兩個專家打開隨身帶來的工具，開始對遺體進行屍檢。許宗華吩咐一個醫院的工作人員出去傳話，檢驗的時候最好有死者的家屬在場，以免產生不必要的誤會。

沒一會兒，那個工作人員進來說，家屬和律師都沒意見，也不願進來，他們表示尊重專家的檢驗結果。

半個小時後，專家的檢驗結果出來了：死者身上沒有任何暴力導致的傷痕，所有的致命傷和刮傷，都是在死者爬上窗戶和墜地的過程中造成的。

方子元代表死者的家屬，在專家的檢驗報告上簽字。

該走的程序已經走完了，接下來要做的，就是讓逝者早些安息。

許宗華看著方子元離去的背影，似乎想起了什麼。

葉水養的遺體告別儀式在殯儀館舉行，消息並未對外界公開，市裏很多部門都象徵性地送去了花圈，除市委市政府指定的一些單位，派出了代表前去外，真正自發到現場去的單位幹部，並沒幾個人。但是在靈堂的邊上，卻站著不少四五十歲的男男女女，有些女人圍在查金梅的身邊，不停地

安慰著，抹著眼淚，有幾個人甚至哭得很傷心。

那些所謂的代表，多是單位上的閒雜人員，替領導到殯儀館轉個圈，停留不到兩分鐘，就拍拍屁股走人了。

沒有人主持儀式，市裏的領導一個都沒來。人就是這麼現實，生氣也沒用。若葉水養沒有被調查，更沒有自殺，只是生小病住院的話，醫院不被前去探望的人擠爆才怪。

葉水養靜靜地躺在冰棺中，面容很安祥。人一死，一生所追求的功名利祿，什麼都帶不走。

許宗華並沒有看到方子元，查金梅穿著一身黑色的旗袍，胸前別著小白花，身邊站著一個三十多歲的女人，穿著很洋氣，左臂上戴著黑紗，胸前同樣別著小白花，舉手投足自有一股貴婦人的氣派。許宗華走過去，代表調查組全體工作人員，向家屬表示慰問。畢竟葉水養的死，與他們調查組看守不嚴，有著很大的關係。

通過旁邊工作人員的介紹，許宗華才知道查金梅身邊的這個女人，正是她那遠嫁德國的女兒葉麗，是得到父親的死訊之後，從國外趕回來的。

當葉麗得知許宗華的身分時，低聲說道：「許先生，我想等下和您單獨談一下，您看是否方便？」

許宗華第一次被女人稱爲「先生」，似乎有些不適應，但是他很快反應過來，禮貌地說道：「沒問題，我在外面等你！」

他走出了靈堂，來到外面的車前。外面的太陽有些大，使他感覺有些熱，不由自主地向一棵大樹下走去。就在他距離大樹的陰影還有十幾米路時，一輛停在大樹下的車子突然啓動飛馳而去。依稀之間，他好像看到坐在駕駛位上的是一個女人。

他想起有關葉水養的生活問題調查，據說在外面有一個相好的女人，叫孟瓊，那個女人的公開身分是某個房地產開發公司的總經理。他見過那個女人的照片，很有姿色。他也聽說了關於孟瓊的一些故事，是一個社會關係很複雜，但非常有魄力的女強人。

這個女人一直都坐在車裏，並沒有進靈堂，若不是他走過來，也許她還會在這裏等下去。

葉麗從裏面走出來，很快來到許宗華的身邊，她從坤包中拿出一疊帳單一樣的東西，遞給許宗華，同時說道：「這是我和我丈夫這六年來的銀行收支帳單，您可以通過國際刑警，進一步調查我在那邊的經濟情況。」

許宗華問道：「葉小姐，你把這些帳單給我，是什麼意思？」

葉麗說道：「我聽我爸的辯護律師說，你們正在調查他的腐敗問題，有舉報資料說他貪污受賄一千多萬，另外還有挪用公款兩千多萬。許先生，作爲他的女兒，我並不知道他有這麼多錢，從我大學畢業到深圳打工的時候開始，我就沒有拿過家裏一分錢。今天上午我聽我媽說，家裏的存款就只有他們兩個多年省吃儉用留下來的十幾萬塊錢。許先生，我很想知道我爸弄的那些錢，都到哪裏去了？我們的律師方先生說，如果你們無法查到那些錢的去處，就無法證明我父親的犯罪！」

這個問題，許宗華一直都很頭疼，調查組的人曾經去找過孟瓊，孟瓊只承認與葉水養是朋友關係，並非像外界傳聞的情人關係。一個女人擁有很多異性朋友，是很正常的，就算她與那些男人都有一腿，只能說明她的道德素養有問題，談不上犯罪。那種事情，若是別人堅決不承認，任何人都沒辦法。葉麗說得不錯，如果調查組無法查清那些贓款的去向，就無法對葉水養定罪。不過這點問題難不倒他，他看著那些從靈堂裏出來的人，說道：「葉小姐，你說這話有些欠妥。你父親有沒有違法，正是我們要調查的。從法律角度來說，他把那些錢弄到哪裏去了，那是他的問題。你和你母親都沒有參與他的犯罪行爲，那是好事。也許他違法亂紀的時候，已經考慮到會有今天，爲了不把你們牽扯進來，所以他沒有把那些錢往家裏拿。」他停了一會兒，接著說道，「你難道不知道你父親在外面的私生活麼？」

言外之意，就是葉水養在外面有情婦，也許他把那些錢都弄到情婦那裏去了。

葉麗面有戚容，聲音有些哽咽起來，說道：「不管你們怎麼認爲，在我的心裏，他是個好父親，從小到大，我親眼看著他去幫助別人，自己的生活卻很簡樸。他在化工廠的時候，有一次甚至把自己的工資拿出來，接濟那些生活困難的職工。對於那些有求於他的人，都是儘量去幫助，卻從不要別人的東西，他……他怎麼會貪污受賄那麼多錢呢……」

她說到後來，哽咽著幾乎說不下去。

陸陸續續有人朝殯儀館走進來，都是些普通的市民，不斷送來花圈和鮮花。

許宗華低聲道：「我也希望你爸是個好人，可是現實歸現實，你和我都要去面對。」

葉麗用紙巾擦了一下眼淚，說道：「如果我爸像你們所想的那麼壞，就不會有這麼多人來送他。」

來的人越來越多，但是之前來的那些單位上的人，卻已經走得差不多了。許宗華看著一個個抹眼淚的普通市民，說道：「我知道他在任的時候，確實替高源市做了不少好事，所以老百姓都記得他的好。」

葉麗望著那些走去靈堂的人，說道：「在中國，做一個好人真的很難……如果他知道還有……這麼多人來送……一定會感到安慰的……」

許宗華拿出一張名片遞給葉麗，說道：「爲了你父親的名譽，我希望你能夠幫助我們！」

葉麗說道：「我也希望，你們不要過多地打擾我母親，對於她來說，最需要清靜！」

方子元並沒有去參加葉水養的遺體告別儀式，他只是個律師，和葉水養並沒有私交，所以去不去都無所謂。自從跟許宗華談過之後，他越來越心虛，晚上睡覺都睡不好。這兩天妻子李雪晴都陪著伯母，也沒個可以說說心裏話的人，全憋在心裏，覺得非常難受。

他很想去民政部門查一查葉水養和孟瓊的關係，可又怕查到的結果一旦宣揚開來，會導致許多不可想像的後果。

他沒想到調查組已經掌握了那麼多的情況，還包括他的一些私事。許宗華好幾次旁敲側擊，似乎要他主動把知道的事情說出來。

和公檢法部門打交道那麼久，他很瞭解他們在審案時最擅於用的那一招，那種高壓下的心理戰術，沒有幾個人能頂得住，除非具有很好的心理素質和一定的反偵訊知識的人。

在法庭上打官司的時候，方子元也習慣用這一招，誘使對方的當事人在庭辯的時候露出破綻。面對許宗華，方子元的外表顯得很冷靜，他知道自己哪些話能說，哪些話不能說。任何一個人，都有保留自己隱私的權力。

他坐在辦公室已經三個多小時了，自上班這麼久以來，他很少在辦公室內停留那麼長時間。以前是爲了工作而出去多認識朋友，出名後，卻是爲了應酬而疲於奔波，大多數時間都耗在辦公室以外的地方，很少有坐下來思考自己人生的時間。

他不喜歡抽煙，有時候一包煙能抽四五天，可是現在，他居然在短短的時間內，抽完了一包煙。他望著滿桌飄落的煙灰和煙缸裏盛滿的煙蒂，眉頭鎖成了結。今天上午有一宗案子要開庭審理，他讓助理代替他去了。像他這樣的名律師，一般的案子都交給身邊的助理，只有大案子，才親自出馬。

數次拿起手機，卻不知道打給誰，這個時候，他才發覺自己是多麼的孤立無助，連一個可以說說心裏話的朋友都沒有。

在翻手機中通訊錄的時候，偶爾翻到宋玲玲的號碼，心中驀然一動。他雖然跟這個女人不是很熟，但有過一次曖昧之後，關係似乎微妙了許多。她數次打電話給他，關切之情溢於言表。

他一直想知道這個女人和李飛龍的關係，可又不知道該怎麼問，怕萬一問錯了，反給自己帶來無妄之災。現在李飛龍失蹤，或許在這個女人身上，能夠問出點什麼。

他想了一會兒，擔心手機被人監控，便用桌上的辦公電話打了過去。

那邊一個懶洋洋的聲音接聽了：「你好，請問你是哪位？」

方子元停頓了一下，才想起現在已經是午後了，一般人這個時候，都習慣休息一下。他壓低聲音說道：「是我，方子元！」

那邊平靜地問道：「是方律師呀，有事嗎？」

方子元是明白人，聽對方這種說話的語氣，就知道現在不是聯繫的時候，忙說道：「沒什麼事，只是上次那宗公訴的案件，想和你單獨談談。」

他加重了最後那句話的語氣，接著就把電話掛了。

他推開窗戶，讓辦公室內的煙霧散出去。這時候，他覺得肚子有些餓了，便拿了皮包，打算在附近找個地方吃飯。

路過一家賣手機的店鋪時，買了一個便宜的山寨版手機和一張手機卡。

當他坐到飯店的小桌邊，吃完一盤蛋炒飯時，宋玲玲的電話打過來了。他並沒有接，而是用新的手機號碼打回去。

「今天調查組的人找我談話了！」他低聲說，「我怕我的手機被他們監控，所以沒接你的電話，這是我的新號碼，有什麼事情發資訊吧！」

「沒想到你倒挺警覺的嘛！」宋玲玲接著問道，「他們找你問了什麼？」

方子元說道：「就問李飛龍的事，好像他們在查他，我沒敢多說。另外，有一個老頭死了，他們在他身上找到我的名片，以爲我和那事有牽連，但是他們說，根據現場勘察，是一個女人幹的……喂，你在聽我說話嗎？」

宋玲玲平靜地說道：「方律師，你的心神現在好像很亂，是不是遇到了什麼事？你別急，冷靜一下再說。」

方子元的心神確實很亂，他都不知道自己究竟想表達什麼。他冷靜了一下，說道：「你有時間麼？」

宋玲玲說道：「現在沒有，這樣吧，我等下有時間了，再給你電話吧！」

說完後，她就把電話給掛了。

方子元望著手中的手機，有種悵然若失的感覺。

方子元準備回律師事務所，剛走到樓下，手機就響了，一看是查金梅打來的，忙接了。

查金梅的聲音很平靜：「方律師，你現在方便麼？我想和你談一談。」

方子元想了一下，說道：「行，我現在就有時間，你看到哪裏見面方便，要不你來我的律師樓吧？」

查金梅說道：「我們還是換個地方吧，半個小時後在那裏見面。」她接著說了一個地方。

方子元答應了。

查金梅說的那個地方，距離律師事務所沒有多遠，是一處居民社區。方子元回到辦公室，喝了一杯茶，看看時間差不多了，下樓開車來到那處居民社區的門口。遠遠地，他就看到社區門口站著兩個女人，其中一個是查金梅，另一個是三十歲左右，穿著一身得體的時尚套裝，風姿綽約，極有女性魅力的女人。

他停了車，從裏面出來，上前對查金梅問道：「我們就在這裏談嗎？」

查金梅看了一眼身邊的女人，向方子元介紹道：「這是我的女兒葉麗，她剛從國外回來。」接著對葉麗說：「這是方子元律師，他是高源市最有名的律師，現在代理你爸的案件！」

葉麗伸出手，大方地與方子元握了一下，說道：「方律師，你好！」

方子元禮貌地說道：「你好，葉市長是個好人，所以我才主動承攬這樁案子。」

握手的時候，他聞到一種說不出來的香味，內心頓時一漾。如今他說不出來的品牌香水實在太多，從氣味上，他斷定葉麗身上的香水肯定不便宜。

葉麗問道：「方律師，就目前的情況，你認爲他們的那些證據會對我爸很不利嗎？」

方子元搖頭道：「他們還在收集證據，從法律角度上說，在沒有對你爸指控之前，所有的證據都是無效的。我們必須等到他們將所有的證據收集完，通過正常的法律程序判你爸有罪時，才能針對每一項證據進行反駁。」

查金梅說道：「不要站在這裏談，我們找一個地方坐下說吧！」

社區門口周邊的地方只有一些小飯館，連個像樣的茶樓都沒有，更別說高級一點的咖啡廳了。方子元說道：「上我的車吧，帶你們去別的地方，那裏安靜，比較好談話！」

查金梅卻說道：「我看算了，還是在這社區裏面找一處可以坐下來的地方。」

她說完，在葉麗的攙扶下，轉身向社區裏面走去。方子元朝身後看了看，跟著她們向社區裏面走去。

這是一個普通的居民區，相對那些高檔住宅社區來說，顯得有些老，房子都是上世紀八十年代末建的，磚石結構，上下六層，很結實。

社區的自然環境相當不錯，綠樹成蔭，邊上還種了一些花花草草。老頭老太太坐在樹底下的石椅石凳上打紙牌，倒也逍遙自在。

三個人找了一處離人群較遠的地方坐了下來。方子元坐在石凳上，將肩膀上的背包拿下來，放在面前的石桌上，低聲說道：「昨天我有事，所以就沒去，請你們諒解！」

他指的是葉水養的遺體告別儀式。

查金梅沉聲說道：「那只是一個形式而已。人都死了，還能怎樣？」

方子元說道：「上面對葉市長的案子很重視，現在連李書記也跳樓了，他們懷疑二者之間肯定有什麼聯繫，所以正加緊查呢！」

見查金梅的臉色一漾，他接著說道：「前些天我幫一個叫潘建國的老人打了一場官司，誰知道他居然被人殺了，我聽辦案的人說，是一個女人殺了他。」

葉麗說道：「方律師，我約你來是想談談我爸的事情，你說這些做什麼？」

她說完後，從隨身的小挎包裏拿出一疊文件，接著說道：「這是調查組的許組長交給我的，都是我爸貪污受賄和濫用職權的調查報告，你回去好好看看，希望你能找到突破口，還我爸一個清白。」

方子元吃了一驚，雖說他知道許宗華調查葉水養的那幾件事，可在案子沒有提起公訴之前，這些調查報告都屬於內部資料，不要說別人，就是他這位當事人的辯護律師，在沒有徵得同意的情況下，都無權查看。許宗華是什麼人，怎麼會不知道這其中的利害關係？他小心地問道：「是許組長交給你的？」

葉麗說道：「嗯，只是些影本，有的地方還有些模糊。沒什麼事吧？」

方子元隨手翻了一下，說道：「如果有這些資料，我就可以儘早做準備，以便在案件提起公訴之前，就想出對策！」

葉麗說道：「哦，有一件事忘了告訴你，你拿到調查報告的事情，千萬不能讓別人知道。許組長說過，他將這些東西給我，是違反紀律的！」

方子元微笑著說道：「他明知道違反紀律，也要把這些調查報告交給你，爲什麼？」

葉麗說道：「他也知道我爸是個好人，這麼做的目的，只想幫我！」

也許問題就這麼簡單。可是方子元卻覺得問題絕對不可能那麼簡單，隱隱地，他有一種山雨欲來的感覺。他拿著那疊調查報告，就如同拿著一塊燒紅的木炭一般。

他們並沒有談多長時間，葉麗接了一個電話，就和母親一起離開了。方子元在石凳上坐了一會兒，才想起要開車回律師事務所。在車上，他突然想起，要不要給許宗華去一通電話？如果將來在法庭上，被人知道他通過非正常手段得到這些東西，是要負法律責任的。他不想害人，也別被人家給坑了。

正要拿起電話，那個新號碼的手機卻響了，一看是宋玲玲打來的。

宋玲玲的聲音有些壓抑，在電話裏說，半個小時後，她在環市東路一家叫夜巴黎的酒吧門口等他。

這個女人神神秘秘的，也不知道在搞什麼鬼。在掛上電話的時候，方子元聽到對方那邊傳過來的一聲從喉嚨深處擠壓出來的嗚咽。這聲音他有些熟悉，那次在鴻泰賓館，兩人苟且的時候，她到達高潮時，也發出這樣的聲音。

驀然地，他竟然有了一絲醋意，雖然他明知這女人在他之外，一定有過不少男人，而且這樣的尤物，也不可能專屬於某一個男人，但心裏仍是有些酸酸的。

他將車子停在路邊，打消了回律師事務所的念頭。他從座椅下面拿出那張裝在信封裏的借據，仔細看了看。

吳雅妮已經死了，現在除了他之外，還有幾個人知道這張借據的事呢？要說葉水養是個貪官，可貪的錢都去了哪裏？要說是個好官，這張兩千萬的借據，又怎麼解釋呢？

方子元想了一會兒，仍將借據放在座椅下面。拿起手機準備打許宗華的電話，卻發覺他根本不知道對方的手機號碼。

無奈之下，他只得打了蘇剛的電話，想從蘇剛那裏問到許宗華的手機號碼。撥通之後，不料卻傳來語音提示：對不起，您撥打的號碼是空號。

他大吃一驚，心道：怎麼了？

- 第 11 章 -
上面的處理意見

許宗華辦案那麼多年，很多案子在調查報告上去後，幾個月才出來處理結果，至於涉及的刑事追究，則一般都是半年之後，才會秘密開庭審理。像這次這麼快的，他還是第一次遇到。

許宗華面前的案桌上，摞著一大疊兩尺高的文件，絕大多數都是關於葉水養貪污腐敗的資料。在這期間，調查組對城建局長姚光明、地稅局長劉太常、財政局副局長史天來這三個局級幹部施行了雙規，並對二十多個科級以上的幹部進行了詢問。他們中的很多人都很配合，相繼檢舉揭發了不少葉水養貪污腐敗的違法證據。

對於葉水養的調查，基本可以定案了。

調查組這些天對於葉水養的腐敗案件調查結果，可以歸納如下：一、一九九七年至二〇〇六年，葉水養在擔任市外經貿副主任和副縣長、副市長、常務副市長期間，前後收受賄賂達人民幣一千五百萬元，挪用公款兩千八百萬元，貴重物品折合人民幣六點四萬元；二、違規提拔幹部，經查，葉水養在擔任常務副市長期間，利用手中的職權，違規提拔幹部八人，其中三人有嚴重經濟問題；三、利用職務之便插手市建工程，經查，高源市存在不少豆腐渣工程，都是在他的直接干預下修建的，他對這些工程的品質問題負有重要領導責任；四、瀆職，他在一九九〇年到一九九四年擔任市化工廠廠長期間，由於管理不善，導致化工廠倒閉，對化工廠出納挪用巨額公款一案，負有不可推卸的領導責任；五、生活腐敗，與別的女人有不正常的兩性關係。

情況就這樣了。

在他的手邊有一份綜合報告，在報告的後面，是上面對此案的處理結果：

……通過調查組調查，認定葉水養在任職期間犯有不可寬恕的貪污受賄及濫用職權等罪，經省委省政府批准，省紀委決定：撤銷其常務副市長職務，給予開除黨籍、開除公職處分，並依法追究其刑事責任，鑒於其已畏罪自殺，故免除其刑事責任，保留對其的處分……

報告前天送上去，今天就收到回覆了。據說昨天下午省裏開了臨時小會議，就是討論高源市葉水養的案子。

許宗華辦案那麼多年，很多案子在調查報告上去後，幾個月才出來處理結果，至於涉及的刑事追究，則一般都是半年之後，才會秘密開庭審理。像這次這麼快的，他還是第一次遇到。

在文件的另一側，是一大堆由市委市政府和信訪辦轉過來的上訪信件，這上百封信件中，居然沒有一封是檢舉揭發葉水養的，相反，都是替葉水養喊冤叫屈的，很多信件都是實名。

正如他開始調查的那樣，葉水養確實替高源市做了不少好事，所以得到那麼多人的敬慕。可做實事是一市之長的職責，並不能代表其不違法亂紀。

在他以前辦過的那些腐敗案件中，涉案官員無不與多位女性有染，有的私生活腐敗程度，甚至到了聳人聽聞的地步。可葉水養卻只有一個情婦。

調查組的同志幾次找孟瓊談話，談到她與葉水養關係時，她總是強調與葉水養只是普通的朋友關係。至於她身懷有孕一事，她只說是個人私生活問題，與葉水養無關。

別人的私生活，調查組自然無權干涉。

這是個難以對付的女人，要想撬開這個女人的嘴，得到最真實的東西，恐怕不是一件容易的事。不過，這點問題難不倒許宗華，他已經想到了對策。

他看了看手錶，半個小時前，他要助手通知市委市政府的幾個領導，要開個會討論一下上面對葉水養的處理結果。

半個小時後，高源市幾個領導相繼來到賓館的小型會議室中。等大家坐下後，許宗華簡單地說了這宗案件的調查情況，並將上面的處理結果告訴了大家。

正如他想的那樣，對於這樣的處理結果，沒有人有意見。既然這樣，就可以將處理結果對外公佈了。雖然這類案件，從調查到處理判決，所有資料都屬於內部機密不能對外公開，但是家屬會收到一紙當事人案件的處理通知書。

至於被雙規的三個局級幹部，則在調查清楚後另案處理。

他也知道，葉水養的案件背後，還有著令人無法知道的真相，隨著調查的深入，難度越來越大。高源市內也流傳著各種各樣的風言風語，一些幹部整日提心吊膽，嚴重影響到了日常工作。

針對這樣的狀況，許宗華才想著儘快結束調查，恢復高源市的日常工作秩序。

就在昨天，他和葉麗見了一面之後，將一些案件的調查資料複印了一份交給對方。他這麼做的原因只有一個，就是爲了解開心中的幾個疑問。

第一，葉水養貪污的那些錢都到哪裏去了？

第二，葉水養與李樹成到底是什麼關係？

第三，接連發生的幾宗命案與此案的關係。

第四，孟瓊和方子元等人在此案中扮演著什麼樣的角色？

當然，還有他最關心的案件幕後真相。

方子元把那些資料收好，開車來到夜巴黎酒吧的門口，見穿著便裝的宋玲玲從裏面走出來，手上拿著一個文件袋。

她看見了他的車子，並未走過來，而是直接往前面走。

方子元明白她的意思，是怕被人看見，所以他緩緩開著車，跟在她的身後。走過了一條街道，她停了下來，等他的車子在她身邊停穩的時候，打開車門上了車。

方子元啓動了車子，問道：「你今天很忙麼？」

宋玲玲輕撫了一下額前的瀏海，說道：「也沒什麼事，反正一天就那麼過！」她接著問道，「你打電話給我，有什麼事麼？」

方子元想了一下，說道：「我伯父躺在醫院裏，都好幾天了，還沒有度過危險期，李飛龍只去過一次，現在都不見人影，不單是他爸，連他媽都不管了。」

宋玲玲有些生氣地說：「你對我說這些做什麼，我又不是他的什麼人，難道還把他藏起來不成？」

方子元說道：「宋檢察官，那一次在他的辦公室裏和你見面，我就知道你和他的關係不一般。我沒有別的意思，只是問問而已！」

宋玲玲說道：「他是方園集團的老總，你要想找他，可以去方園集團問呀，說不定那裏的人可能知道呢！」

方子元換了一個話題，說道：「還有一件事，我想求你！」

宋玲玲面無表情地說：「說吧，什麼事？」

方子元說道：「我們以後最好不要再聯繫了，我真的很擔心！」

最後那一句，他說的是實話。

宋玲玲冷笑道：「方律師，我都不怕，你怕什麼?再說了，我是檢察官，你是律師，就算偶爾見面，那也是工作的需要。更何況，我們又不可能經常在一起。」

方子元說道：「不怕一萬，就怕萬一呢！宋檢察官，高源市有那麼多好男人，你肯定能找到比我更好的，是不是？」

宋玲玲說道：「算了，我們不談論這個。有個消息我透露給你，聽說今天上午調查組的組長把市裏幾個領導都叫過去開會，是討論葉水養的問題，據說上面的處理結果已經出來了，具體情況暫時還不清楚！」

方子元驚道：「不可能，如果按照正常程序的話，必須等調查組將所有事情調查清楚，寫成報告上報，一個月之後才有初步的處理結果，再根據處理結果來走法律程序！」

宋玲玲冷笑道：「你真是一個名律師。難道你現在都看不出來？」

方子元問道：「我看出來什麼了？」

宋玲玲說道：「葉水養的問題和別人的案子不同，這裏面彎彎繞繞太多，牽涉面太廣，調查組是按上面的意思辦事的，只想快刀斬亂麻，簡單快捷地處理掉，反正人都已經死了，沒有人會在乎處理結果的！」

如果這個時候處理結果就已經出來了，實在令人匪夷所思。方子元也覺得宋玲玲說得有道理。他問道：「以你過去辦案的經驗看，這個案子會開庭審理嗎？」

宋玲玲說道：「人都已經死了，還開什麼庭？肯定是內部處理，將結果公示一下就行！」

方子元說道：「如果那樣的話，問題就有些嚴重了。處理結果出來後，肯定會送達當事人的家屬，我這個辯護律師還需要再當下去麼？」

宋玲玲說道：「這個問題你不要問我，你想怎麼辦都行！好了，就在這裏停車吧！」

方子元發覺在不知不覺之間，居然把車開到了市檢察院門口。他把車停住，讓宋玲玲下車。看著這女人走路時左右扭動的屁股，他居然莫名其妙地產生了一種衝動。

方子元去學校接了女兒回家，這幾天他老婆李雪晴都在陪著伯母柳春桃，無暇照顧女兒，他把妹妹叫了過來，暫時照顧孩子。

方雨馨下車的時候，愁容滿面地問道：「爸爸，媽媽出差要那麼多天嗎，什麼時候回來呀？」

李雪晴雖然不在家裏，但每天晚上都打電話回來和女兒聊天，只說單位臨時有事出差，過些天才能回來。

方子元柔聲說：「你媽把事情辦好了就回來！」

他妹妹方子華從屋子裏出來，對他說道：「今天下午有一個男人來找你，我說你不在！」

方子元有些緊張地問：「什麼人，長得什麼樣子？」

方子華說：「瘦瘦的，個子不高，看上去像個知識份子，說話的時候文質彬彬的，我叫他有事打你的電話！」

瘦瘦的，個子不高，說話時候文質彬彬的。方子元想起他見過一面的葉水養的貼身秘書莊東林，如果那個人真的是莊東林，爲什麼不打他的手機，而要到他家來找他呢？

他思索了一陣，都想不明白是怎麼回事，搖了搖頭，開車離開。

在路上，他打了李雪晴的手機，得知她陪著伯母在醫院，便開車來到醫院。

方子元走進去的時候，看到李雪晴陪著伯母坐在病床旁邊的真皮沙發上。伯母的氣色很差，看上去比以前蒼老了許多，才幾天沒見，如同變成了另外一個人。李樹成仍在昏迷中，渾身上下插著很多根管子，還沒有度過危險期。

病房內還有兩個人，是政府部門派來的，木訥而機械地坐在旁邊，面無表情地看著他們。這間病房的旁邊還有一個套間，是方便家屬照顧病人用的。從前天晚上開始，李雪晴就陪著伯母住在隔壁。

病房的門開了，一個主治醫生模樣的人走了進來，低聲朝他們說道：「病人的情況很不穩定，需要安靜，留兩個至親家屬在這裏就行，其餘的人請你們離開！」

方子元朝李雪晴看了幾眼，她看上去有幾分憔悴，令他有些心痛，可沒有辦法，除了她之外，就沒有更適合照顧伯母的人了。

他和那兩個人一道出了門，低聲問主治醫生：「醫生，我伯父的情況怎麼樣？」

這醫生沒好氣地說道：「剛才你不都看到了嗎，就那樣！」

方子元有些惱火，哪有這麼對人說話的，他忍不住說道：「醫生，請你注意你的說話語氣！」

這醫生說道：「我怎麼了？有什麼問題嗎？」

方子元說道：「這裏是特護病房，講究的是對患者的服務，就你這說話的態度，我可以投訴你！」

這醫生說道：「行，那你去投訴好了！需要我告訴你名字嗎？」

這醫生接著晃了一下胸牌，好讓方子元看清楚點。

方子元想不到這個醫生的態度居然這麼惡劣，要知道，那個病房裏住的是高源市的政法委副書記兼公安局長，若是在平常，這種醫生連拍馬屁的機會都沒有，更不敢有這樣的態度。

人大都是很現實的，躺在病床上的李樹成，早已經不是以前那個意氣風發的公安局長，世態炎涼，這醫生的態度，或許能說明些問題。想到這裏，方子元忍住了怒火，待那個醫生走開後，他問旁邊那兩個工作人員：「請問今天有誰來看過李書記？」

其中一個漫不經心地說道：「今天沒有人來，昨天下午倒是來了兩個公安局的人，單獨找李書記的老婆談了話！」

「哦，公安局的人單獨找伯母談了話！」方子元若有所思地點了點頭，他正要問，只見從樓梯口那邊過來一群人。那兩個人眼尖，認出走在前面的是市長余德萬，還有幾個市委市政府裏的領導，顧不得再和方子元說話，趕緊迎了上去。

余德萬低聲問那個離他最近的工作人員：「李書記的情況怎麼樣？」

那個工作人員微微弓著身子，小心地回答：「還是老樣子，醫生剛來看過！」

醫院的院長走在余德萬的身邊，這群人中還有一個重要的人物，那就是調查組長許宗華。方子元看到了許宗華，朝他勉強地笑了笑，就算是打過招呼了。當許宗華經過他身邊的時候，他往前緊走幾步，低聲說道：「許組長，我有話想單獨和你談！」

許宗華「哦」了一聲，看了看圍在身邊的那些人，微笑著說道：「方律師，在這裏說話恐怕有些不方便，等下我們換個地方！」

一行人來到病房的門口，余德萬和許宗華交換了一下眼色，率先推門走了進去。許宗華緊跟在他的身後跟了進去，但其他的人卻都沒有再往裏走，而是站在病房的門口，各懷心事地耐心等待著。

方子元沒有跟進去，他在走廊邊的椅子上坐了下來。幾分鐘過後，余德萬和許宗華從裏面出來了，兩人都沒有說話，也沒有在門口停留，而是直接向外面走去。其他的人也沒有說話，有次序地跟了出去。

方子元起了身跟在那些人的最後面，他剛走了幾步，就聽身後傳來李雪晴驚慌失措的叫聲：「醫生，醫生！」

守候在走廊內的兩個醫生和護士忙快步進了病房，方子元也轉身疾步返了回去。一進病房，見伯母暈倒在沙發上，那兩個醫生和護士立即爲伯母進行緊急搶救。他把李雪晴拉到一邊，低聲問道：「怎麼回事？」

李雪晴低聲說道：「余市長他們進來看了伯父，又和伯母說了些話，他們一出去，伯母就暈倒了！」

方子元問：「他們對伯母說了什麼？」

李雪晴說：「也沒說什麼呀，余市長對伯母說，市裏已經從省裏請了最好的醫生來看伯父，要伯母保重身體，還說由於出了這樣的事，市裏經過會議討論，徵得省裏的批准，命公安局的趙副局長暫時主持日常工作，政法委那邊，由另外一個副書記兼著。最後還順便問我堂哥去哪裏了，說公安局那邊有個案子，牽扯到他手下的人，可能要他去配合調查一下！」

方子元問：「另外那個人沒有說話麼？」

李雪晴輕輕地搖了搖頭。

方子元接著問：「昨天公安局來了兩個人，找伯母說了什麼？」

李雪晴將方子元拉到一邊，低聲說：「好像是為了我堂哥的事來的，具體的我也不太清楚，伯母沒有對我說，我也不敢問。」她問道：「女兒怎麼樣？」

方子元低聲說：「沒事，有我妹照顧著呢！就是晚上想你，都快要上中學了，還是和小時候一樣黏你。」

經過醫生的緊急搶救，柳春桃逐漸甦醒了過來，只是兩眼無神，目光有些癡呆，口中不住地說道：「何苦呢……何苦呢……」

李雪晴暗示方子元離開，並急忙轉身走了過去。

方子元見留在這裏無益，便出了病房。病房門口的那兩個公職人員還在，在他們的旁邊還有另一個人。那個人見他出來，上前說道：「方律師嗎？你好，我是調查組的莫志華，許組長要我帶你過去見他。」

方子元跟著莫志華離開了醫院，驅車來到調查組所在的高源大酒店，剛一進門，就見許宗華坐在酒店大堂左側的茶座裏，朝他招了招手。

這種地方人多嘴雜，談話的時候也容易被別人聽到。見方子元走過去，許宗華起身朝二樓走去。二樓是酒店的西餐廳，裏面有包廂。

他們兩人一前一後地進了包廂，各自坐下。

朱紅色的木質大門在他們身後關上，許宗華說道：「方律師，在這裏說話，可不用擔心別人聽到了！」

方子元沉默了片刻，問道：「聽說葉市長的處理意見下來了？你們打算怎麼辦？」

許宗華微笑道：「想不到你這麼快就知道了，我已經和市裏的幾個領導碰過面，他們對處理結果沒有意見，在公示之前，會通知他的家屬的。」

方子元問道：「調查資料和報告都屬於內部文件，葉麗拿到的那些，是你給的麼？」

許宗華點了點頭：「你是辯護律師，想必那些文件都到你手上了吧？你認爲我們的調查有什麼問題麼？」

方子元說道：「我還沒有看文件，只是確認這件事。根據刑事訴訟法第一二一條規定，犯罪嫌疑人有權知道用作證據的鑒定結論的內容，可以申請補充鑒定或重新鑒定。但是葉水養的案子不會移交檢察院提起公訴，應該屬於內部處理的。我有些想不明白，你冒著那麼大的風險，把那些資料交給她，圖的是什麼？」

許宗華沒有說話，只是報以一種很隨和的微笑。過了好一會兒，才緩緩說道：「你還有什麼要問的麼？」

方子元說道：「我覺得，你們對葉市長的案子，處理得也太快了，快得出乎我的預料。」

許宗華說道：「我也覺得是快了點，可形勢所逼，沒有辦法呀！」他接著說道，「方律師，你是聰明人，我想你應該知道怎麼做！可別被人拉下水，以身試法呀！」

方子元說道：「謝謝許處長提醒，我知道該怎麼做的。不過還有件事我想問，就是我那個同學蘇剛現在去了哪裏，怎麼他的電話號碼成了空號？」

許宗華說道：「他去執行特殊任務了，你這段時間最好不要聯繫他！如果沒有別的事情，我們就談到這裏吧，我還有很多工作要處理。」

說完後，他起身顧自走了出去。

方子元正要起身，手機卻響了，雖然號碼是陌生的，但他還是接了。那頭傳來一個低沉的聲音：「是方律師嗎？」

方子元「唔」了一聲，問道：「請問你是誰？」

電話那頭問：「現在說話方便嗎？」

方子元說道：「沒問題，你說吧！」

電話那頭的聲音哽咽起來：「葉市長……葉市長不是自殺的……是……是被人逼死的！」

方子元大驚，他已經聽出打電話給他的人是誰了，忙說道：「莊秘書，你說清楚點，到底是怎麼回事？」

電話那頭的莊東林哭著說：「葉市長是個好人……真的是個好人……是他們在陷害他，他沒有貪污受賄，錢都……」

電話突然斷了，方子元「喂」了幾聲，手機裏傳來「嘟嘟嘟」的聲音。

在這樣的情況下，莊東林那邊一定出了什麼事，否則不可能連話都沒說完就掛掉。方子元愣了一會兒，只得收起手機，他有些後悔沒來得及問莊東林在哪裏，否則倒是可以開車找過去。

莊東林是葉水養的貼身秘書，肯定知道葉水養的很多事情。在這樣的情形下，知道得太多並不是一件好事，方子元想到這裏，內心深處突然有一種戰慄的寒意，從腳底一直冒到頭頂。

- 第 12 章 -
調查報告中的漏洞

儘管有那麼多被調查的官員的供述，以及調查組多方面的取證，但卻沒有提到葉水養有多少處房產和多少存款，這在官員貪污腐敗的案件中，是絕無僅有的。記得去年高源市下面一個縣的衛生局長被查處時，光房產就有六處，銀行存款達七百多萬。一個小小的腐敗局長就有那麼多處房產和存款，堂堂的常務副市長呢？

方子元在路邊的小攤位上吃了一碗麵，應付自己空空如也的胃。人在吃飯的時候，有好心情才會有好胃口，依他現在的心情，即使面前擺著山珍海味，他也沒有心情吃下去。

華燈初上，街邊開始熱鬧起來。一對對小情侶偎依著，從五光十色的櫥窗前走過，眼睛盯著裏面的衣服。小青年們沒有幾個懂得欣賞服裝的顏色和款式，只要身邊的可人兒看得上，花點錢買紅顏一笑，還是很願意的。

他不由自主地想起和李雪晴談戀愛時候的情景，那個時候，他們也和這些戀人們一樣，成天膩在一起，吃過晚飯，兩人便相邀著去逛街。記得那一次，他買了一件白色的韓式套裙給她，讓她高興了好幾天。

他是個沒有多少情調的男人，為人很坦承，很實在，正是這份坦承和實在，贏得了李雪晴的芳心。

他在攤位上坐了好一會兒，才想起要回家。開車進入社區的大門口時，見兩個保安揪住一個十一二歲的男孩，不知道在做什麼。

一個保安看見了他的車，示意他停下。他停下後問道：「有什麼事嗎？」

那個保安說：「這個男孩子在門口遊蕩一整天了，說是找方律師，我們問他方律師的全名是什麼，他說不上來。這個社區內只有你一個姓方的律師，所以剛才我們帶他去你家，可是你女兒說不認識他，於是我們叫他回去，沒想到這孩子的脾氣倒是很強，說是非得見到你才行。」

方子元望著那孩子，見他雙手將一個大文件袋緊緊摟在懷中，身上穿著一身髒兮兮的佐丹奴青少年運動裝，腳上穿著運動鞋，一副天不怕地不怕的模樣，於是問道：「我就是方律師，你叫什麼

名字，找我做什麼？」

那孩子走上前，直接開門上了車，說道：「我不想讓別人知道！」

方子元見這孩子還挺警覺，便笑了笑，謝過保安之後，開車進了社區。這孩子見過了社區門口的保安亭，這才說道：「我叫朱宇翔，宇宙的宇，飛翔的翔，我爸叫朱時輝，我媽叫吳雅妮，以前我聽他們說過，你和我爸媽都是同學！」

方子元吃了一驚，想不到眼前這孩子居然就是朱時輝的兒子。他上下重新打量了朱宇翔一番，見這孩子的眉宇之間，依稀有朱時輝年輕時候的影子。朱時輝和吳雅妮相繼離世後，這孩子就成了孤兒。驀然之間，他有一絲愧疚襲上心頭，到現在爲止，作爲他們兩人的同學，他都沒有時間去過問一下他們的孩子。

車子在他門口停住，他對朱宇翔說道：「到了！」

屋子的門開了，方雨馨站在門口，認出父親身邊的男孩，說道：「爸爸，剛才保安叔叔帶他來過，他是什麼人呀？」

方子元說：「他是爸爸一個老同學的兒子，他爸媽都去世了，可能要到我們家住一陣子，以後你就叫他哥哥！」

方雨馨有些厭惡地看了朱宇翔一眼，並未表示出半點歡迎的神色，而是撇了撇嘴巴，轉身進屋了。

朱宇翔說道：「叔叔，我和我奶奶住在一起，我把這東西交給你就回去！」

方子元問道：「是誰叫你把這東西交給我的？」

朱宇翔說道：「我媽！」

方子元又是一驚，吳雅妮是自殺的，自殺之前還和他見了面，並交給他那張兩千萬的借據。按朱宇翔說的，吳雅妮在沒有自殺之前，就已經把這件事安排好了。既然東西遲早都是要給他的，爲什麼那一次他們見面的時候，不親手交給他，而要等到現在，讓她的兒子來交給他呢？他禁不住問道：「你媽什麼時候把東西交給你的，她又對你說了什麼？」

朱宇翔瞪著一雙機靈的眼睛說道：「就在她死前的那天晚上，她說，什麼時候看到有葉市長的新聞，就把這些東西拿來給你。」

方子元「哦」了一聲，葉水養跳樓自殺的消息，政府部門那邊是不可能及時對外界公佈的，從死亡的時間上看，吳雅妮的死，莫非與葉水養也有一定的聯繫？或許就是得到葉水養自殺的消息後，吳雅妮才選擇自殺的？到現在爲止，高源市並沒有在媒體上對外界公佈有關葉水養的半點消息，就連遺體告別儀式，都是很低調地進行的，新聞媒體並沒有進行相關的報導。他說道：「你說謊，我天天看電視，都沒有看到那個新聞呢！」

朱宇翔的眼中露出一抹嘲笑的神色，說道：「方律師，這年頭兒有幾個人看電視呀？我昨天晚上上網的時候，看到論壇裏有人說葉市長的遺體昨天火化了，所以就來找你了！」

方子元不禁對這孩子刮目相看，不過話又說回來，如今是網路時代，十一二歲的孩子，玩網路遊戲玩得很溜的，不在少數。

朱宇翔接著說道：「我看那上面有人說葉市長是個貪官，貪污了不少錢，是被查出來之後才畏罪自殺的，可是也有人說他是個好人，做了很多好事！」

方子元笑了笑，不置可否，畢竟朱宇翔還是個十來歲的孩子，對於這個充斥著虛僞和追逐名利的現實社會，是無法真正分辨清楚的。好人不見得不貪，壞人也不見得沒有做過好事。他伸出手去，示意朱宇翔把那個文件袋交給他，同時說道：「你住在哪裏，我等下送你回去好不好？」

朱宇翔歪著頭思索了一下，說道：「謝謝！」

方子元聽朱宇翔說的話，完全不像是一個十一二歲的少年。都說失去父母的孩子，要比實際年紀成熟得多，這話一點都不假。

就在他們上車的時候，方雨馨從屋子裏追出來，手裏捧著一個瓷器的小豬，方子元認出那是女兒的儲錢罐。他們夫婦平時給女兒的零花錢，都被她放在這罐子裏，她說等罐子滿了，再把這些錢拿去買一個Hello kitty的漂亮書包。

方子元和妻子隨時都可以幫女兒實現這個願望，可她不答應，非得靠自己努力。孩子就這性格，他們只得由著她去。

方雨馨對朱宇翔說道：「我媽媽說，失去父母的孩子最需要別人的幫助，我就這些錢，全給你！」

方子元想不到女兒前後的態度有這麼大的變化，原來是妻子教育的功勞。

朱宇翔說道：「謝謝你！我媽媽說過，你爸看了這裏面的東西，就會幫助我的！」他接著扭頭對方子元說：「叔叔，我們走！」

方子元看著女兒的眼中露出一抹失望的神色，於是說道：「雨馨，你先留著，等哥哥什麼時候需要了，爸爸再向你要！」

方雨馨認真地點了點頭，看著車子開走。

方子元按著朱宇翔的指引，將車子開到老城區的一個街道口，見朱宇翔下了車，忙伸頭出去問道：「你不是住在原來的地方嗎？」

朱宇翔說道：「我和奶奶住在一起！」

方子元接著說道：「如果有什麼需要我幫忙的話，就去我家，好嗎？」

朱宇翔點了點頭，朝方子元揮了一下手：「叔叔再見！」轉身飛快消失在前面的巷口。

方子元回到家，女兒方雨馨還沒睡，正和她母親煲電話粥，見他走進來，她連忙對著話筒說：「媽媽，爸爸回來了！」她接著抬頭對方子元說：「爸爸，媽媽叫你接電話！」

方子元走過去接過話筒，聽到裏面傳來妻子很輕的說話聲：「子元，那個孩子又送什麼東西給你？」

方子元說道：「一個文件袋，還沒來得及看呢！」

李雪晴說道：「我早就聽同事們說過，這裏面的水很深的，你可要注意點分寸，你不爲自己著想，也應該爲我和女兒想一想！」

方子元說道：「放心吧，我知道怎麼做的！」

李雪晴說道：「行，早點休息吧！叫女兒接電話！」

方子元把話筒給女兒，在她額頭上親了一口，起身走進了自己的書房。當他坐在椅子上打開電腦時，才感到自己非常疲憊。

方子華泡了一杯茶進來，關心地說道：「哥，你沒事吧？我看你的臉色不是很好！」

「沒事！」方子元說道，「早點哄雨馨去睡覺吧，這孩子，和她媽聊起天來沒完沒了的！」

方子華「嗯」了一聲，轉身出去了。

方子元看著放在手邊的那個文件袋，拿過來打開。見裏面有幾份文件，還有一封信，信封上寫著：方子元同學親啓。

字體娟秀，一定是吳雅妮寫的。

他撕開信，展開信紙：

老同學，當你打開這封信的時候，也許上面已經對葉市長的案子有了結果，他們是不會放過他的，只有那樣的結果，那些人才安心。

聽我老公說，這年代好人難做，葉市長能夠熬到這份上，已經相當不錯了。他和他們鬥了那麼多年，已經實在熬不下去了，再這麼下去，他會瘋的。我不知道我老公和葉市長是什麼關係，他到死都沒有告訴我，只是在他出事前的那天晚上，把那張借據交給我，說是如果他出什麼事，就把借據交給你！

他早就猜到自己會出事，所以在一個多月前就替自己買了巨額保險，他以為那麼做，一旦他出事，就可以讓我和兒子拿到那筆保險金。他已經死了，雖然是意外，可是我知道，一定是他們害的，他以前幫虎老大幹過不少那樣的事，我猜那些人也不會放過我，所以我把所有他留下的資料放在我兒子那裏。我對我兒子說，只要一有葉市長的消息，就把這些資料交給你！有了這些資料，我相信憑你的本事，一定能夠替葉市長洗脫罪名，我和朱時輝也不會白白冤死。

下面的簽名是：吳雅妮。時間正是她自殺前的那天晚上。

從這封信中不難看出，吳雅妮根本沒有自殺的念頭，她是被殺的，殺她的人很有反偵破手段，就像朱時輝說的害死原地稅局副局長劉兆新一樣。

方子元揉了揉發漲的腦袋，拿起那幾份文件，見其中的一份文件是一張保險金額爲四千萬的意外保險單，被保險人是朱時輝，受益人是吳雅妮。還有兩份文件，分別是公安交警部門的現場事故認定書和高源市第一人民醫院死亡認定書。有了這三份文件，就可以按照正常的程序，要求保險公司予以賠償。

方子元接過不少有關保險賠償的案子，在人身意外險的投保上，從來沒有這麼大金額的，這屬於異常情況，保險公司一般不會受理。可是那份保單卻是千真萬確的，這說明高源市的那家保險公司違規操作，面對這樣的情況，上級保險公司應該不予認可，還會派人調查此事。

這是個很棘手的案子，要想打贏這樣的官司，方子元沒有絲毫把握。

在這三份文件的最下面，還有兩頁紙。那是一份協議書。

這份協議書是手寫的，是那種老式的信紙，字寫得很漂亮，可以看出寫這份協議書的人，很有文化功底。

這是一份保密協定，內容很簡單，經化工廠廠長葉水養同意，出納潘建國分六次從廠裏轉出去

五百萬，用於天宇房地產開發公司的發展，潘建國獨自承擔挪用公款的罪名，在其服刑期間，其家屬和子女由會計柳春桃負責照顧，每月按時給予一定的生活費。此事只有四個人知道，絕對不可以告訴別人，包括老公或老婆，如有誰違反協議，將失去應得的股份。下面是四個人的簽名，分別是葉水養、潘建國和柳春桃，另外還有一個人的名字，余細香。

方子元對最後一個名字倒是很陌生，不知道余細香到底是什麼人。

協議簽屬的時間是一九九四年三月廿四日，那個時候，葉水養還在化工廠當廠長，六月份才調離化工廠的，而潘建國則是在九月份出的事。

協定的空白處，還有一行數字，他想了很久，都想不明白那些數字代表什麼意思。

協議中的天宇房地產開發公司，應該就是現在孟瓊的公司，葉水養把公款弄出來，交給孟瓊去管理，卻讓潘建國去背那個黑鍋。

這只是一份保密協議，他們四個人應該還有一份協議才對，那就是個人的利益分配。

方子元皺著眉頭，憑手中的這份保密協議，就可以斷定葉水養確實是個貪官，人雖然已經自殺了，可上面對他的處理，並不為過。

令他不解的是，這份協議應該在潘建國的手中才對，怎麼會落到朱時輝的手裏呢？朱時輝把這份協議夾在這裏面交給他，又是什麼意思呢？

他將這幾份東西放回文件袋裏，丟到一旁，登陸了QQ，收到助手發給他的資訊，明天還有一個案子要開庭，問他願不願意去。

方子元記得明天的案子是一樁交通肇事案，被告人撞死人後逃逸，幾個月前被警方在外地抓獲。這類案子很簡單，被告人一般判處五年以上的有期徒刑，外加民事賠償。

他給助手留了言，只說這幾天家裏有些事，那些開庭審理的小案子，他就不親自去了。上網流覽了一下網頁，他上了高源市政府的網頁，裏面並沒有葉水養被雙規後的新聞。用百度搜索了一下葉水養的名字，終於找到一個高源老家的論壇，論壇有幾篇關於葉水養被雙規的文章，一些本地的網友針對他是貪官還是好官進行了辯論。

論壇上並沒有葉水養遺體告別儀式的新聞，估計這樣的帖子被貼出來後，很快就會被版主刪掉。

他看了一會兒，沒有發覺什麼有價值的東西，不過，有一個叫「人間正氣」的網友發的一條評論，倒是引起了他的幾分興趣。「人間正氣」說：從某種角度上說，葉水養應該算是一個好人，作爲堂堂的常務副市長，能夠一直住在那種地方，而且爲高源市做了那麼多實事，實在不容易，在如今這社會裏，沒有幾個官員能夠保證自己的廉潔，劉兆新死了，葉水養死了，李樹成現在還昏迷不醒，高源真正的地震還沒有來，在貪污腐敗的蓋子沒有完全揭開之前，誰都無法下最後的定論，調查組的組長許宗華也一樣。

從這人說話的語氣看，應該是在政府部門上班的，所以知道一些官場上的事。

他查看這人的個人資料，可資料裏什麼東西都沒有。他這才發覺自己犯了一個低級錯誤，在網路這個虛擬的世界裏，有幾個人的資料是塡眞實情況的呢？

他找了一下有關保險方面的資料，在國內，還沒有像這種超巨額投保的例子。依照國內保險條例，這個案子幾乎沒有理賠的可能性。但是在國外，不要說投保幾千萬，就是上億的也不稀奇。

他流覽了一下網頁，就把電腦關了，整理了一下思緒，開始看葉麗給他的那些文件。

上面的是一些詢問記錄，被詢問的都是高源市的科局級幹部，也有幾個副市長，包括李樹成在內。從他們這些人說的話中，可以看出葉水養在他們心目中的形象，是一個獨斷、霸道、不講理，而且喜歡被人奉承的人，在用人的問題上唯親是用，極力打壓和排擠與他意見相左的人。

不少人承認給葉水養送過禮，有現金、煙酒、古董和名人字畫，他們那麼做的目的，無非是想他在任用幹部的時候，能夠照顧一下。

市教育局長說葉水養幾次找他單獨談話，讓他必須把三中的教學樓工程給大生建築公司承建，後來卻出現工程品質問題。

大生建築公司老闆董和春在被調查時說，他爲了和葉水養搞好私人關係，前後就送了八百多萬，這還不包括他逢年過節上門去送的各種禮物。他說葉水養的胃口很大，便宜的東西看不上，有一次他還買了一根二十多萬的正宗長白山野山參當成禮品送過去。

董和春還上交了一本日記本，上面詳細地記著某年某月某日，爲了什麼工程，向葉水養送了多少錢，還有什麼東西，或是請葉水養去「娛樂」。

城建局長姚光明一再聲稱他與市建垃圾工程沒有多大的關係，那都是葉水養直接插手的事，別人不敢說二話。葉水養派人送錢給他，他不敢不要，前前後後也就收了人家三十幾萬，葉水養被雙規後，他主動到市紀檢部門交代問題，並把那些錢退出來了。

財政局副局長史天來交代說，市裏原來有一筆兩千萬的農村醫療改革專項資金，在葉水養的干預下，那筆錢不知道用到什麼地方去了，現在農村醫療改革的專項資金還是一個大漏洞。

地稅局長劉太常表示原副局長劉兆新的死，與葉水養有著直接的關係，地稅和國稅不同，是受地方管理的。有一次葉水養要從地稅那邊劃款一千五百萬，說是暫借，也不知道那筆錢後來用到什麼地方去了，劉兆新對這件事很有意見，幾次向上面反映，結果遭到葉水養的打壓。前段時間傳出消息來，說這次市裏幹部調整，葉水養絕對不放過劉兆新，絕對會讓他坐冷板凳。劉兆新一時想不通，就跳樓自殺了。

方子元認識劉兆新，還一起吃過幾次飯，對這個人的印象很不錯。當兵出身的，正團級幹部，到地方降半級任用。雖說是地稅局的副局長，可爲人實在，沒有官場中人的狡詐和虛僞，說話也耿直，有什麼想法，當時就說出來，也不怕得罪人。這種性格的人，一般情況下是不可能自殺的。更何況朱時輝親口說過，劉兆新是他帶人殺害的，現場佈置得跟自殺一樣。

這些談話記錄裏面有多少水分，方子元可以不用去管，他只關心上面對葉水養的處理意見。在那疊文件的中間，他找到了一份調查報告，報告中稱，根據這麼多天的調查，關於高源市常務副市長葉水養貪污腐敗的問題完全屬實。

要是報告中的情況都屬實的話，上面對葉水養的處理，似乎就顯得「輕」了。

在這份報告中，儘管有那麼多被調查的官員的供述，以及調查組多方面的取證，但卻沒有提到葉水養有多少處房產和多少存款，這在官員貪污腐敗的案件中，是絕無僅有的。記得去年高源市下面一個縣的衛生局長被查處時，光房產就有六處，銀行存款達七百多萬。一個小小的腐敗局長就有那麼多處房產和存款，堂堂的常務副市長呢？

這是個很明顯的漏洞，若無法查出葉水養所貪污挪用的那些錢的去向，就無法對其定罪。作爲調查組的組長，許宗華不可能不明白這個道理。

方子元沉思了好一陣子，都不明白許宗華爲什麼會在這份報告中留下一個那麼大的漏洞。不要說像他這樣的名律師，就是他的助手，也可以輕易將這份調查報告中說的問題逐一推翻。

董和春到現在還生不見人死不見屍，他舉報葉水養受賄的證據，除了幾封舉報信外，就是調查的談話記錄了，除此再無其他的證據。

單憑這些人的談話，就將人草草定罪，這也太將國家法律視爲兒戲了。通常情況下，旁人的證詞只作爲參考證據存在，最重要的還是要本人認罪。他仔細翻了那些調查資料，居然沒有找到一張調查組詢問葉水養的談話記錄，而且連莊東林的也沒有。

葉水養從被雙規到跳樓的那些天裏，調查組的人不可能沒有找他談過話。

自從葉水養被雙規後，莊東林就暫時停止了工作，在家中隨時接受調查組的詢問。

許宗華是故意沒有把他們兩人的談話記錄給葉麗，還是有別的意圖呢？

葉麗給方子元這些資料，是想他替她父親翻案，照這些資料看來，這案子翻得也實在太容易。其實不用律師出面，家屬都可以直接向上面提出申訴。

方子元與許宗華見過幾面，覺得對方的城府很深，連說話都語帶雙關，一個在政府部門混了那麼久的人，肯定知道辦案的規矩。

最大的破綻就在這報告的漏洞中，許宗華那樣的人，怎麼可能會犯這樣的低級錯誤呢？

- 第 13 章 -

牆倒眾人推

方子元有些吃驚地望著伯母，他認識伯母這麼多年，只見她每日買菜做飯打掃房間，默默服侍著家裏的男人，只知道她是一個沉默寡言的「標本式」家庭婦女，對於男人談論的話題，絕對不會插話，更不會發表個人意見。沒想到她這麼一開口，說出來的話是那麼的犀利，而且富有現實的哲理性。

正如方子元所擔心的那樣，莊東林死了。

他的屍體今天一大早被人發現，浮在江邊的蒿草叢中，經警方現場確認，是酒醉後落水而亡。

方子元剛起床沒多久，就接到市公安局刑警隊隊長黃立棟打來的電話。在電話裏，黃立棟說警方發現莊東林手機的最後一個電話是打給他的，問他和莊東林是什麼關係，兩人在電話裏又說了些什麼。

方子元解釋說他和莊東林並沒有什麼關係，僅僅是認識而已。昨天他和許宗華見面之後，就接到莊東林的電話，莊東林在電話裏說葉市長是被人逼死的，是遭人陷害，可電話說到一半就突然斷了。

黃立棟要方子元去刑警隊說明問題，從吳雅妮到莊東林，他都擺脫不了干係。他也很想知道，那個到他家來找他的人，到底是不是莊東林？莊東林來找他，又是爲了什麼呢？

吃過早餐，方子元送女兒去了學校，接著來到刑警隊。講清楚問題後，他還想去見一見查金梅，問問誰是余細香。

接待他的員警說，黃隊長現在有事，要他等一會兒，並給他泡了一杯茶。

一杯茶才喝了幾口，黃立棟就進來了，看到了坐在那裏的方子元，面無表情地說：「你來了？」

方子元說：「黃隊長，你可別懷疑他的死和我有什麼關係！」

黃立棟坐下說：「我正是這麼想的！如果你要我相信你的話，那就拿出你和他沒有關係的證據！」

方子元雖是律師，明白反證的作用，可是那種證據，要他到哪裏去拿呢？當下只得說道：「黃隊長，我真的和他只是認識而已，我也不知道他爲什麼會在那種時候打電話給我！」

黃立棟用犀利的目光望著方子元，低聲說：「你不肯說實話是吧？」

方子元說道：「該說的，我已經在電話裏對你說了，你還要我說什麼呢？」

黃立棟正色道：「你是律師，應該知道作爲犯罪嫌疑人該注意些什麼，不用我再解釋了吧？」

方子元說道：「我知道，你有權限制我的自由，而且我必須配合你的問詢！」

黃立棟說道：「知道就好，我想檢查你身上的東西，還有你的手機，你有什麼要說的嗎？」

方子元把手機和背包放在桌子上，說道：「我的東西都在這裏，如果你認爲有必要的話，可以去我家和我辦公室進行搜查。不過我告訴你，我的背包裏有一份文件，如果你想看的話，建議你打電話給調查組的許處長。」

黃立棟有些生氣地說道：「別拿他來壓我，爲了辦案的需要，看一份文件又能怎麼樣。」他從外面叫來一個幹警，吩咐那個幹警將方子元的手機拿去做技術處理。接著打開那個背包，從裏面翻出一些文件，當他看清那些文件的內容時，臉色漸漸變了。

方子元說道：「我是葉市長的辯護律師，這些文件是我從許組長那裏拿來的，根據內部保密條例，是不能給無關的人隨便看的！」

黃立棟說道：「我就看了，那又怎樣呀？」

方子元微微笑了一下，說道：「要對我做筆錄嗎？」

黃立棟說道：「在沒有排除你的嫌疑之前，我只能按程序辦事！」

方子元從刑警大隊出來，已是三個小時之後，黃立棟並沒有行使扣押犯罪嫌疑人四十八小時的職權，只對他走了辦案的問詢程序，要他隨時接受詢問，而且近期不得離開高源市。

他開車來到化工廠原宿舍的樓下，嘗試著打了查金梅的電話，問道：「你好，我是方子元律師，你在哪裏，我有事情想和你商量一下。」

查金梅說：「我在鄉下，想靜一靜！這樣吧，有什麼事情，等我回去再商量！」

方子元說道：「有件事我想問一下，你認識一個叫余細香的人嗎？」

按他所想，除了葉水養、潘建國和柳春桃外，其他從化工廠出來的人，應該也知道這個人。

查金梅在電話那頭停頓了一下，說：「余細香？我不認識，你問她做什麼？」

既然查金梅那麼說，方子元也沒有什麼好說的了，就把電話掛了。查金梅不願意說，他只好去問伯母柳春桃了。

他接著打了老婆李雪晴的電話，問伯父現在的情況怎麼樣？伯母的情緒好些沒有？

李雪晴只說還是老樣子。

他說等下過去探望她們，問要不要買點什麼東西去。

李雪晴說什麼都不用帶，今天有下面縣裏的幾個領導來醫院探望，帶了不少水果和禮物。

掛上電話後，方子元開著車子來到醫院，他想起上次遇到那個醫生的事，心裏有些火，便走到那塊掛有全院各科室醫生的簡歷牌子前，打算認出那人後，直接去找院長投訴。可是他從頭看到尾，都未見到那個醫生的照片。

奇怪，難道那個醫生不是醫院裏的人？

想到這裏，他來到特護病房前，見那兩個原本守護在門口的人，已經換了，是兩個很陌生的面孔，當下問道：「上次守在這裏的兩個人呢？去哪裏了？」

其中一個人面無表情地問道：「你是什麼人？問這個做什麼？」

他微笑著說道：「昨天我們調查組的許處長陪你們余市長來探望李書記的時候，我看到守在門口的不是你們。」

他如果說他是律師，或許這兩個人不會買他的賬，於是亮出了許宗華的牌子。

那個人的臉色果然一漾，露出幾分謙卑的表情來，說道：「我們也不清楚，都是市委辦安排的，聽說是兩天輪一次。」

方子元問道：「那你們是哪個部門的？」

那個人回答：「我是市紀檢辦公室的，他是市檢察院的，臨時要我們來照顧一下李書記。」

方子元「唔」了一聲，也沒有多說話，便推門進去了。

柳春桃坐在病床前，兩眼癡呆了一般，怔怔地看著躺在病床上的李樹成，看她那神態，壓根兒就當進來的方子元是空氣。李雪晴的手裏端著一杯牛奶，從另一間屋子裏走過來，朝方子元做了一個噤聲的手勢。

方子元點了點頭，來到柳春桃的身後，他張了張口，卻沒有說出一個字。在這種情況下，叫他怎麼問得出口呢？

他走到旁邊坐下，看著李雪晴將那杯牛奶輕輕地放在柳春桃的身邊。

柳春桃的目光慢慢轉了過來，聲音沙啞地問：「子元，現在外面什麼情況？」

方子元愣了一下，他想不到柳春桃居然問出這樣的話，忙說道：「沒……沒什麼呀！」

柳春桃說道：「你別騙我，肯定有事，從你進來我就知道了！說吧，發生了什麼事？」

方子元如實說道：「其實也沒什麼事，只是聽說上面對葉水養的處理意見下來了，不過還沒有公開。另外，葉水養的秘書死了，公安局的人說是自殺，但是……」

柳春桃問道：「但是什麼？」

方子元說道：「但是他死之前給我打來電話，說葉市長是冤枉的，是被人逼死的，話還沒有說完就斷了。我懷疑他不是自殺，是被人……」

柳春桃打斷了方子元的話，低聲說道：「子元，你也是在場面上走動的人，這年代的社會情況，你不是不清楚。人和人之間整日爭來爭去，不就是爲了權和利麼？別看那個人平時和你的關係怎麼好，可一轉眼，說不定朝你下手最狠的人就是他。你可以不去害人，但是不能不防人。有些話，有些事，你可以懷疑，也可以說，但只能在肚子裏懷疑，只能對自己說，明白麼？」

方子元有些吃驚地望著伯母，他認識伯母這麼多年，只見她每日買菜做飯打掃房間，默默服侍著家裏的男人，只知道她是一個沉默寡言的「標本式」家庭婦女，對於男人們談論的話題，是絕對不會插話，更不會發表個人意見的。沒想到她這麼一開口，說出來的話是那麼的犀利，而且富有現實的哲理性。

柳春桃低著頭，目光始終停留在李樹成的身上，接著說道：「他說葉水養是被人逼死的，你伯父又何曾不是呢？這人呢，走到這一步不容易，何必呢？」

方子元也知道伯父跳樓前曾經接到一個神秘的電話，警方一直在追查打電話的人，到現在還沒能查出來。伯母說的最後那句話，不知是有感而發，還是另有所指？他想了一下，說道：「伯母，你是從化工廠出來的，你認識一個叫佘細香的人嗎？」

柳春桃抬起頭，扭頭望著方子元，問道：「你問她做什麼？」

方子元問道：「伯母，你認識她？」

柳春桃說道：「我不認識她，我只是聽說過這個女人的名字，她不是化工廠的職工！你怎麼了，怎麼會突然問起這個女人呢？」

方子元說道：「不是我問。我不是替葉市長做辯護的麼？我和葉市長的老婆談事的時候，她突然說到這個名字，我問她是什麼人，她就不肯說了，也不知道爲什麼！」

柳春桃說道：「那時候我還是化工廠的會計，潘建國是出納，我們不在同一個辦公室，有陣子我聽人說，他在外面有了一個相好的，那個女人是開飯店的，他去那裏吃過幾次飯，一來一往就好上了。他老婆還到廠子裏鬧過幾次，但沒有用。他後來乾脆和那個女人住在一起了，就是你說的佘細香。」

方子元是見過潘建國的，那猥瑣的樣子，現在還深深印在他的腦海中。想來年輕的時候，也好不到哪裏去。一個開飯店的女人和潘建國搞到一塊兒，不是貪對方多去那裏吃飯做點生意，就是有別的企圖。當然，那份保密協議書上的簽名證實了這一點。他問道：「這些年來，你有她的消息麼？」

柳春桃正色道：「我是從來不去管那些閒事的，你要問的話，去問潘建國好了，他從裏面出來後，肯定去找過那個女人！」

方子元微微一愣，潘建國已經死了，叫他如何去問？伯母既然不知道他們之間的事，爲什麼又那麼肯定潘建國出獄後去找過那個女人呢？他試探著問道：「伯母，原來在化工廠的時候，有誰和潘建國的關係最好？」

柳春桃的臉色微微變了，說道：「子元，你只是律師，有些事情沒有必要知道得太多，那樣對你沒有好處。你說莊東林死了，那一定是有人不想他活。他是葉水養的貼身秘書，肯定知道很多事情。這人呢，走到這一步不容易，何必呢？」

在短短的時間內，柳春桃將同一句話說了兩遍，方子元終於聽出了弦外之音，好像是在警告他不要多事，他看了看李雪晴，沒敢再說話。

柳春桃長長地歎了一口氣，繼續說道：「唉，他爸躺在這裏至今不省人事，他居然連看都沒來看一下……」

李雪晴連忙說道：「伯母，我打了很多次電話給他，都是關機，聯繫不上呢！子元也去過他公司問，都說他好些天沒去了。」

柳春桃用手抹了抹眼睛，沉聲說：「這孩子從小就不聽話，他爸寵他，沒人能管得了，都說嬌生慣養無孝子，這話一點都不假！雪晴，你也陪著我好幾天了，還要上班的，再說了，雨馨每天晚上都給你打電話，孩子是想你呢！你回去吧！我能照顧自己的！」

李雪晴說道：「伯母，子元把他妹妹接來了，專門照顧雨馨的。我已經請了一個月的假，對她說我出一個月的差！她就給我打打電話，聽聽我的聲音，沒有別的意思！」

柳春桃沒有再說話，恢復了原先沉默的樣子。

方子元看了李雪晴幾眼，對伯母說：「我有事先走，有空再過來！」

柳春桃連頭都沒抬。

方子元出門的時候，李雪晴跟了出來，對他說道：「你以後沒事少來這裏，伯母不喜歡人家打擾！」

方子元看著旁邊的那兩個人，忍住心頭的怒火，說道：「你有空也回去一下，用不了多長時間，孩子實在想你……」

李雪晴也有些生氣，眼圈一下子紅了，說道：「你以爲我不想回去呀？你看伯母這樣子，我能走得開麼？」

方子元頭也不回地邊走邊說：「那好，你就在這裏安心照顧你的伯母吧！」

他離開住院部，出了醫院的大門，走向自己停車的地方。這時候，從後面追上來一個人，叫住他說道：「你是方律師吧？」

方子元扭頭見這人很陌生，但他還是點了點頭，說道：「有事麼？」

那個人拿著手裏的一張字條，說道：「這是一個人叫我給你的！」

方子元接過字條一看，見那張字條上寫著：

老同學，沒事少來醫院，許處長說這案子很麻煩，牽扯的人太多。我可不想你捲進來，對你沒好處的！

雖然下面沒有署名，但方子元知道這是蘇剛寫的，許宗華對他說蘇剛在辦案，看來他進去的時候，蘇剛已經看到他了。或許調查組的人認為李飛龍會偷偷來醫院探望父親，所以暗中盯上了仍在昏迷中的李樹成，並調查每一個前來探望李樹成的人。

「謝謝你！」方子元將字條放進口袋，謝過了那人，開車離去。

蘇剛就站在醫院二樓一間辦公室的窗口，看著方子元開著車子離去，他心頭湧出一抹淡淡的擔憂。隨著案件的深入，他們越來越清楚地認識到整個案子的牽扯面太大，許宗華抽煙也越來越凶，房間裏煙霧瀰漫，到處堆滿了文件和報告資料。

昨天晚上，許宗華找了他們幾個辦案的人談了一下，幾個人都認為高源市的問題很難處理，有人還提出就此打住，別再往下查了，反正以現在掌握的情況，也能夠令高源市掀起一場大波浪了。

但是許宗華卻不那麼想，如果事情不查清楚，沒有辦法給高源市的老百姓一個交代，也對不起死去的人。

在李樹成的病房裏，調查組秘密安裝了竊聽設備，從每一個前來探望的人中，查找有利的線索。到目前為止，調查組已經初步鎖定了十幾個有問題的各階層幹部，正逐步摸排進行暗中調查。

當蘇剛聽到方子元說出余細香這個名字時，他猛地吃了一驚。從市公安局那邊轉過來的調查資料上，他看到過這個名字，是潘建國以前的情婦，潘建國出獄後，四處尋找過這個女人，但都沒有找到。前一段時間，還去派出所叫員警幫忙，說是如果找不到人的話，會出大事的。當時辦案的民警並沒有把這當一回事，只做了一個筆錄，並答應幫忙尋找。潘建國死後，那個派出所及時彙報了這件事，還上交了那份筆錄。這幾天，調查組也派人尋找余細香，但據掌握的情況顯示，余細香

年輕時候就和老公離婚了，帶著兒子生活，在市裏開了一家飯店，先後處過幾個男友，可都沒有結果。在兩年前兒子被車撞死後，就獨自一人離開了高源市去南方做生意，從此就沒有了音訊，如同在人間蒸發了一般。不過，這個余細香可不是普通人，她是市長余德萬的堂姐。她爲人很低調，所以社會交際面也不是很廣。

從方子元與柳春桃的對話中可以猜測得出，余細香在這件事中，應該是一個舉足輕重的人物，不然的話，柳春桃也不會那麼隱晦地說出那番話。

蘇剛想了一下，拿出手機，剛調出許宗華的手機號碼，卻沒有摁下去。爲了辦案的需要，他原來的手機沒有再用，而是換了新的號碼，新號碼是針對內部人的。

方子元能夠問出這個名字，一定也知道一些事情。他有心找方子元談一談，可是許宗華說，別看方子元只是葉水養的辯護律師，但卻是一個不容忽視的人物，在案件沒有達到一定的階段時，不宜與其有過多的接觸。所以他忍住了沒有下樓，而是寫了一張字條要人送過去，也算對方子元的一種警示。

作爲老同學，他只能這麼做。

方子元將車子開到江邊，找了一處可以停車的蔭涼地方停好。他剛要下車，不料從後面駛過來一輛車子，到他面前的時候，從車上下來兩個男人，上前架住他就往車上拖。

他似乎早就知道會有這麼一天，平靜地對那兩個人說道：「請別這麼粗魯，我跟你們走就是！」

上車後，他被人用黑布蒙著眼睛，車子平穩地往前面走。

過了半個多小時，車子停住了，他被人拉下車，扯著往前走。上樓後，走進了一間屋子，有人將他眼上的黑布取了下來。

這是一間佈置得很普通的房間，靠牆的那邊有一張簡易的木床，床頭有一張書桌，書桌上放著一些吃的東西，還有幾碗未開封的速食麵和兩個黑色的旅遊包。窗簾拉著，屋內開著燈。正中有一套木沙發，沙發上坐著兩個人。

方子元認出其中的一個，是他見過面的潘武。他問道：「你這是什麼意思？你有什麼事要找我，可以給我來電話，或者去辦公室找我，用不著這樣呀！」

潘武起身說道：「方律師，我們也是沒有辦法，才這麼做的，請你諒解！」

方子元看著另外一個人，似乎在哪裏見過，只是一時想不起來。既然潘武那麼說了，他還能說什麼？於是問道：「你們是不是出了什麼事？」

潘武向方子元介紹道：「這是大生建築公司董老闆的司機，你們應該見過面的！」

方子元想起來了，他在爲孟瓊打官司的時候，確實見過這個人爲董和春開車，他問道：「你們怎麼搞到一起了？」

潘武說道：「我爸的死，還有董和春的失蹤，我們懷疑都和一個人有關。」

方子元問道：「你說的是李飛龍？可是他也不見了呀，他爸現在躺在醫院裏半死不活的，他只去看過一次，到現在都不見人影，公安局的人都在找他呢！」

潘武點燃了一支煙，說道：「我打聽過了，我爸很可能是一個女人殺的，董和春的司機說，他失蹤之前，曾經去見過一個女人！」

方子元說道：「你不說出名字，我怎麼知道那個女人是誰？」

潘武說道：「就是葉市長的老婆查金梅！」

方子元問道：「你懷疑你爸是她殺的？這種事情是要講證據的，董和春失蹤前跟她見過一面，這也不代表董和春的失蹤和她有關！你把我弄到這裏來，就是想告訴我這件事？」

潘武說道：「是老大想見你！」

他的話剛說完，門開了，李飛龍從外面走了進來。

「我爸的情況怎麼樣？」李飛龍的臉色很不好，顯得有些疲倦，看樣子這些天都沒有睡好覺。

方子元有些生氣地說道：「你自己怎麼不去醫院看看？問我做什麼？」

李飛龍說道：「要是我能現身的話，我能不去嗎？」

方子元理了一下凌亂的頭髮，說道：「他到現在都沒醒過來，我老婆陪著你媽在那裏照顧他。」

李飛龍說道：「那我得好好感謝你們倆口子！」

方子元笑了一下，說道：「感謝就算了，是應該的，伯父出了那樣的事，我們做小輩的理應盡最大的能力幫忙！你找我有什麼事嗎？沒事的話，我就回去了！」

李飛龍說道：「麻煩你回去對我媽說，我對不起他們，等我處理好了手頭上的事情，我會去公安部門自首的！」

方子元正色道：「你可別亂來呀！你爸好歹也是領導，可別往他臉上抹黑。案子自有公安局和調查組的人去辦，你可別瞎摻和！」

李飛龍說道：「放心，我知道分寸的。你可別對別人說見過我！」

方子元將李飛龍拉到一邊，低聲問道：「我想問你，朱時輝和他老婆的死，是不是你派人做的？」

李飛龍說道：「這種事情你就沒有必要操心了，好好當你的律師。聽說葉市長的女兒回來了，是專門爲了她爸的事情回來的，她沒找你吧？」

方子元說道：「她找我了，還給了我一些調查組對葉市長的調查資料和報告，我不知道許處長爲什麼要那麼做，好像是在故意幫我們！」

李飛龍冷笑著說：「許宗華可不是呆鳥，他沒理由那麼做！」

方子元說道：「他是沒理由，所以沒有理由就是最好的理由。雖然上面對葉市長的處理意見已經下來了，但高源市政府部門卻一直沒有對外宣佈。若是沒有宣佈，我就沒有辦法替葉市長申訴。」

李飛龍有些得意地說：「他應該在等什麼！」他接著對潘武說道：「送方律師回去！」

方子元照樣被人用黑布蒙著眼睛，出了房間，下樓，走出去上車。從走路的距離上判斷，他估計這是那種兩三層樓的鄉下農家小院，距離高源市並不遠，或許就在市郊。

這一回走的時間比去的時候似乎要長一些，車子停住的時候，車門打開，他被人從後面推了一把，他跳下車後踉蹌了幾步，總算沒有摔倒。他扯開眼睛上面的黑布，那輛車子早已經不見了，他就站在自己的車旁。

本來想停車後在江畔上走一走，散散心的，被這麼一折騰，哪裏還有散心的心情？

回到辦公室，助理也不在，今天有一個案子要開庭，助理應該是去法院了。

他的辦公桌上放著幾份文件，是助理留給他的，是這些天來的工作情況。他這段時間都被那些事糾纏著，把事務所的事情都交給了助理。

他坐下來翻了翻文件，都是這幾天的案子的情況，有兩個案子當庭判決後，原告與被告雙方都服從判決，但有三個案子在一審判決中存在很大的分歧，免不了都要上訴等待二審判決。他仔細看了一會兒，在文件上寫了幾行字，是教助理怎麼去處理的。作爲律師，都希望控辯雙方多打官司，無論哪方輸贏，多開幾次庭，即使沒有當庭判決，律師費是少不了的。

程明德死了之後，那間辦公室搬來了一個律師，聽說是從省城下來的。從省城到下面的地市來當律師，這種情況倒不多見。如今當律師打官司，很大程度上都靠人際關係，慢慢地打出自己的名氣，工作才好做。如果貿然到一個陌生的地方打拚，不但受到同行的排擠，而且付出的努力，也要比別人多得多。

正想著，辦公室的門被輕輕敲了幾下，他抬起頭來，見一個四五十歲，戴著高度近視眼鏡，西裝革履、穿得很正統的男人站在門口。

這個男人微笑著問道：「是方律師吧？你好，我叫劉志堅，剛來的，希望方律師多多指教！」

方子元連忙起身，說道：「你好，劉律師，請進來坐，指教倒不敢當，相互學習吧！」

劉志堅進門後，坐在旁邊的沙發上，拿出一包軟中華，抽出一支遞給方子元。方子元也不客氣，順手接了過來，走到飲水機旁邊，替他倒了一杯茶。

他點燃煙，坐在劉志堅的旁邊，低聲說道：「劉律師，不好意思，這些天我家裏出了一點事，所以你來的時候，我都沒能去參加你的接風宴，對不起，對不起！」

劉志堅微笑著說：「都知道方律師是大忙人，現在我們成了同事，還在乎那些俗禮做什麼，只要你什麼時候有空，隨時都可以出去吃飯，你說是吧？」

方子元點了點頭，似乎想起了什麼事情，抽了幾口煙問道：「劉律師，你怎麼想到從省城跑到高源市來呢？」

劉志堅說：「我不想來，可我老婆不答應呢！她兩個月前調到高源市地稅局任副局長，一定要我也過來。我一想，反正孩子已經大了，不需要我們照顧了，倆口子不在一起幹什麼呢？所以就過來了。在高源市，數你們這家律師事務所的名氣最大，所以我想加入你們，相互學習嘛！」

方子元想起市地稅局原副局長劉兆新的事，雖然對外界宣稱是畏罪跳樓，但實際是被朱時輝殺掉的。劉兆新一死，自然有人去頂替他的位子。

劉志堅頓了頓，用手扶了一下眼鏡，接著說：「我來之前，聽說這裏有一個律師喝多了酒撞車死了，唉，可惜呀！」

方子元從背包裏拿出一份文件，是朱時輝投保巨額保險的資料，他說道：「劉律師，我手上有一個案子，因爲當事人是我的同學，所以我想迴避一下，你看是否……」

按照有關方面的規定，公檢法辦案人員或者直管部門的領導，在辦案的時候與當事人有親屬關係的，應當選擇迴避。但律師卻不存在這種約束。

劉志堅的眼中閃過一抹疑問，說道：「方律師，你把案子轉給我做，分明是在抬舉我。不過，能不能讓我先看一下？」

方子元把這份文件遞了過去，劉志堅接過來。放在茶几上翻了翻，抬頭說道：「方律師，這案子很麻煩呀！據我所知，在我們國內，還沒有出現這麼高人身意外賠償的。當事人好像猜到自己一定會出意外，所以才敢那麼買。唉，他也真是的，別在一家保險公司買，多買幾家，不也一樣麼？」

方子元說道：「他事先可能沒有考慮到這一點！」

劉志堅連連搖頭，說道：「就這種情況看，我估計打不贏這場官司！保險公司很不容易對付的，上法庭打官司對他們來說，就好比家常便飯。保險業務員在拉保險的時候，那嘴巴幾乎能把一根稻草說成金條，讓人家深信不疑，毫不猶豫地就買了。等到賠付的時候，人家才弄明白，原來保險單上那麼多條條框框，都是拒絕賠付的。我在省城也打過這樣的官司，往往一場官司打下來，事主不但拿不到保險公司一分錢，而且自己還得倒貼進去很多費用。」

一般的律師拿到案件的卷宗後，只要看一遍案件的緣由，心裏就有了一個大致的判斷。

方子元說道：「夫妻兩個都死了，就剩一個孩子跟著奶奶生活。不管什麼結果，這個法律程序是要走的，就算賠不了那麼多，也應該按照保險公司規定的最高保險配額支付！」

劉志堅點頭道：「那當然，這是沒有問題的！方律師，既然你這麼說，那我就接下來了。」他整理好文件，笑著問，「那律師費的問題？」

方子元說道：「沒問題，你說個數，我來支付！至於委託書的問題，我幫你辦好！」

劉志堅撓了撓油光發亮的頭，有些不太好意思地說：「我初來高源市，對這裏的情況也不太瞭解，律師費多少，你看著給就是！」

律師事務所對每個案子的收費情況，都有一定的標準，有些收費是公開的，但每一行都有每一行的潛規則。像方子元這樣的名律師，在忙不過來的時候，將案子介紹給同事，從中拿點回扣，那也是很正常的。

方子元也乾脆：「你雖然剛到高源市，可年紀比我大，也算是我的前輩，這樣吧，按我們律師事務所的規定來，總不能讓你吃虧！」

劉志堅有些激動地握著方子元的手，說道：「那我可就謝謝你了！」他拿起那份文件，接著說道，「那我就不打擾你了，我回去好好研究一下，看怎麼才能盡可能地打好這場官司。」

方子元起身將劉志堅送至門口，看著對方進了辦公室，這才轉身回到辦公桌前坐下。他想了一會兒，給李雪晴發了一個資訊，將李飛龍要他說的話轉達過去了。

說也奇怪，這個訊息剛發出去，就有一個訊息進來了，他以為是李雪晴回的，但仔細一看，對方的手機號碼卻很陌生，便打開一看，見是兩句話：晚上六點，錦江海鮮酒樓三樓天鵝房。

他那一次與蘇剛和許宗華見面，就是在錦江海鮮酒樓，後來他還帶潘建國去那裏吃過一餐飯。他思索著這個發訊息的人會是誰呢？

五點四十分，方子元到錦江海鮮酒樓門口的停車場停好了車，看到酒樓的門口走出兩個人來，走在最前面的那個人，居然就是他在許宗華那裏見過的王林，而王林身邊的那個人，則是高源市公安局的趙副局長。

王林是調查組的人，趙副局長和他混在一起，是什麼意思？方子元都有些看不懂了。等他們走了之後，他才下車進去。

錦江海鮮酒樓的一樓是普通雅座，二樓是包房，三樓是貴賓房，能夠進入貴賓房的，都是高源市的權貴。三樓往上都是酒店，提供各種不同檔次的客房服務，最高檔的總統套房，一個晚上的消費要兩三萬，一般人是消費不起的。

方子元從大廳坐電梯上到三樓，自然有守候在這裏的服務小姐迎上前，用一種甜得發膩的聲音低聲問道：「先生，請問哪間房？」

方子元說道：「天鵝房！」

那服務小姐的眉頭微微一顰，低聲說道：「先生，剛才天鵝房的客人留下話說，如果先生來了，就請從後面的電梯直接上十二樓的一二〇八房間！」

方子元說道：「哦，一二〇八房？客人是男的還是女的？」

那服務小姐嘻嘻一笑，說道：「客人知道你會問，所以不讓說，只說你上去就知道了！」

見那服務小姐這麼說似乎心裏有底了，毫無疑問，在樓上房間裏等他的那個人，十有八九是宋玲玲。這個女人不敢打電話給他，怕被人監聽，所以用這種方式來見面。

那服務小姐接著說道：「先生，請跟我來！」

服務小姐領著方子元在三樓的樓道內拐了幾個彎，來到一部電梯前，繼續說道：「先生，你從這裏上去就行了！」

方子元朝這服務小姐笑了一下，剛才他走在她身後的時候，聞到她身上散發出的淡淡香味，這種香味很自然，並非香水，當年他和李雪晴談戀愛的時候，他也聞到過這種香味。

在燈光的映照下，這服務小姐的鵝蛋臉呈現出一種如脂般的色澤，白裏透紅，蕩漾著少女的羞澀，看得方子元的心都醉了。她看上去不過二十歲，像這般年齡的女孩來當服務小姐，其文化程度和薪水一樣，都是不高的。

方子元並沒有進電梯，而是望著這服務小姐，柔聲問道：「請問你叫什麼名字？」

服務小姐俏皮地笑了一下，問道：「先生，你問這做什麼？」

方子元說道：「我覺得你的氣質不錯，我辦公室正好缺一個文員，如果你願意的話，我讓你過去，工作其實很簡單，只要會用電腦就行，每星期休息兩天，月薪保底三千，如果你能接待客戶的話，還能拿提成，年終還有獎金。」

服務小姐露出驚喜的神色，不相信地問道：「有這麼好？」

方子元笑道：「我騙你做什麼？」他拿出一張名片，接著說道，「這是我的名片，如果你想好了，隨時都能夠過去！」

服務小姐低頭接過名片，攥在手裏。方子元進電梯之後，扭過頭來說道：「哦，我忘記了問你叫什麼名字呢！」

「黃珍珠！」服務小姐把聲音壓低了說，「樓上的是個女人，該不會是你的情人吧？」

黃珍珠在酒樓內幹了那麼久的服務小姐，對一些世態也看得很明白。俗話說，這女人的資本就是自己的身體，只要跟了一個有情有義的有錢人，能讓自己少奮鬥二十年，有的甚至終身受益。之前雖然有不少權貴對她有興趣，可那些人的長相實在不敢恭維，所以她一直未能答應。方子元儀表堂堂，年紀也不大，首先就贏得了她的好感，再加上他那名律師的身分，是具有巨大殺傷力的。

方子元似乎已經看出黃珍珠的心思，說道：「她是我的一個客戶，你要是不相信的話，就跟上去看看。」

黃珍珠低著頭說道：「我怎麼能上去呢？主管會罵人的！」

方子元說道：「那好，我等下談完事，下來找你，請你吃飯總行了吧？」

黃珍珠微微點了一下頭，有些期盼，又有些擔心地看著電梯門緩緩關上。

方子元來到一二〇八房門口，摁下了門口的門鈴。門開了，穿著睡衣的宋玲玲露出半個身子看了他一眼，伸手將他扯了進去。

一進門，她就將他摟住，急切地說道：「想死我了！」

方子元極力將她推開，說道：「等等，我身上很髒！」

宋玲玲說道：「那我們一起去洗個鴛鴦浴！」

方子元說道：「今天恐怕不行！」

宋玲玲抬起頭問道：「爲什麼?你老婆不是在醫院裏陪著李樹成的老婆嗎？你可別說沒有時間！」

方子元說道：「時間倒是有，可是有人不答應！」

宋玲玲臉色緋紅，放開方子元問道：「我們兩個人之間的事，只要你老婆不知道就行，關別人什麼事?」

方子元走到一旁，坐在床邊上說道：「是不關別人什麼事，可是你想過沒有，現在是什麼時候，調查組從省裏調了破案專家下來，很多人的手機都被監聽了。我們就是想那個，也要等這件事過去才行！」

宋玲玲有些生氣地說道：「你們男人就是這樣，做這種事都要偷偷摸摸的，前怕狼後怕虎，不就是半個小時的事嗎?用得著那麼多藉口？被你這麼一說，我的興趣都沒了，算了，你滾吧！」

見宋玲玲這麼說，方子元有些過意不去，於是低聲說道：「我不是那個意思，只是現在情況不同，沒有心情。難道你就不能理解我？」

宋玲玲的口氣也軟了，說道：「那就說說話吧！現在調查組和公安局都在查那幾宗死了人的案子。我知道有兩個案子是李飛龍幹的，但是死的那個老頭子，聽說很可能是一個女人殺的，不知道那個女人是誰！」

檢察院與公安局通常有工作上的來往，所以彼此都熟悉，宋玲玲要想通過她的關係打聽一點事，還是輕而易舉的。

方子元說道：「不管他們誰殺誰，反正我們不要摻和進去就行！你和李飛龍最近幾天有聯繫麼？」

宋玲玲搖了搖頭說：「聽說公安局的人在找他，他躲起來了。刑警隊的黃立棟是余市長的外甥，好像對這事非常上心，現在李樹成變成那樣，牆倒眾人推唄！誰讓他以前仗著他爸的勢力那麼狂，終於知道什麼是因果報應了！」

她說話的語氣，完全是幸災樂禍。方子元都有些想不明白了，難道她不是李飛龍的人嗎？

就在他要說話的時候，門鈴居然響了，他們兩人臉色大變，是什麼人在外面按門鈴呢？

- 第 14 章 -
黑手

方子元大驚，憑他問過余細香的名字，就斷定他手上有這份協議，那個人肯定是知道余細香當年參與過這件事。那個人想拿到這份保密協定的目的，只有兩種可能，第一就是不想這份協定的內容曝光，第二就是想知道這份協定的內容。

宋玲玲之所以擺這麼一個迷魂陣，約方子元到這裏見面，就是不想讓第三個人知道他們之間的事。

現在的男人，沒有幾個是好的，都想家中紅旗不倒，外面彩旗飄飄。她老公在外面有幾個情人，好幾次都提出「改旗易幟」，想替代她的女人大有人在，若不是看在孩子的份上，他們早就分道揚鑣了。

夫妻兩個分居兩地，相互之間不干涉對方的私生活，這也是好事。兩人過一陣子才見上一面，相互之間好歹有些新鮮感，以免感情裂痕越來越大，最終導致無法彌補。

她的地下工作一向做得很出色，深知兔子不吃窩邊草的道理，與身邊的異性同事及經常見面的男人，都保持著正常的關係。所以，在單位，她成了同事們公認的準道德模範，並連續榮獲三八紅旗手與先進工作者的稱號。有一些對她有非分之想的登徒子，得知她平素的言行之後，也不敢貿然侵犯。

現今的網路時代，確實給人們的生活帶來很多方便。

她習慣上網「獵豔」，找的一般都是二十七歲以下的男性，與網友談到一定的階段後，選擇一個地方見面，如果感覺不錯，她才願意與對方去酒店開房。

和方子元認識這麼久，她此前從未想過和對方有這層關係。若不是考慮到自身的利益，她是絕對不會這麼做的。

像她這種身分的女性，在享受的時候，也會注意影響的，因而在門鈴聲響起之後，她的臉色大變，抓起丟在床上的職業裝，小跑著進了廁所。

方子元整理了一下衣服，走到門邊，從那個透視孔往外看，見外面站著一個穿著酒店服裝的女孩，於是問道：「誰呀？」

外面那個女孩回答說：「先生，我們在電梯內撿到一個皮包，我們通過監控攝影查到，在這十幾分鐘內，只有你一個人從電梯裏出來！」

方子元往身上一摸，錢包果真不見了。他想起剛才進電梯的時候，拿出錢包，從裏面取出一張名片給黃珍珠，想必就是那時掉的。他打開門，伸手去接錢包，同時說道：「謝謝你，謝謝你，要是你不說，我還沒有注意到錢包掉了呢！」

就在門打開的時候，兩個男人一左一右地出現在女服務員的身邊，其中一個高個子男人抓住他的手，另一個矮個子男人將門推開。

方子元大驚失色，叫道：「你們是什麼人，到底想幹什麼？」

高個子男人低聲喝道：「如果你不想死的話，就乖乖聽話！」

這兩個男人進房後，將門關上。高個子男人把方子元推到床邊坐下，並從旁邊拖過一張椅子，在他面前坐了下來。矮個子男人在房間內轉了一圈，發現廁所裏有人，便推了幾下門，從腰間拔出手槍，低聲喝道：「裏面的人滾出來，媽的，否則我就不客氣了！」

方子元連忙說道：「請不要傷害她，裏面是我的一個朋友！你們有什麼問題，儘管問我好了，我會很配合你們的！」

說話間，宋玲玲從裏面走出來，她已經穿好了她的職業裝，當看到那兩個男人時，臉上露出一抹擔心的神色。

那兩個男人看到宋玲玲，似乎也吃了一驚，但是他們很快冷靜下來，矮個子男人晃了一下手裏的槍，凶巴巴地將她趕到方子元的身邊坐下。

高個子男人望著方子元說道：「方律師，對不起！」

方子元問道：「你們是什麼人，為什麼跟蹤我？」

高個子男人說道：「你別管我們是什麼人，反正我們不是什麼好人，受人之托而已。你也別問是受誰之托，我們是很有職業道德的，拿了人家錢，自然要替人家辦好事！」

方子元的心一揪，暗道：這兩個人不是李飛龍派來的，不知道來找我要什麼。

宋玲玲平靜地說道：「我不管你們是什麼人，你們可知道這麼做的後果？」

高個子男人冷笑道：「別以為你穿著那身皮，我們就怕了你，我可說明白了，咱哥兒倆是把頭提在手上過日子的！老實點，留你們一條活命，否則……」

方子元問道：「你們想要什麼？」

矮個子男人把方子元身上的背包搶了去，在裏面翻了一陣，又在他身上搜了，朝高個子男人搖了搖頭，說：「沒有！」

高個子男人說道：「一份四個人共同簽署的協定，你放在哪裏了？」

方子元大驚，憑他問過余細香的名字，就斷定他手上有這份協議，那個人肯定是知道余細香當年參與這件事。那個人想拿到這份保密協定的目的，只有兩種可能，第一就是不想這份協定的內容曝光，第二就是想知道這份協定的內容。

那份協議是朱時輝的兒子朱宇翔夾在保險單中交給他的，由於他不知道余細香是什麼人，所以

向別人打聽。到現在為止，他只問過兩個人，一個是查金梅，另一個就是他的伯母柳春桃。以柳春桃現在的狀況，就算打電話請人來拿走他手裏的協議，李雪晴也會知道。而查金梅是葉水養的老婆，肯定從葉水養那裏聽說了佘細香與這份協議的關係，所以當他向她打聽佘細香這個人時，她立馬猜測那份保密協議在他的手裏。為了保住葉水養的聲譽，只有不惜一切代價毀掉協議。

他問道：「你說的是什麼協議，說清楚一點，我當律師那麼多年，簽過很多協議，三個人的，四個人的，五個人的，還有幾十個人的，都有！要是我沒帶，我可以去辦公室裏找出來給你！」

高個子男人擂了方子元一拳，凶道：「你別裝傻，我要的是葉水養、潘建國、柳春桃和佘細香他們四個人簽署的那份保密協定！你可別對我說，協議不在你手裏！」

方子元思索道：這兩個人十有八九是查金梅請來的，查金梅只是懷疑協議在他手上，並不能完全斷定，如果他爽快地交出了那份協議，說不定他和宋玲玲都會沒命。如果他們拿不到協議，就無法向查金梅交代。只要不交出協議，他和宋玲玲都沒有生命危險，大不了受點皮肉之苦。

他裝著一副很無辜的樣子，說道：「老闆，我真的不知道那份協議是什麼，我向別人打聽佘細香，是因為之前潘建國對我說過，那個女人搞走他很多錢，他一直都找不到，讓我有時間就幫忙打聽一下。前陣子潘建國告他的兩個兒子不養老，就是我接的案子，他都已經死了，我的律師費還沒有拿到呢！他的兩個兒子連養老費都不給，會替他老子付律師費麼？所以我就想找到佘細香，看看她能不能替潘建國支付律師費，畢竟他們好過一陣子，多少有一些感情吧？你們要是不相信的話，我可以叫助理把潘建國委託我打官司的資料給送過來！」

他充分地發揮了自己的專長，被他這麼一解釋，那兩個人頓時一愣一愣的，從聽到的這番話裏，還真找不出破綻來。高個子男人說道：「你可別騙我們，否則別怪我們心狠手辣！我們是殺手，靠殺人吃飯的！」

方子元說道：「我要是騙你們，你們就把我給殺了吧！」

高個子男人沒有說話，拿出手機走進了洗手間，估計是給對方打電話去了。過了一會兒，他從裏面出來，對方子元說道：「對不起，方律師，不能讓你們活著。」

方子元似乎早就料到對方會那麼說，於是說道：「朋友，你們別急著下手，我有話要說！」

高個子男人從身後拔出一把雪亮的短刀，說道：「你有什麼遺言就說吧，可別耽擱了我們哥兒倆辦事！」

宋玲玲早已經嚇得臉色慘白，身體微微顫抖著，說不出一句話來。

方子元說道：「我剛才進來的時候，酒店的攝影裝置是看得到我的，所以你們也一樣。」

高個子男人得意地笑道：「我們哥兒倆可沒那麼蠢，攝影機只拍到我們的身子，絕對拍不到我們的臉。」

方子元問道：「我還想知道，你們是怎麼知道我在這個房間的？」

高個子男人笑著說：「我們一直跟著你進來，看著你進電梯。我們對那個女服務員說，我們是公安局刑偵處的，秘密跟蹤你查案子，那個服務員就說出來了！」

看來這兩個傢伙並不笨，懂得利用這種方式忽悠人。方子元想了一下，說道：「對方出多少錢買我們的命，我出兩倍的價錢，怎麼樣？」

高個子男人說道：「每一行都有每一行的規矩，我們既然拿了別人的錢，就一定要替別人把事情辦好。咱哥兒倆把你們都殺了，你們身上的錢還不都是我們的，你憑什麼和我談條件？」

方子元說道：「如果你們把我殺了，最多拿走我身上的兩千多塊錢，銀行卡上的一百多萬，你們一分都拿不走。我明知是死，絕對不會把銀行卡密碼告訴你們。還有，你們想過沒有，如果我們兩個人死在這裏，警方肯定會根據攝影裝置裏面的圖像找你們，而你們兩個人進來的時候，難道就沒有被別人看到？你們能夠跟蹤我到這裏，最起碼有兩個人見過你們，一個是樓下送我進電梯的女服務員，另一個就是剛才站在門口的那位。那樣一來，難道那個花錢請你們的人，不會又另外請人殺你們滅口嗎？如果我沒有猜錯的話，那個人只付給你們一部分的錢，另一部分要等事情辦完才給的，是不是？」

矮個子露出驚慌之色，埋怨高個子道：「早知道這樣，還不如把那兩個女的殺了，大不了拿了錢跑路。」

方子元說道：「你懂什麼？要是你們把那兩個服務員殺了，他們的主管很快就會知道，我就在錦江海鮮酒樓的樓上一二〇八房，用不了十分鐘，這裏就會被特警包圍得水泄不通。」

矮個子問道：「那現在怎麼辦？」

高個子男人說道：「不急，千萬不能慌！有他們兩個人在手裏，還怕我們出不去？」

矮個子點了點頭，朝方子元壞壞地笑了幾聲。

方子元說道：「我的話說完了，你們動手吧！不過在沒有動手之前，希望你們好好考慮清楚！」

高個子男人說道：「沒有什麼好解釋的，殺了你們，立馬離開這裏！」

方子元把手從口袋中拿出來，說道：「在我和你說話的時候，我已經摁了我老婆的電話，她肯定聽到我們之間的對話，此刻已經報警了。如果你們把我們殺了，你們也離不開這裏，不如挾持我們，也許還有走的機會！」

他故意大聲和這兩個人說話，以掩飾自己在口袋裏的小動作。只要李雪晴聽出這邊的聲音不對，就會想辦法救他。

矮個子的臉色頓時大變，罵道：「早知道就把你的手機拿過來了！」

高個子男人也露出驚慌的神色，一把抓起方子元說道：「我知道你的車子就停在樓下，走，送我們下去，如果你敢有半點反抗，我立馬捅了你！」

高個子男人攬住方子元的肩膀，看上去就像兩個很要好的朋友。矮個子也上前抓住宋玲玲的手，緊貼著她，將手槍放入口袋，槍口對準她。

方子元打開了門，見門口站了一個男服務生，手裏托著一個盤子，盤子裏放著兩個高腳杯和一瓶紅酒，還有幾碟小菜。

高個子男人對服務生兇道：「誰叫你們送東西來的？」

服務生說道：「不是你們叫的嗎？」

宋玲玲說道：「是我叫的！」

服務生似乎看出了情形不對，連忙朝後面退去。前面的電梯門開了，從裏面衝出幾個員警，方子元認出其中一個人，是刑警隊長黃立棟。他心道：剛給老婆打去電話，還不到兩分鐘，想不到員警就到了，來得也太快了吧？

矮個子拔出手槍，朝前面「砰」地開了一槍，衝在最前面的一個員警中槍倒地，其他的員警忙

各自閃避。

黃立楝躲在一根裝飾圓柱的後面，大聲說道：「劉全爲，詹強，你們已經被包圍了，趕快放下武器投降，爭取寬大處理，頑抗到底只有死路一條！」

高個子男人轉身要往後走，可失火通道那頭也出現了幾個身影。前後都被堵住，他們確實沒有退路了，只得拉扯著方子元和宋玲玲退回房間。

高個子男人用手裏的刀與矮個子交換了槍，朝外面喊道：「我們有人質在手裏，你們讓出一條路，否則我們就把他們殺了！」

黃立楝繼續喊道：「我勸你們放下武器，爭取寬大處理！」

高個子男人喊道：「老子身上有兩條人命，沒指望你們寬大，我數十下，如果你們不讓路，我先殺這個女的！」

他接著開始數數：「十，九，八……」

當他數到二時，電梯那邊有人喊道：「我們已經讓出路了，請你們不要傷害人質！」

高個子男人伸頭往外面看了一眼，朝矮個子點了點頭，兩人復又抓著方子元和宋玲玲，用他們的身體作爲掩護，慢慢往電梯那邊走去。宋玲玲早就嚇得花容失色，走路的時候，兩條腿都發軟。

好容易熬到電梯口，方子元看到那個中槍的員警已經不在了，地上留著一攤血，估計是被抬下去搶救了。黃立楝從圓柱後面走出來，冷漠地看著他們，他的目光在宋玲玲身上停留了片刻，眼中閃現一抹疑惑。

四個人進了電梯，電梯直接下一樓。當方子元被推搡著走出電梯時，見酒店的大堂內已經沒有一個顧客了，很多桌子的後面和角落裏，都躲著荷槍實彈的特警，黑洞洞的槍口對準他們。他雖然看到不少類似場景的電視劇，可那是電視劇，如今是現實，縱使他再怎麼裝鎮定，可兩條腿和宋玲一樣，也忍不住有些發抖。

酒店的門口停著幾輛警車，還有警車不斷開過來，外面密密麻麻都是員警和特警。遠處可見一些看熱鬧的人群和扛著機器的記者。

高個子男人吼道：「找個管事的過來談，找一輛車子給我們！」

一個肩膀上扛著兩杠兩花的二級警督走了過來，方子元認出這是市公安局一個姓田的談判專家。

田專家上前說道：「劉全爲，詹強，你們有沒有想過，你們這麼做，會給你們的家人帶來什麼樣的傷害？詹強，我剛才和你家裏通了電話，知道你那七十多歲的母親身體不好，家裏缺錢，沒能去醫院看病，所以一直躺在床上……」

詹強哭道：「別提我媽，我對不起她老人家！我走到今天的地步，都是你們逼的！我家那麼大的一個院子，你們拆遷的時候，才補那麼一點錢，連在城裏買個小廚房都不夠。我哥去找他們理論，結果被人打傷了，告來告去，告到現在都沒用。」

田專家說道：「你所說的問題，我現在暫時無法答覆你，但是我以人格擔保，問題會妥善處理好的，請你相信政府。我知道你從小家境貧寒，立志要當一名運動員，可由於諸多的原因，你沒能如願……」

談判專家最擅長的就是心理攻勢，找出一個可攻擊的目標，首先突破。

劉全爲晃了一下手裏的槍，吼道：「詹強，不要聽他廢話，趕快離開，否則我們兩個都會死在這裏！」

田專家繼續說道：「詹強，你和劉全爲不同，你身上沒有人命，犯不著這樣，只要你放下武器，就保證你屬於自首行爲，法律是從寬處理的，最多判個十年，如果表現良好，可以提前幾年出來，你還年輕……」

見詹強哭得更厲害，劉全爲火了，舉槍對準田專家扣動扳機。就在這時，他身邊的方子元不失時機地用肩膀撞了他一下，連續兩聲槍響之後，接著傳來一聲驚叫。幾秒鐘後，他聽到金屬落地的聲音，有人喊了一聲「我投降」，卻又響了一槍。

方子元驚呆了，劉全爲再厲害，也沒有本事對著田專家連開三槍呀！他覺得臉上熱乎乎的，被濺上了一些帶腥味的液體。他見面前的田專家身上並沒有流血的地方，扭頭一看，見他身後的劉全爲頭上有一個血洞，兩眼已經失去了神色，身體往地上倒去。

第一槍是劉全爲開的，子彈並沒有擊中田專家，第二槍是躲在暗處的狙擊手開的，子彈精準地穿過劉全爲的頭部，一槍斃命。

那一聲驚叫是宋玲玲發出的，方子元轉過身去後，看到她身後的詹強也倒在地上，頭上同樣出現一個血洞。那把短刀落在地上，嘴巴和眼睛大張著，眼中儘是不可思議的神色。

大批的員警從外面衝進來。幾個穿著白大褂的人來到那兩具逐漸失去生命氣息的軀體旁邊，利索地抬上擔架，蓋上白布抬了出去。

方子元看到外面的那些記者正把鏡頭對著這邊，忙脫下外衣，走過去蓋在宋玲玲的頭上。兩人都用這件外套遮著臉，在幾個員警的保護下，上了停在門口的一輛警車。

車子開動後，方子元才發覺黃立棟也坐在車裏，於是問道：「黃隊長，是我老婆報的警麼？你們怎麼那麼快就來了！」

黃立棟笑了一下，說道：「你們兩個人怎麼會在一起？」

在這種情況下被人家調侃，方子元真不知道該怎麼回答，一男一女在那樣的地方見面，總不能說談工作吧？他從口袋內拿出紙巾，擦去臉上的血跡。

宋玲玲似乎從剛才的驚慌中清醒了過來，她恢復了原先的神色，反駁道：「黃隊長，你以爲我和方律師能幹什麼？」

黃立棟狡黠地說道：「我怎麼知道你們在做什麼？你們一個是律師，一個是檢察官，我要是說錯一句話，可就吃不了兜著走了。還得麻煩兩位跟我們回去做個筆錄。」

宋玲玲不再理會黃立棟，而是問方子元：「方律師，那兩個殺手怎麼會跟上你的？」

方子元將帶血的紙巾丟出窗外，說道：「我怎麼知道？我到現在還稀裏糊塗的呢！你要我到這裏來和你見面，說是介紹一個朋友給我認識，你那個朋友呢？」

他這麼問，是想暗示宋玲玲，等下做筆錄的時候，口徑可要一致，否則問題就大了。

宋玲玲也明白過來，說道：「我怎麼知道？他們叫我在房間裏等你，說是出去辦點事就回來的，可都個把小時了，還沒有回來呢！」

沒有人再說話，車子到了刑警隊後，方子元和宋玲玲各自做了筆錄，當他走出刑警隊的時候，見一輛計程車停在門口，李雪晴正開門從裏面出來。

李雪晴的神色很驚慌，看到他之後連忙撲上前，連聲問道：「子元，你身上怎麼有血，怎麼樣，受傷沒有？」

方子元說道：「我沒事，這是別人的血，我要是受傷的話，就去醫院了！」

李雪晴拍了幾下胸口，說道：「嚇死我了，嚇死我了！子元，我真的擔心你出事，所以報了警之後，就趕快搭車過來了。我一到酒店，聽說有一男一女被員警帶上車了，還死了兩個人。我一問，才知道被帶到這裏來的人是你。」

這時，宋玲玲從裏面走出來，面無表情地望了他們一眼，沒有說話，而是走下臺階，上了停在門口的一輛警車。

李雪晴望著宋玲玲的背影，問方子元道：「子元，你和她怎麼會在酒店裏？」

方子元說道：「是宋檢察官的朋友住在那裏的，她來見她的朋友，順便介紹給我認識。之前她對我說過，她那個朋友想托我幫忙打一起經濟官司。」

他們夫妻生活了這麼多年，她從來沒有懷疑過他。她說道：「只要沒事就好！」

黃立棟親自開車送方子元回家。在路上，方子元幾次想開口，卻都忍住了。他心裏有好幾個疑問想要問。其中一個就是原先在車上黃立棟沒有回答他的，員警爲什麼會去得那麼快？另一個就是，詹強已經丟掉了手裏的武器，就表示已經停止了反抗，而且喊出了「我投降」。根據相關的法律規定，面對已經放下兇器的罪犯，警方應儘快將罪犯制服，而不能當場予以擊斃……

是誰下令對一個願意棄械投降的人開槍的呢？

回到家，方子元坐在沙發上發呆，有好幾個問題他實在想不通。

李雪晴坐在他的身邊，柔聲問道：「子元，你是不是受了驚嚇，要不要去醫院看看？」

方子元搖了搖頭，便將前兩天朱時輝的兒子朱宇翔給他那份保險資料，以及在資料中發現那份保密協議的事情說了。

李雪晴聽了之後，眼睛睜得跟銅鈴般大小，驚道：「真的？」

方子元說道：「我不知道余細香究竟是什麼人，所以就向伯母和查金梅兩個人打聽她，沒想到我才到酒店沒多久，那兩個殺手就跟進去了，他們向我要那份保密協議，還說他們是拿人家錢替人家辦事的！你說誰會知道我有那份保密協議呢？」

李雪晴說道：「我一直和伯母在一起，她根本沒有打過一個電話出去，更沒有離開過病房！」

方子元說道：「所以我懷疑那兩個殺手是查金梅請來的，因爲她知道，我如果公開協定裏面的內容，葉水養就成了畏罪自殺，他的罪也就定了！可我還是想不明白！」

李雪晴問道：「你還有什麼不明白的？你雖然是葉水養的辯護律師，但如果你死了，就等於保住了協議上的秘密，這律師還不多麼，她另外委託別人就是！」

方子元說道：「我正是這麼考慮，所以才想不明白的。要知道，現在她的行蹤幾乎控制在調查組的手裏，連電話都被監聽了，就是防止她去上訪，去鬧！現在調查組已經查到了許多葉水養腐敗的材料，反正人都已經死了，要是追究責任的話，也不差那份協議。如果那兩個殺手真是她請來的，當那個叫劉全爲的殺手打電話回去，說我沒有那份協議的時候，她爲什麼還要那兩個殺手殺我呢？雖然可以解釋爲滅口，可是這麼做，對她並沒有好處。她那麼做，一旦被調查組查到蛛絲馬跡，可就成了有力的罪證，不但不能夠替葉水養洗冤，連自己都得栽進去。她沒理由這麼笨的！還有，那兩個殺手進去後，最多十幾分鐘，黃隊長就帶著人趕到了。如果是你報警的話，黃隊長他們不可能來得那麼快，很明顯，是有人事先通知了他們。當那兩個殺手挾持著我們到樓下大廳後，其中一個負隅頑抗被當場擊斃，另一個已經放下兇器，還喊著要投降，結果還是被擊斃了！你不覺得這件事很奇怪嗎？後來我問黃隊長，爲什麼他那麼快趕到時，他並沒有回答我。」

李雪晴說道：「你的意思是，有人知道你在問余細香的下落，所以懷疑那份協議在你的手裏，於是就請了殺手向你要，那個人接著報了警。在得知拿不到協定的情況下，就要殺手殺死你們。可是那個人有那麼大的本事，指使警方的人將那兩個殺手當場擊斃，以達到殺人滅口的目的嗎？子元，你是不是電視劇看多了，胡思亂想？」

方子元說道：「所以我想不明白！」

李雪晴說道：「想不明白就不要想，睡覺去。等你睡了一覺，就想通了！要不這樣，你去找查金梅，推掉這場官司，出去旅遊一下散散心，怎麼樣？」她接著說道，「你看你那一身衣服，還有不少血跡呢，趕緊洗個澡去去晦氣。」

方子元想了一下，拿出手機撥通了查金梅的手機，將今天發生的事情說了。查金梅在那頭沉默了一下，問道：「這事你還對誰說起過？」

方子元說道：「除了你和我伯母，就沒有第三個人知道了。其實我只是問余細香這個人而已，根本不知道還有什麼保密協議的事！」

查金梅說道：「你懷疑那兩個殺手是我派去的？」

方子元說道：「我肯定那兩個人不是你派來的，我打電話給你的意思，是想問一下還有誰知道這件事。」

查金梅說道：「這件事我連我女兒都沒說，怎麼還會有其他人知道？」

方子元說道：「我希望你說的是真話，別忘了，我還是葉市長的辯護律師，我相信葉市長是清白的！許處長也說過，葉市長的案子，恐怕不會那麼簡單。好了不說了，拜拜！」

掛上電話後，他長長吁了一口氣，雙手抱著頭，閉上眼睛冷靜了一會兒。他的腦子裏亂成一團糟，好幾次都閃出一個念頭，就是將那張借條和協議書，都交給許宗華，讓調查組的人查去。可是潛意識裏，他不能那麼做。因爲他很想弄清楚，朱時輝手裏怎麼會有這兩件至關重要的東西，他們的死，究竟是什麼原因。

洗完澡，大腦頓時清醒了許多，他決定再去找許宗華談談，說出心中的顧慮，如果情況好的話，他覺得還是把那兩樣東西交上去比較穩妥。

爲了老婆和孩子，他真的不想去蹚渾水。

儘管許宗華已經知道了錦江海鮮酒店內發生的事情，可當他聽方子元說完整件事的經過時，還是大吃了一驚。在李樹成的病房裏放竊聽設備和監聽查金梅手機的事情，他是知道的，若方子元沒有對他撒謊，確實只向柳春桃和查金梅問過余細香這個名字，那麼，問題就相當嚴重了。

他已經意識到，一隻看不見的黑手，已經從暗處伸了出來。

此前他們也在尋找余細香這個人，但這事只有內部人才知道。所有的跡象表明，余細香是個非常關鍵的人物。方子元只是葉水養的辯護律師，不可能無緣無故向別人打聽余細香。

雖然方子元認定只對兩個人說過這個名字，可聽到他們談話的人，又何止一兩個呢？當某個人得知這個訊息後，立刻判定方子元手裏有那份所謂的保密協議書，所以請了兩個殺手，想將那份保密協議弄到手，另外再殺人滅口。與此同時，那人將兩個殺手的行蹤通知了警方，於是黃立棟能夠那麼快帶人趕到。

當那個人確定殺手沒有拿到方子元手裏的協議後，擔心事情敗露，便不顧有關規定，在其中一個殺手放下兇器投降時，仍下令特警開槍將其擊斃。

若想查出是誰下的命令，這事很容易，但方子元說過，和殺手聯繫的是個女人。

女人！

如果許宗華沒有記錯的話，殺死潘建國的犯罪嫌疑人，也是個女人。

這兩個女人，會不會是同一個人呢？

如果真是那個神秘的女人在操控一切，那麼有一點可以肯定，那就是公安局內部有她的人，而且就是那個下令開槍的人。

那個神秘的女人，會是誰呢？

許宗華想了一會兒，當著方子元的面打了公安局的電話，那邊的回覆是：黃立棟是在接到一一〇那邊轉過來的舉報資訊，說網上通緝的一級殺人犯劉全爲在錦江海鮮酒店的十二樓，所以他們就帶人過去了。隨後趕到的特警是市局的趙副局長帶隊過去的，當場擊斃的命令，也是趙副局長下的。

很明顯，這個趙副局長有問題。

在黃立棟帶隊過去緝捕案犯的時候，並沒有向市局要求增援，趙副局長何以那麼快就將特警帶了過去，而且還下那樣的命令？

問題不等於禿子頭上的蝨子，明擺著的嗎？

許宗華微微皺著眉頭，他覺得問題不可能就那麼簡單。

在方子元離開的時候，許宗華說了一句語重心長的話：「方律師，你是聰明人，你知道該怎麼做。」

- 第 15 章 -
身分神秘的人

每一個疑點都能找到合理的解釋，幾乎沒有一點破綻。

若只是這樣，那個打電話報警的人，又是如何知道兩個殺手會出現在十二樓的呢？

與殺手通電話的那個女人，又是誰呢？

許宗華在一張空白的信箋上寫著那幾個名字，這幾個人，應該有一條無形的線連在一起，那根線頭，卻不知在哪裏。

許宗華的案頭上就有趙副局長的簡歷。

趙副局長的全名叫趙有德，今年四十六歲，正值年富力強的時候，此人工作認真，辦事謹慎，與上下級和同事之間的關係都相當不錯。在高源市公安系統中，他算是一個實幹型的人物。大學畢業後，從基層幹警做起，一步步升到派出所所長，再到分局局長，破獲過兩起大案，榮立二等功，三年前調進市局擔任主管刑偵的副局長，一年前調整領導班子工作時，成爲第一副局長。

局長李樹成由於兼著市政法委的工作，所以公安局的工作主要就是趙有德管理。

從許宗華手頭上掌握的資料看，趙有德應該是一個很不錯的人，才四十來歲就升到市局的第一副局長，就其現有的情況和工作能力看，還有很大的發展空間。

一個工作認真而辦事謹慎的人，不可能犯那樣的低級錯誤。

就在案件發生後的一個小時，趙有德來到市委，向幾個領導彙報工作，坦承自己在事件中指揮失當，並懇求給予處分。

按他的解釋，五點多鐘的時候，他陪調查組的王林從錦江海鮮酒樓出來後，看到路邊停了一輛車子，車子裏的兩個人朝外面探頭的時候，他認出其中一個人，正是網上通緝的一級殺人犯劉全爲。那兩個人很快下了車，他看到跟在劉全爲身後的另一個矮個子的腰裏脹鼓鼓的，便斷定他帶了爆炸物。

他爲了不打草驚蛇，開車暫時離去，在車上，他打電話調動特警前來圍捕，當他帶著特警趕到的時候，刑警隊那邊的人已經到了。之後的情況就是那樣。黃立棟帶著刑警隊的人在裏面，他帶著特警隊和陸續趕到的公安幹警在外面。

負責談判的田專家進去後，認出與劉全爲一起的矮個子，就是一年前在市郊的拆遷事件中，抱著兩個液化氣鋼瓶，要與拆遷隊同歸於盡的詹強。

田專家與詹強的談話，在酒樓外面的趙有德根本聽不到，他見劉全爲朝田專家舉起槍時，便果斷命令躲在暗處的狙擊特警開槍。在擊斃劉全爲之後，雖然詹強已經放下兇器，但他懷疑詹強身上可能有爆炸物，所以特警也執行了他的命令。像劉全爲那樣的亡命之徒，在與警方對峙的時候，根本沒有想過能夠活著，肯定會留一手，與實施抓捕的幹警同歸於盡。

這樣的事例在國內不是沒有發生過，所以當警方在圍捕窮兇極惡的罪犯時，如懷疑對方身上帶有爆炸物，都會採取當場擊斃的方案。

儘管事後查明，詹強身上並沒有爆炸物，腰裏面的東西是一個塞有八萬塊錢現金的腰包，但趙有德這種防患於未然的做法並沒有錯。

他不但不能受到處分，還應該表彰。

當天晚上，高源市電視臺就播出了這則新聞，市公安局也高調召開了記者招待會，對於趙副局長的英明果斷和黃立棟的行動迅猛，給予了高度的評價。

罪犯已經受到了嚴懲，該表彰的應該要表彰。

事件雖然已經過去，但是留下的卻是令人難解的謎。

是誰打一一〇報的警？

據事後調查，報警的是一個男人，報警電話是街邊的IC卡公用電話。

報警的時間是下午四點三十分，而那時趙有德還沒見到那兩個殺手，方子元也在律師事務所裏與新來的同事聊天。

登記酒店一二〇八房的時間是下午兩點，是一個操外地口音名叫杜工民的人前來登記的。事件發生前和發生後，這個人主動到公安局說明情況，當天他確實帶著女朋友到錦江海鮮酒樓，和檢察院的宋檢察官吃完飯。宋檢察官得知他有一個經濟糾紛想要打官司，便答應為他介紹律師，吃完飯登記好房間，他要宋檢察官在房間裏休息一下，自己和女朋友到城郊的一家工廠去辦點事，沒想到就出了這樣的事。

每一個疑點都能找到合理的解釋，幾乎沒有一點破綻。

若只是這樣，那個打電話報警的人，又是如何知道兩個殺手會出現在十二樓的呢？

很明顯，因為報警人知道方子元會去十二樓，兩個殺手也會跟著上去。

報警人打電話報警的時候，杜工民和他的女朋友正在郊區的那家工廠與別人談事，有人可以證明。

假設他在那家工廠談事的過程中，看準時間抽個空，叫別人打那個報警電話，就可以找到合理的解釋了。

可那麼一來，與殺手通電話的那個女人，又是誰呢？

那個女人和杜工民，又是什麼關係？

許宗華在一張空白的信箋上寫著那幾個名字，這幾個人，應該有一條無形的線連在一起，那根線頭，卻不知在哪裏。

方子元說過，他在酒樓的門口看到趙有德陪著王林走出來。王林是調查組的，自出了葉水養的

那件事後，許宗華就安排他和莫志華做內勤工作，負責整理資料和聯繫各調查小組的工作。若沒有向許宗華報告，王林是不能外出的。

許宗華在王林這個名字上畫了一個大大的問號。在沒有調到調查組之前，王林是省紀檢部門的普通工作人員，論級別，連副科級幹部都不是，趙有德好歹是堂堂的副局長，正處級。他們兩個人怎麼會混到一起？

辦公室的門被人從外面輕輕敲了幾下，王林推門走了進來，他的臉色有些不安，叫了一聲「許組長」，在許宗華面前的椅子上坐了下來，接著說道：「剛才我看到方律師出去，我想你一定有話要問我，所以我……」

許宗華微微笑了一下，說道：「現在我不用問了，還是你自己說吧！」

王林說道：「首先我向你檢討，在沒有向你請示的情況下外出。當時我沒煙了，只想出去買幾包煙，以前我和小莫沒煙的時候，不是他出去，就是我出去的。在樓下的時候，我見到了趙局長……」

許宗華打斷了王林的話，問道：「你有沒有問趙局長來這裏做什麼？」

王林說道：「他好像是來反映情況的，見到我之後，說是不用上樓了，跟我說也一樣，並要我向你轉達！」

許宗華問道：「他反映什麼情況？」

王林說道：「他說我們調查組在調查案子的時候，佔用了市裏的很多警力，給他們日常工作帶來了一些不便，他之前也向市領導反映過，可市領導沒有答覆他，所以他就想來找你商量。他還說了，他百分之百支持調查組的工作，如果你認爲他的想法有所偏倚的話，就當他沒說過。」

調查組在調查案件的時候，確實用了不少警力，也給高源市各部門的日常工作帶來了不便。可按照上級的指示精神，在調查工作沒有結束之前，高源市各部門應當全力配合調查取證工作。

許宗華問道：「之後他就帶你去了錦江海鮮酒樓？」

王林說道：「在我們談話的時候，他接到一個電話，有朋友請他去那裏吃飯。他一定要拉著我過去，我不好拒絕，所以就跟著他走了，我走之前還打了你的電話，可你的電話一直在通話中。吃完飯，他送我出來，又叫一個朋友送我回來，之後我就聽說那裏發生了事情！」

之前趙有德也向市領導解釋他拉著王林去吃飯的事情，那都是人之常情，沒有什麼值得奇怪的，市長余德萬還請許宗華吃過兩餐飯呢！

許宗華聽完王林說的話，淡淡地說道：「沒事了，你出去吧！」

如果調查組的人一個個裝出一副拒人千里之外的樣子，與當地的幹部保持一定的距離，對於調查工作，是肯定有影響的。

他看著王林的背影，在紙上寫上了趙有德三個字，將趙有德與王林用線連起來，中間畫了一個問號。

他看著紙上那些名字有一條條的線，所有的線連接起來，就是一張密密實實的網。

他想了好一會兒，決定與幾位市領導碰一下頭，因爲針對葉水養的腐敗案件的調查，可以告一段落了。

高源市終於發佈了公示：省紀檢與檢察部門多次接到來自高源市的舉報資料，舉報常務副市長葉水養在任職期間收受他人賄賂，挪用公款，違規提拔幹部的問題。上面派下來的調查組通過一個多月的調查，已經掌握了葉水養腐敗的有力證據。對於葉水養的腐敗問題，可以歸結如下：一、一九九七年至二〇〇六年，葉水養在擔任市外經貿副主任和副縣長、副市長、常務副市長期間，通過各種方式，前後收受賄賂達人民幣一千五百萬元，挪用公款兩千八百萬元，貴重物品折合人民幣六點四萬元；二、違規提拔幹部，經查，葉水養在擔任常務副市長期間，利用手中的職權，違規提拔幹部八人，其中三人有嚴重經濟問題；三、利用職務之便插手市建工程，經查，高源市存在不少豆腐渣工程，都是在他的直接干預下修建的，他對這些工程的品質問題負有重要領導責任；四、瀆職，他在一九九〇年到一九九四年擔任市化工廠廠長期間，由於管理不善，導致化工廠倒閉，對化工廠出納挪用巨額公款一案，負有不可推卸的領導責任；五、生活腐敗，有不正當的兩性關係。

經市委市政府與調查組討論，並上報省委省紀檢部門批准，對葉水養的處理結果如下：

……通過調查組調查，認定葉水養在任職期間犯有貪污受賄及濫用職權等罪，經省委省政府批准，省紀委決定：撤銷其常務副市長職務，給予開除黨籍、開除公職處分，並依法追究其刑事責任，鑒於其已畏罪自殺，故免除其刑事責任，保留對其的處分……

政府部門的公示一出來，方子元就接到了葉麗的電話，在電話裏，葉麗哭著說道：「方律師，求求你，我爸不應該是這種結果的！」

不應該是這種結果，那就必須尋找到另外一種結果，答案就在葉麗給他的那些資料裏。

方子元知道政府部門遲早會將這種處理結果公示出來，只是沒想到會這麼快。葉麗給他的那些資料，他才粗略地看了一些，即便是這樣，寫出一紙筆鋒犀利的申訴狀，是沒有問題的。

在申訴狀中，方子元並沒有反駁調查組對葉水養腐敗案件的調查證據認定，而是側面迂迴地提出幾個問題：

第一，葉水養受賄和挪用的那些錢都到哪裏去了？

第二，作爲最重要的舉報人之一，大生建築公司老闆董和春爲何在接受調查組問詢之後，至今下落不明，是不是他覺得舉報失實，心裏愧疚而躲起來了？調查組對其舉報的情況，是否做了進一步取證，拿到了足夠的證據。另外，在董和春上交的那本日記本上，爲何只有對葉水養一個人的行賄記錄？如今的市建工程，都是採取公開招標的方式進行的，如果一家建築公司想拿到一個市建工程，單向某個領導行賄就能中標？市內那麼多主管和兼管部門，是否也存在問題？

第三，市裏那麼多幹部，有很多都是在葉水養任職期間提拔的，那些人都是經過市委的常委會和市人大開會決議批准的，「違規」兩個字作何解釋？

第四，高源市確實存在不少豆腐渣工程，但也有不少品質過硬的市建工程，由葉水養一手指揮修建的高源市跨江大橋，其設計在國內拿了獎，其工程品質經過了省品質監督部門的認定。相反，在葉市長擔任外經貿副主任期間，由大生建築公司承建的市三中教學樓工程，成了遠近聞名的豆腐渣工程，這做何解釋？是否考慮那個時候的葉水養，就有了如此大的權力？

第五，葉水養在一九九〇年到一九九四年當市化工廠廠長期間，由於管理不善導致化工廠倒閉，如今市內那麼多國有企業倒閉，是否該追究每個企業負責人的瀆職之罪？

第六，如果葉水養必須對化工廠出納挪用巨額公款一案，承擔不可推卸的領導責任，那麼，市內每年有那麼多的腐敗案件發生，是否該追究市委市政府領導的責任？

第七，在針對葉水養生活腐敗的案件調查上，女當事人在供述時，只承認與葉水養是朋友關係，並沒有承認是不正當男女關係。調查組在此項調查取證上，都是聽旁人供述的。從法律的角度上說，單憑旁證，不足以作為確鑿證據，更無法對其定罪。調查組在沒有經過細緻調查之前，做出此項調查報告與處理，是否有失公正？

申訴書上的每一個疑問，都像一柄柄利劍一樣，刺向調查組。在申訴書的所有疑問面前，調查組的所有調查取證，都顯得蒼白無力。

這就是一個名律師的能力。

寫完申訴書，方子元知道即將開始第一個回合的較量。在較量之前，他打電話給葉麗，說是要與她們母女見一面，讓她們看看申訴書，再詳細談一談。

可是葉麗卻說，她母親這兩天身體不好，在鄉下修養，可能來不了市裏。

既然他們來不了市裏，方子元可以下去。他問明白了鄉下的確切地址後，帶上所有的資料出了律師樓。

上槎縣是高源市下屬的一個縣，人口二十多萬，有六個少數民族，其中漢族人口占了百分之五十以上。由於地處山區，人多地少，所以經濟比較落後，是享受國家財政補貼的貧困縣之一。自古以來，上槎縣就是封閉落後的地方，新中國成立初期，一些偏遠山區的少數民族，甚至還過著刀耕火種的原始生活。經過這麼多年的發展，這裏的人也逐漸認識到了外面的世界，從上個世紀八九十年代開始，不少年輕人相繼外出務工，給這個貧困和落後的地方帶來了生機。即便如此，受地域的影響，上槎縣的經濟發展仍是很緩慢。

鄉下的年輕人，大都外出務工，留在村子裏的，都是老人、婦女和孩子。去年，中央電視臺某個頻道的攝製組，還來這裏拍了一個留守兒童的紀錄片。

在國內，像這樣的留守兒童村子並不少，有媒體形容這樣的村子，說是三八六一九九部隊。三八指的是婦女，六一是兒童，九九自然就是老人了。

說實在的，單憑那點地，養活一家人都成問題，要想生活好一點，就得外出去賺錢。

葉麗說的地方，是上槎縣下面的一個鄉，叫蒙山鄉，一年前方子元為一宗刑事案件做辯護的時候，去過那裏。蒙山鄉背靠著海拔兩千多米的蒙山，蒙山上奇峰兀立，怪石嶙峋，風景很不錯。山腰有一座數百年的古廟，廟裏有幾棵枝幹虬勁，形狀怪異的松柏。在古廟的右邊，有一眼溫泉，當地人叫「臭蛋泉」，山下的鄉民們要是身上長了癤瘡膿皰，只要在泉水裏泡上一陣子，就好了！

其實這種溫泉的學名叫「硫磺泉」，這種溫泉的泉水能夠止癢、排毒及解毒，而且還有軟化皮膚角質層的作用，泡這種溫泉浴，是治療慢性皮膚病的好方法。

四年前，縣裏想在蒙山搞旅遊開發，據說投了不少錢，建起了一個療養院，還有度假村什麼的，可能是由於太偏僻、山路太險的緣故，來這裏的遊客並不多！

如果要修建公路，那投資可就大了去了，沒有人對這裏的市場前景看好，所以那路一直都沒修。即便如此，相對於另外幾個更偏遠的鄉鎮而言，這裏的道路還算是好的！

四個多小時後，方子元開著車經過上槎縣的城區，拐上一條不寬的沙子路。這地方山高路窄，道路隨著山勢彎彎繞繞，很多地方一側是山，另一側就是上百米深的溝壑，溝壑的下面是湍急的河流。在這種地方，往往走幾十里路都看不到人煙。

他將車子開到時速三十，照這樣的速度，兩個多小時後，就可以趕到那個蒙山鄉。葉麗在電話裏告訴他，她舅舅家就在鄉政府的邊上，是一棟兩層新樓。

方子元對蒙山鄉政府沒有什麼印象，但是他見過那所建在山坡上的希望小學，倒是印象很深，那所小學上下兩層的樓房，水泥磚石結構，白牆碧瓦，在當地那些灰黃色的土房子當中，顯得特別搶眼。據當地人說，原來蒙山鄉小學又破又爛，石頭砌成的校舍都倒了一半，靠幾根木樁子支撐著，鄉里幾次打報告到縣裏，都說沒錢，後來市裏來了一個人，拿出八十萬建了這所希望小學。如今的有錢人做好事都不留名，蒙山鄉十里八村的鄉民們想要認識一下那個恩人，替恩人樹碑立傳，可那個人卻始終不露面，只派了一個得力的人在這裏當監工。那個監工也很賣力，直至學校建成才走。

眼看日頭偏西，山谷內的陽光漸漸暗淡下來。在下了一道陡坡拐過一個大彎之後，方子元終於看到了學校操場上的那面紅旗，紅旗被夕陽映照得很鮮豔，在漫山草木的翠綠叢中，非常顯眼。

他有些激動起來，每一個人小的時候站在紅旗下，那份激動的心情，到老都是難以忘懷的。此時此刻，紅旗就成了茫茫大海中的燈塔，在他空虛無助的時候，爲他指明方向，成了他所有的希望和精神寄託。

漸漸地，他看到了路邊背著柴火的行人，看到了半空中嫋嫋的炊煙。

雖說蒙山鄉是一個鄉鎮所在地，可看上去還不如別的地方的自然村。

終於，他看到了站在村口的葉麗，她穿著一身得體的碎花套裙，頭髮在腦後挽成髮髻，顯得成熟而知性。她身旁站著一個十四五歲的男孩子。

方子元把車停在她身邊，搖下車窗，聽到她說道：「方律師，你好，你說要下來，沒想到還真下來了！剛才我表弟看到那邊有車子過來，我就猜一定是你來了！」她指著前面路邊的一棟新房子，接著說道，「我舅舅家就在那裏，你過去停到路邊就行！」

方子元將車子開過去，停在那棟樓房前面，開門下了車。從樓房內走出一個四十多歲的男人，穿著一身當地傳統的黑布對襟褂子，微笑著對他說道：「你是方律師吧，請進，請進！」

待葉麗過來後，方子元和他們一同進了屋子。

說是新樓房，其實也好不到哪裏去。無非是用粗大的木料做的房屋框架，四周再砌上磚石，外面抹上石灰，就成了。不過，相對於那些低矮的夯土屋來說，這已經是有錢人住的好房子了。

山裏的夜來得早，剛才見太陽下山，這會兒屋內就開燈了。

方子元剛在椅子上坐定，接過葉麗泡來的茶，就見查金梅從樓上下來了。葉麗上前扶住母親，將她扶到方子元旁邊的椅子上坐下。

查金梅的神色確實不太好，一副病怏怏的樣子。方子元問道：「你的身體不好，應該去醫院看一下，要不我等下帶你回高源市去？」

查金梅說道：「不用，我住在這裏挺好的。我沒病，只是覺得心有些累！方律師，申訴書寫好了？」

方子元點了點頭，從隨身的背包中拿出那份申訴書，遞給查金梅看。查金梅接過去之後，只是瞄了一眼，便轉遞給了旁邊的葉麗。葉麗拿著申訴書，走到燈光下，認真地看了起來。

待葉麗看完了，方子元才說道：「我覺得許處長交給你的那些調查報告和資料有些問題！」

葉麗問道：「難道報告和資料是假的？」

方子元說道：「報告應該不假，我只是覺得他應該有所隱瞞，也許還把最關鍵的報告留下來了！」

葉麗反應過來，說道：「你是說他把這些有漏洞的報告和資料給我，而把最有力的證據和資料留下來了？」

方子元說道：「可以這麼考慮！」

他們說話的時候，菜已經上桌了，都是當地的特色，無公害綠色食品，還有野味。

那個男子招呼道：「來來來，先吃飯，先吃飯！吃完飯再說，晚上有的是時間。」

查金梅對方子元說道：「方律師，樓上還有房間，今晚你就不要回去了，那麼遠的路，這山區道路不好走，安全第一呀！」

晚上坡陡路彎，視距不足，確實很危險。方子元微微點了點頭。他望著旁側的木板牆壁上有一個鏡框，鏡框中有一張照片，是學校的竣工慶典，於是問道：「那所學校是什麼時候建的？」

那男人說道：「是前年，聽說是高源市的一個大老闆給的錢，沒人知道那個大老闆叫什麼名字。不僅僅是我們蒙山，全縣有好幾個鄉的不少地方都建了這樣的小學，唉，好人哪！」

方子元見查金梅瞟了她弟弟一眼，那個漢子就不再說了。

葉麗把話頭接過來，說道：「方律師，我覺得申訴書寫得很不錯，你認爲他們接到申訴書後，會怎麼答覆你？」

方子元說道：「按照正常的法律程序，他們會儘快做出答覆，至於怎麼樣答覆，我也說不準！」

吃完飯，那個男人上樓去鋪被子。方子元這才注意到，從他進屋到現在，居然沒有見到這家的女主人。他刻意看了一下鏡框中的照片，只有葉麗、查金梅、那男人和那孩子的一些照片，除此之外，並沒有其他的女人。

也許女主人多年前就已經過世，這種事情還是不要問爲好，以免讓人家傷感。他既然是爲了案件來的，就應該與查金梅討論一些在辯護過程中可能出現的情況。

他將那些報告和資料拿出來，查金梅就問道：「方律師，你有沒有想過，是什麼人派殺手去找你？」

方子元沒想到查金梅會突然冒出這樣的問題，他臉色一漾，說道：「我也不知道！正奇怪呢，那兩個殺手怎麼會向我要所謂的保密協議，還說是葉市長、潘建國、我伯母和余細香四個人一同簽署的，你聽葉市長說過這事嗎？」

查金梅搖了搖頭，說道：「工作上的事，他從來不和我說的，我也從來不過問！那時候我聽人說過，潘建國在外面找了一個相好的，還鬧到廠裏來了，那個女人好像就叫什麼香的！不過，我真的不認識那個人！」

方子元打電話問查金梅的時候，她就是回答不認識的。他問道：「那你以後還聽到有關余細香的一些事情嗎？」

查金梅說道：「只聽人說那女人長得跟妖精一樣，就是迷男人的騷貨。潘建國爲了那女人還和他老婆鬧離婚，他出事後，就沒聽到過那女人的事了！」

方子元注意到她在說話的時候，眼中閃出一絲怨毒之色。當下心道：若孟瓊說的是實情，對於查金梅而言，命運就顯得不公了，難怪她會恨那些長得漂亮的年輕女人。他想了一下，說道：「我還需要一些可以證明葉市長的工作能力和政績的資料，那些資料在整個申訴過程中，會起很大的作用！」

查金梅說道：「我讓麗麗明天陪你一同回去，他的那些獲獎證書和表彰報告，都在我房間裏！」說話間，電燈突然滅了。那個男人低聲詛咒了一句，很快點起了煤油燈。

查金梅接著說道：「沒辦法，貧困山區就這樣，動不動就停電，久了也就習慣了，老葉本想做點實事，可很多事情由不得他，雖說是常務副市長，可頭上也有管他的人呢！人家不同意，他一個人也做不了主！」

一陣山風從外面吹來，方子元覺得有些涼意，他這才醒悟過來，原來已是初秋時分了。在市裏還不覺得怎麼樣，但山裏風涼，風起時，已讓人頓感秋意襲人了。

那男人起身去關門，同時對葉麗說道：「你也別急著回德國，留下來多陪陪你媽。你爸走了，她一個人過日子，很孤單的！我跟她說了，等你回了德國，就讓她直接住到這裏來，我們姐弟倆相互也有個照應。」

在暗淡的燈光下，葉麗的神色有些悽楚，她看了看母親，眼中的淚水開始打轉，哽咽著說道：「舅舅，回國的時候，我跟馬克商量了，等這邊的事情處理好，回去之後全家就移民過來！」

那男人點頭說：「那樣我就不用擔心你媽了！」

查金梅說道：「麗麗，你陪方律師聊一會兒，我上樓休息了！」

那個男孩子懂事地上前扶著查金梅上樓。方子元望著葉麗，其實在工作的問題上，他和她也沒多少話說，反正資料就在那裏，在申訴書沒有遞交上去之前，準備工作都由他來做，與葉麗沒有多大的關係。

他拿出一支煙，看了葉麗一眼。

葉麗微笑道：「沒事，你抽吧！」

方子元點燃了煙，抽了兩口，說道：「當初你怎麼沒有選擇去考公務員，而要去深圳那邊打工呢？」

葉麗微笑道：「你不也一樣麼，憑你伯父的關係，考上公務員再混個幾年，當個部門領導，應該沒有問題的！」她歎了一聲，接著說道，「我讀中學的時候，就聽我爸說，別以爲當官有權有勢，走到哪裏都前呼後擁的很風光，可是官場上的那種鬧心，不是一般人能夠承受得了的！你沒見我爸回家後的樣子，他很多時候都是把自己一個人關在書房裏，有時候坐在那裏發呆，我叫他，他都不應！」

葉水養回家後的樣子，方子元沒有見過，不過他見過伯父回家後的樣子，與葉麗說的一樣。莫非每一個大領導回家後都是那樣的？就兩個字：心累！

兩人聊了一會兒，眼看也不早了。那男人下樓招呼方子元去休息。

第二天一早，方子元告別了查金梅，和葉麗一起回高源市。臨出門的時候，他見查金梅拉著葉麗，低聲吩咐了幾句，也不知在說什麼。

車到上槎縣的時候，他並沒有拐上去高源市的路，而是直接進了城區。葉麗有些奇怪地問道：「我們不是回高源市嗎？」

方子元說道：「我去民政局辦點事！」

來到民政局，接待他們的是社會救濟福利科姓廖的副科長。客套完之後，方子元就直接說明來意，他想知道上槎縣這幾年來接受社會善心人士修建希望學校的情況。

廖副科長聽到他們的來意後，叫來一個人，低聲耳語了幾句。過了一會兒，那個人拿來一疊資料交給廖副科長，廖副科長看過之後，對方子元說道：「據我們掌握的資料看，從二〇〇三年開始，我們縣共建了十六所希望小學，還有四所中學，兩家老年福利院，都是市裏一個大老闆投資的。」

方子元問道：「那個人叫什麼名字？」

廖副科長說：「我們也想知道那個大老闆的名字，可是我們用了很多方法，都無法查到他叫什麼。不過，每建一所學校，都有一個代理人負責整件事，也兼管著工程的進度和品質。」

方子元問道：「那個代理人叫什麼名字？」

廖副科長說：「我們也不知道他叫什麼名字，只知道他姓朱，我們都叫他朱先生！」

方子元的眼睛一亮：「朱先生？他長什麼樣？」

廖副科長說：「三四十歲的樣子，個子不太高，渾身的肌肉很結實，那個人看上去好像沒有什麼文化，說話很粗魯。」他笑了一下，接著說，「我們也清楚，現在那些做大生意賺大錢的人，沒有幾個有文化有涵養的，不管他們是什麼樣的人，只要能拿出錢來做點好事就行！」

方子元問道：「他們爲什麼不把錢交給你們，讓你們去替他們辦事呢？」

廖副科長把手一攤，說道：「人家不相信我們，我們能有什麼辦法？二十所學校，花費一千六百萬，兩家養老院，每家一百五十萬，總共花費了一千九百萬。我聽說那個大老闆在別的縣也建了不少希望小學，唉，如今像這樣出手大方而且不留名的人，可沒有了！」

廖副科長接著說道：「其實建一所那樣規模的學校，也要不了八十萬，滿打滿算，六十萬就夠了。在朱先生的監督下，建築商按要求加固樓層，硬是把八十萬全部用了下去。用朱先生的話說：教育乃百年大計，要保證孩子們的未來。」

方子元笑道：「你不是說他講話粗魯，沒有涵養嗎？他怎麼能夠說出這樣的話？」

廖副科長說道：「這種話誰都會說，很多鄉下的屋牆上都寫著呢！」

方子元問道：「你們有沒有那個朱先生的照片？」

廖副科長說道：「那個朱先生很奇怪，從來不和人照相，也不在公眾場合露面！」

方子元繼續問道：「難道你們都沒有留下他的聯繫方式嗎？」

廖副科長回答說：「誰不想和他交朋友呢？我向他要了手機號碼，可是每次他一回去，那個號碼就打不通了！擺明了就是不想讓我們找到他，真不知道他們是怎麼想的。他是個實在人，做事很認真。我聽說有一次他監工的時候，看到建築商往水泥裏多摻了沙子，他就跟人家吵了起來，還打了人，賠了人家一些醫藥費！」

方子元問道：「他打了人，難道就沒有處理嗎？」

按他的想法，打人致傷屬於故意傷害罪，是刑事案件，只要派出所出面處理了，就一定會有朱先生的真實身分留檔。

廖副科長說道：「人家是來做好事的，還處理什麼？這事連我們縣長和縣委書記都出面說情了，再說人家朱先生也認識到錯誤，積極地賠給受傷人醫藥費和誤工費，這事就算不錯了！」

當廖副科長冠冕堂皇地說出這番話時，方子元無語。

廖副科長好像想起了什麼，接著說道：「我差點忘記了，那一次我下鄉，偷偷用手機拍了一張朱先生的照片，是側面的，還沒來得及刪呢。」

他從口袋中拿出手機，翻出一張照片來，遞給方子元看。

儘管手機中的照片不太清楚，而且還是側面照，但是方子元一眼就看出來了，照片中的人就是他的同學朱時輝。

他的臉色頓時變了，口中喃喃道：「果真是他，他到底在替誰辦事？」

- 第 16 章 -
小院神秘人

經偵查斷定，打電話給李樹成並導致其跳樓自殺的人，就是已經被殺的潘建國，調查人員雖然與柳春桃談過兩三次，可並沒有得到有利的線索。到目前為止，還無法斷定李樹成和潘建國到底是什麼關係。

殺死潘建國的女人，是不是那個已經失蹤了的余細香，他們兩人之間，又有什麼恩怨？

在上槎縣民政局的社會救濟福利科辦公室內，方子元一次又一次地看著手機內的那張照片，確認他沒有看錯。

坐在他旁邊的葉麗，被他那神情弄蒙了，關切地問道：「方律師，你在說什麼，那個人到底是誰？」

方子元皺著眉頭，並沒有回答葉麗的話，而是繼續喃喃地說著：「他爲什麼不願跟人拍照，爲什麼不說出自己的名字？」

葉麗說道：「這不明擺著的嗎？他肯定有難言之隱，不願讓別人知道罷了！」

廖副科長也心急火燎地問道：「方律師，你別問那麼多爲什麼了，請你快點告訴我，他到底是誰？」

方子元說道：「對不起，恐怕現在我還不能告訴你他是誰。但是我可以明確地對你說，他已經死了。」

廖副科長驚道：「死了？上星期我們局裏開會的時候還討論說，讓他再出資幫忙建一所福利院的。」

見目的已經達到，方子元便起身告辭。出門的時候，廖副科長還一再求他幫忙尋找那個樂於做善事的大老闆。

上車之後，葉麗問道：「你今天去民政局之前，是不是就已經懷疑這件事了？」

方子元笑了一下，沒有說話。他和葉麗認識沒多久，但是看得出這個女人有心計，所以他在她面前，儘量避免說話。

葉麗也沒有再問，只默默地看著車窗外面的景色。

回到高源市，他們找了一家偏僻一點的酒店住下。方子元打了一個電話給李雪晴，問了伯父現在的情況，得知還是老樣子，伯母的情緒似乎好了一些，家裏的情況也正常。李雪晴問他昨天晚上做什麼去了，他回答說下鄉辦事了，現在還沒有回去。

等方子元掛掉電話後，葉麗用一種譏諷的口吻笑道：「你們男人都是這麼騙老婆的？」

方子元不甘示弱地說道：「怎麼了，難道你被你的外國老公這麼騙過？」

葉麗說道：「他可沒有騙過我，外國男人比中國男人誠實多了！」

方子元笑道：「那是，外國的月亮都比中國的圓呢！很多人都是這麼認為的！你說呢？」

葉麗正色道：「我可不是陪你到這裏來磨嘴皮子的！你打算用什麼辦法還我父親的清白？」

方子元笑道：「難道你認為你父親清白麼？」

葉麗頓時變了臉色，說道：「你這是什麼意思，難道說我父親不清白嗎？」

方子元走到一邊，笑道：「葉女士，請你別生氣，我這也是代表著大多數人的觀點。」他繼續說道，「我們還是談點正經事吧，你父親的案子，現在真的很麻煩！」

葉麗耐住性子，問道：「為什麼？」

方子元說道：「你想過沒有，從始至終，上面只是派調查組針對別人舉報你父親的問題進行調查，請你聽清楚，僅僅是調查而已，並沒有走應有的法律程序立案偵查，他們所立案偵查的，是李樹成的自殺案，以及另幾個人的被殺案，看上去似乎與你父親無關。我雖然是你父親的辯護律師，可還沒有到辯護的程度，只能走正常的程序，為他申訴！申訴書你也看了，至於他們怎麼回覆，就不是我能估計到的！換句話說，就算他們現在無法針對我提的問題進行答覆，可要我們舉出反證，也是很難的！」

葉麗問道：「你的意思是，我們可以針對他們對我父親的處理意見，提出反證？」

方子元點了點頭。

葉麗說道：「這個反證應該不難的呀，他們說我父親在一九九七年至二〇〇六年，擔任市外經貿副主任和副縣長、副市長、常務副市長期間，前後收受賄賂達人民幣一千五百萬元，挪用公款兩千八百萬元，貴重物品折合人民幣六點四萬元；可以派人去查我的帳號和我媽的帳號……」

方子元說道：「葉女士，你想得也太簡單了，難道你父親為了防止日後被查，不能將錢放在一處連你和你母親都不知道的地方嗎？至於你父親違規提拔幹部和濫用職權的事情，完全是他們說了算。你父親已經死了，沒有人會為他說話的。這社會就這麼現實！」

葉麗的臉色大變，喃喃著說道：「難道……難道我們就沒有辦法了嗎？」

方子元高深莫測地笑了一下，說道：「怎麼沒有辦法？你別忘了，你給我的那些文件，是許宗華給你的，你想過沒有，他為什麼要那麼做？」

葉麗說道：「這我可沒有考慮太多，那天我和他談了一些話，他就給了我這些文件，說是可能對我有幫助！」

「這就對了！」方子元說道，「剛才我說過，李樹成的自殺案和另幾個人的被殺案，看上去似乎與你父親無關，如果不是那兩個殺手向我要什麼保密協議，我也不會想到這一點，實際上這裏面的關係，已經不是我和你能想得到的了。」

葉麗似乎沒有聽明白方子元說的話是什麼意思，她問道：「你懷疑我父親不是自殺，而是被殺手殺掉的？」

方子元聽葉麗這麼說，心知再說下去無益，只得把那份申訴書放在茶几上，說道：「你先看看還有什麼要補充的，我回家去看看孩子，明天陪你去見許宗華，把申訴書遞上去！」

離開賓館，方子元並沒有回家，而是來到上次送朱宇翔下車的地方，他很想知道，朱時輝是在替誰辦事。

巷子還是那條巷子，方子元問了幾個孩子之後，按著孩子們的指引，來到一棟破舊的樓房門前。這樓房雖舊，但青磚碧瓦，門前兩個石鼓，興許是飽經風雨的緣故，上面滿是苔綠。門樓頂上還雕有花紋和鳥獸的圖案，古樸而氣派，看得出是過去有錢人家的老宅。只可惜那些雕刻圖紋的表面，都被人為地鏟去，使圖紋顯得有些光怪陸離，若被一些藝術家看到，肯定要大為感歎一番了。

原本黑紅色的門漆，也都斑駁不堪，上面貼著的兩幅門神，早已經失去了原來的顏色。他走上臺階，輕輕敲了敲門，過了一會兒，門開了，一個小孩兒從裏面探出頭來，看到他之後，臉上閃過一抹驚喜的神色，問道：「我爸的事情辦好了？」

方子元認出這孩子正是他要找的朱宇翔，忙說道：「哪有那麼快的呀?現在保險公司那邊在收集資料，那麼大一筆的意外保險賠償，國內都沒有呢!怎麼，就讓我站在這裏和你說話？」

朱宇翔把門打開，同時說道：「我老祖說，不能讓陌生人進來的，不過你不是！」

方子元走進去，見裏面的院子很大，地上鋪著青石板，左邊是一方池塘，水面上漂著幾朵睡蓮，右邊有幾棵高大的柚子樹，樹下擺著一張石桌，石桌的四面各有一條石凳。

房屋的結構是門字形的，正面的房子是磚木結構的，上下兩層，簷角和門楣上方都有雕刻的圖紋，表面同樣被鏟去。正門前的簷樓下左右各有兩根粗大的木柱，每根木柱上都掛著一塊木匾對聯。兩邊的房子則是平房，雖沒什麼裝飾，但不失典雅。

從這屋子的格局可以看出，舊主人具有一定的文化涵養。

一個上了年紀的老婦人，正坐在石桌旁的藤條椅上，聽到有人進來，扭過頭來生氣地說道：「不是叫你不讓外人進來的嗎？」

朱宇翔說道：「老祖，他是律師，是幫我爸打官司的！」

那老婦人扭頭的時候，方子元見她的雙眼閉著，外表清雅脫俗，雖然年紀比較大，但眉宇間自然有一種內在的氣質。年輕的時候，一定是一個美人。

那老婦人對方子元說道：「你就是我孫子說過的方律師，請坐吧！」

朱宇翔有些得意地說道：「我老祖快九十歲了，你看不出來吧？」

方子元笑了一下，他確實沒有看出來。如果讓他猜的話，他最多猜七十五歲。

一個六十歲左右的婦人從左邊的屋子裏走出來，目光漠然地看了方子元一眼，並沒有說話。這婦人的左臉好像被燙傷過，滿是疤痕，要是夜晚在這種地方乍一見著，還真有些嚇人。

那老婦人對從屋子裏走來的婦人說道：「妹子，有客人來了，幫忙倒杯茶來！」

那婦人默默進正屋去了。

方子元問朱宇翔：「這個是你的老祖，那個應該是你的奶奶了？」

朱宇翔說道：「她雖然不是我的親奶奶，可比親奶奶還親呢！我老祖說了，她以後老了，要我給她送終的！」

老婦人歎了一口氣說道：「妹子和我一樣，都是可憐人。我要是不收留她，她就要流落街頭了！」

方子元問道：「這屋子是你的嗎？」

老婦人反問道：「方律師，你來這裏有事？」

方子元說道：「其實也沒有什麼事，朱時輝和他老婆吳雅妮都是我的同學，吳雅妮在朱明輝死後要我幫忙，我還沒來得及幫，想不到她就自殺了。我今天路過這裏，就想過來看看他們的孩子，想在生活上……」

老婦人打斷了方子元的話，說道：「謝謝你的好意，他的生活不需要你操心。你既然是他父母的同學，看在同學的面子上，只要把保險賠償的事情做好就行了，到時候你想要多少報酬，儘管開口！」

看不出這老婦人的口氣還挺大的，不過話又得說回來，擁有這樣的一處地方，其市場價值並不亞於李樹成家的別墅。再者，像這樣的老太太，說不定年輕的時候收藏了名人字畫和古董，隨便一兩件東西都能賣個幾百萬。

方子元說道：「我就是爲保險的事來的，保險公司那邊可能賠不了那麼多錢，我想對朱宇翔的處境有個進一步的瞭解，也許開庭的時候能用得著。」

老婦人說道：「能賠多少就多少吧，官字兩個口，隨他們怎麼說吧！」

可以看出，這個老婦人經歷了太多的人生變故，把什麼都看透了。那婦人從屋內端出兩杯茶來，放到石桌上後，轉身就離開了，依舊進了那間小屋。

方子元說道：「反正我儘量去辦，具體情況怎麼樣，現在也說不準。如果我把朱宇翔的可憐遭遇向社會公開的話，也許對賠償問題會有所幫助！」

老婦人說道：「他雖然沒有了父母，可還有我呢，他不需要人可憐。方律師，如果沒有別的事，就請你回去吧！」

這分明是下逐客令，方子元坐下來連口茶都沒喝，就要被人趕走，心裏實在有些不甘，卻又無可奈何，只得放了一張名片在桌上，起身說道：「這是我的名片，你要是有事的話，請打我的電話。」

他起身走了出去，朱宇翔一直送他到門口。出門的時候，他看到他的目光有些悽楚，全然沒有小孩子應有的童真，顯得有些成熟而多疑。

他站在門口，看著緊閉的大門，覺得這座小院子裏充滿了讓人無法捉摸的神秘感，帶著滿腹的疑問，他來到了街道辦。

接待他的是一個擅於言談的女人，幹街道工作的，嘴皮子都很了得。在這女人的滔滔不絕中，方子元終於對那座小院有了一個大致的瞭解。

原來那座小院的主人是民國時候的知名民主人士朱開遠的住處。新中國成立前夕朱開遠去世了，留下了兩個兒子和遺孀袁夢嬌，新中國成立後這座小院歸了政府，文革的時候，那個知名民主人士的兩個兒子相繼自殺，只留下一個老太婆。朱時輝是袁夢嬌在路邊撿來的，認做是孫子。後來落實政策，政府把小院子歸還給了袁夢嬌。袁夢嬌喜好清靜，不喜歡與外人交往。幾年前，收留了一個流浪到這裏的老太婆，兩人相依為命。朱時輝夫婦出事後，她把曾孫子朱宇翔接到了這裏。

方子元問道：「她和朱時輝的關係怎麼樣？」

女人回答道：「朱時輝夫婦以前經常來探望她，可自從有了那個老太婆之後，就不經常來了！」

方子元問道：「那個老太婆叫什麼名字？家裏沒人的嗎？」

女人回答道：「具體情況我們也不太清楚，聽說有工作人員上門去過，可也沒問出個什麼來，估計也是鄉下的孤老婆子，不然也不會流浪到這裏來！」

離開街道辦，方子元本來想去醫院的，可不知怎麼，竟把車子開到了城外，居然到了夢裏老家餐館的門前。他想起那次和孟瓊在這裏見面的情景，便停好車，進了酒樓。

他剛要打聽孟瓊在不在，就看到了上次領他上樓的那個女服務員，於是走過去問道：「孟經理在樓上嗎？」

這個女服務員已經不認得他了，問道：「你是什麼人，找孟經理有事嗎？」

方子元說道：「上次我來這裏，不是你帶我上四樓去見她的嗎？」

女服務員似乎想起來了，說道：「今天孟經理不在這裏！」

方子元覺得肚子有些餓了，便坐到一處靠窗的角落裏，點了兩個菜，打算吃完後去醫院看望伯父。坐下來沒一會兒，見外面來了一輛車子，從車上下來兩個人，其中一個是孟瓊，另一個居然是潘武。他頓時一愣，這兩個人怎麼搞到一起了？

孟瓊和潘武並沒有進飯店，而是從另一個方向走過去了。方子元知道這屋子的後面有樓梯，可以直接上樓的。

方子元拿出手機打了孟瓊的電話，可提示是關機。上完了菜，剛吃了幾口，就見那個女服務員走過來，低聲對他說：「先生，孟總請你上去！」

想必孟瓊來了之後，女服務員對她說了他來這裏的事，她就叫他上去見面。

上了樓，見孟瓊斜躺在椅子上，潘武坐在另一邊。看見他進來，孟瓊微笑著說：「我在下面看到你的車子，問了下面的人才知道，原來你來這裏找我，有事嗎？」

方子元看了看潘武，沒有說話。

孟瓊笑道：「方律師，有話就直說吧，這裏沒有外人！」

方子元說道：「上次孟總在這裏對我說的那些話，你還記得吧？」

孟瓊的臉色微微一變，說道：「方律師，你還有什麼疑問嗎？」她接著對潘武說道：「你先下樓去吃點東西，我和方律師有事要談。」

等潘武離開後，孟瓊望著方子元，過了好一會兒才說道：「方律師，有什麼話就直說吧！」

方子元說道：「孟總，你上次對我說的那些話，有多少水分？」

孟瓊說道：「我說的都是實話！沒有騙你！」

方子元問道：「那你告訴我，你是什麼時候當上天宇房地產開發公司總經理的？」

孟瓊說道：「我是二〇〇一年四月才到天宇房地產開發公司當總經理的，之前是一個姓盧的男人。」

方子元一驚，問道：「那個姓盧的人呢？」

孟瓊說道：「出車禍死了！本來我不想來，可他不同意！」

她說的他，自然就是死掉的葉水養。

方子元想了一下，說道：「你和查金梅之間，應該有個協議吧？」

孟瓊愣了一下，說道：「是她告訴你的？」

方子元微微點了點頭。其實他是亂猜的，從常理上說，查金梅甘願把丈夫讓給別的女人，自然會提出什麼條件。

孟瓊顯得很不高興，說道：「麻煩你告訴她，我答應她的事情，我一定會辦到的！」

方子元到現在爲止，還摸不清孟瓊的底細，他說道：「從法律角度上來說，委託我替葉市長申訴的，不應該是查金梅，而應該是你！」

孟瓊歎了一口氣，說道：「都到這份上了，是誰都一樣！算了，該怎麼著就怎麼著吧！方律師，如果有時間的話，你最好和李飛龍好好談一談，再這麼下去，對誰都沒有好處！」

方子元笑了一下，其實孟瓊有什麼話要和李飛龍說，大可自已去，爲什麼要借他的口去說呢？他說道：「你最近沒有和他聯繫嗎？」

孟瓊摸著自己的肚子，說道：「我現在什麼事情都不想管，可是李飛龍不想放過我，這麼折騰下去，他的下場會比我還慘，別忘了李樹成現在躺在醫院裏，再也不是原先隻手遮天的李局長李書記了。他要是還不識時務，可別怪我不客氣！」

孟瓊既然說出這樣的話，就表明她已經有了勝算的籌碼。這個女人確實不簡單，失去靠山的李飛龍，自然不是她的對手。

方子元說道：「其實我到現在，還不知道你和他是什麼關係！」

孟瓊微笑道：「那你說呢？」

李飛龍雖然是高源市的黑道老大，可還是個生意人，生意人和生意人之間，除了利益之外，還能有什麼呢？

孟瓊接著說道：「你和查金梅她們母女倆接觸了，她們還說了些什麼？」

方子元說道：「其實也沒說什麼，就是針對申訴的事進行探討，我的申訴書都已經寫好了，正給葉麗看呢，計畫明天就送上去。」

孟瓊把頭扭到一邊，自言自語地說：「人生就是這樣，起起落落的，這世上，除了僅有的一點親情外，其實並沒有什麼值得人留戀的！」她背對著方子元，說道：「方律師，我很累，想休息一下！」

方子元起身說道：「沒事，我到下面吃完那一點東西就走！」他好像想起了什麼，問道，「你和朱時輝是什麼關係？」

孟瓊的肩膀輕輕顫抖了一下，扭頭問道：「你問這個做什麼？」

方子元說道：「上次你對我說過，你每年都拿出一些錢來資助貧困山區的教育事業。這次我去上槎縣，聽那裏民政局的人說，有人多次在那裏援建希望小學，而那個負責出面援建的，就是朱時輝。他是我的同學，雖然有些錢，可還沒有闊到出那麼多錢援建希望小學的地步。另外，我還知道，葉水養當過那裏的副縣長！查金梅是那裏的人！」

孟瓊正色問道：「你還知道多少？」

方子元說道：「我就知道這麼多！」

孟瓊說道：「我還是那句話，葉水養是個好人！方律師，這年頭，好人不一定有好報的！」說到後面，她的眼中竟然閃現出淚光！

方子元說道：「你好像有很多心事！」

孟瓊說道：「方律師，你走吧！」

方子元知道再問下去，也問不出一個所以然來，只得離開。不過，他心中的疑問，似乎已經找到了答案。

許宗華帶著調查組只是調查葉水養腐敗的事件，現在處理結果都已經出來了，按理說，他和調查組的人都應該撤回去，餘下的案件移交給高源市去調查處理。他幾次打電話給上面，報告也寫了上去，可上面的領導卻遲遲不給一個回信，只說等研究決定。

他在省府機關待了那麼久，都是圍在領導身邊轉悠的，深知「研究決定」這四個字背後的含義。高源市發生的幾宗案件背後，充斥著太多的謎團，在謎團沒有徹底解開之前，調查工作都沒有真正結束。調查組的人留在高源市的目的，就是督促高源市儘快查清案件幕後的真相。

此刻，他的手上拿著一份申訴書，方子元和葉麗就坐在他的對面。以他目前掌握的證據，對申訴書中提出的幾點質疑，他確實無法給出答覆。

過了一會兒，他才說道：「我會將這份申訴書連同我的意見，向上面彙報的！」

方子元問道：「那你是什麼意見？」

許宗華笑了一下，說道：「暫時保密！」

葉麗說道：「許處長，我知道你是一個盡責的人，我只想知道，你們什麼時候能夠給我一個答覆？」

許宗華說道：「這個我沒有辦法回答你，也許幾天，也許一兩個月，都說不準！我們對葉市長的調查，雖然已經結束，結果也已經出來了，可是你們也清楚，自葉市長自殺後，高源市接連出了那麼多事，我們有理由懷疑所有的事情，都是連鎖反應！我們已經組織了人手，正逐步調查！」

葉麗問道：「那你們查到了什麼呢？」

許宗華看了一眼桌子邊上那如小山一般高的卷宗，沒有說話。隨著調查的深入，案情越來越有進展，但是也有不少問題相繼暴露出來。

經偵查斷定，打電話給李樹成並導致其跳樓自殺的人，就是已經被殺的潘建國，調查人員雖然與柳春桃談過兩三次，可並沒有得到有利的線索。到目前爲止，還無法斷定李樹成和潘建國到底是什麼關係。

殺死潘建國的女人，是不是那個已經失蹤了的余細香，他們兩人之間，又有什麼恩怨？

早在李樹成跳樓之前，李飛龍就已經將方園集團的股份和旗下的幾家娛樂場所轉給了別人，所有的股票和基金，也都轉手拋了出去。雖然調查組緊急採取了措施，凍結了李飛龍所有的銀行帳戶，並對其進行了通緝，可到現在居然沒有一點消息。李飛龍和董和春一樣，似乎憑空在地球上消失了。

是誰殺死了葉水養的貼身秘書莊東林，兇手這麼做的目的是什麼？

李飛龍的法律顧問程明德，是否真正死於某個人的黑手？

爲什麼會有殺手找到方子元，向其索要什麼保密協議，那份所謂的保密協定，究竟有著什麼樣內容？

朱時輝爲什麼在出事之前替自己買下巨額保險，這巨額保險的背後，是否還有另一層意思？吳雅妮爲什麼要自殺，爲什麼在那份遺書上，會寫下那樣的內容，她和方子元又是什麼關係？

許宗華望著方子元，從某種角度上來說，這些事件似乎都與其有著千絲萬縷的關係，幾次談話，他總覺得方子元似乎有事在瞞著他。

方子元爲什麼不對他說真話，是不是有什麼顧慮呢？

雖然調查組暗中跟蹤方子元，想從他的身上找到線索，可有幾次，調查組的人卻眼看著他被人擄走。對方有很強的反偵察意識。調查組爲了不打草驚蛇，只得放棄了追堵。

方子元兩次被神秘人綁走，卻又毫髮無損地出現在大家的面前，他所扮演的，究竟是個什麼樣的角色？

是狐狸，總有露出尾巴的時候。許宗華微笑著說道：「方律師，你這段時間很忙吧？」

方子元回答道：「幹我們這一行的，都很忙！」

許宗華正要說話，桌子上的電話響了起來，他拿起來一聽，臉色微微一變。

方子元道：「許處長，你的工作很忙，我們就不打擾了，希望你對我們的申訴儘快做出答覆！」

許宗華放下電話，說道：「方律師，你先別急著走，醫院那邊來電話，說李書記醒過來了，你不想和我一起過去看看嗎？」

方子元本來就想下樓後去醫院看看，聽許宗華這麼說，便說道：「這就好了！我還擔心我伯父……」

葉麗不願跟他們去醫院，只說回國簽證快到期了，先處理一下市裏的幾件事情後，就回鄉下去陪母親。

當方子元和許宗華趕到醫院的時候，得知李樹成進了搶救室。

據李雪晴說，伯父醒過來後，眼睛只盯著伯母，斷斷續續地說：「何……必……呢？」說完這三個字，卻又昏迷了過去。

李雪晴不知道那三個字的含義，但是柳春桃一定知道，因為李樹成的那句話就是對她說的。

搶救室的門口站了不少人，陸續有市裏的領導趕過來，連趙有德也來了。他們見許宗華在這裏，忙上前過來打招呼。

柳春桃就坐在搶救室門口的椅子上，頭低著，眼神顯得十分的茫然，整個人看上去蒼老了許多。李雪晴坐在她的旁邊，也不敢多說話。

一個多小時後，院長走出搶救室，對一位市領導低聲說道：「我們盡力了！」

這句話的意思很明白，躺在裏面的李樹成已經去世了。

許宗華注意到，得到這個消息之後，幾個市領導交換了一下眼色，趙有德帶頭來到柳春桃的面前，說了幾句安慰的話。其他幾個領導也過來表示了慰問。

柳春桃仍是如以前那樣，目光仍是那麼空洞，神情仍是那麼癡呆，彷彿眼前的這些人根本不存在。李雪晴代表伯母，起身向領導們的慰問表示感謝。

許宗華看著方子元，見他的表情有些冷淡，但冷淡中又隱隱有幾分憐憫。

等那幾個領導慰問完之後，許宗華也上前表示慰問，卻見柳春桃起身，腳步有些踉蹌地朝外面走去。李雪晴忙趕上去扶住伯母，扭頭朝方子元使了一個眼色。

李樹成的遺體還在搶救室裏，得有個人留下來處理才行。

許宗華並沒有離開，而是陪著方子元留了下來。不一會兒，護士從搶救室裏推了一個人出來，方子元在醫生遞過來的死亡通知書上簽了字，看著護士把李樹成的遺體推走。

許宗華走到方子元面前，低聲說道：「方律師，你不覺得我們倆該好好談一談嗎？」

方子元問道：「談什麼？」

許宗華說道：「你這次去上槎縣，就是爲了申訴的事情去的？」

方子元微笑道：「你認爲我還有閒情去玩嗎？」

許宗華問道：「那你去上槎縣民政局做什麼？」

方子元一驚：「你都知道了？」

許宗華說道：「我也很想知道，朱時輝到底是在替誰做事，你知道的內情，一定比我還多，是不是？」

方子元沒有說話，算是默認了。

「方律師，我知道你有難言之隱，所以我一直沒有逼你！」許宗華接著說道，「李樹成一死，你認爲李飛龍會露面嗎？」

方子元說道：「一個被通緝的人，是見不得光的。許處長，你們憑什麼通緝他？」

許宗華說道：「在李樹成跳樓之前，李飛龍就已經將方園集團的股份和旗下的幾家娛樂場所轉給了別人，所有的股票和基金，也都轉手拋了出去，還有那輛新買來的豪車，都轉給了別人。經手這些事的，就是他的法律顧問程明德。我們懷疑他與莊東林和程明德的死都有直接關係，當然，還有你的那個同學朱時輝，他不是李飛龍下屬娛樂場所裏的經理嗎？如果他背著李飛龍替另一個人辦事，以李飛龍的性格，是不會輕易放過他的！只有找到李飛龍，才能解開事情的真相。」

方子元說道：「這麼說，他的問題很嚴重？」

許宗華說道：「你是律師，精通法律知識，你應該知道他的問題有多嚴重。如果你真的爲他好，有機會聯繫上他的時候，勸他配合我們進行調查，不要冥頑不靈。無論他躲到哪個角落裏，我們終有一天會找到他的！」

方子元的臉色有些難看，他說道：「如果我有機會，我一定替你轉告的！許處長，你還有什麼要交代的嗎？」

該說的都已經說了，兩人一起往外面走去。出了醫院的門診大樓，見李雪晴和柳春桃上了一輛市局牌照的警車。

李樹成當公安局長多年，不管怎麼說，人緣關係肯定是有的，用不著懷疑。

有調查組的人上前，將許宗華接了過去。

方子元走向自己的車子，剛打開車門，手機就響了，一看是家裏打來的，忙接了。是她妹妹方子華打來的：「哥，是不是你接走了雨馨？」

方子元驚道：「我一直在忙著呢，哪裏有時間去接她？怎麼了？」

方子華說道：「我去接雨馨的時候，聽同學說，她被一個男人接走了，我還以為是你呢！」

方子元如同被人打了一悶棍，過了好一會兒才說道：「你有沒有問那個男人長什麼樣？」

方子華說道：「我問過了，只說是一個三四十歲的男人，長得很有氣質，個子不高，有些偏瘦！」

方子元問道：「你報警沒有？」

方子華說道：「正準備要報警呢！」

方子元說道：「別急著報警，雨馨沒事的，你安心在家裏就行！」

方雨馨那麼大的孩子，是不會輕易跟陌生人走的。從妹妹的描述中，方子元心裏很清楚，接走女兒的那個人，就是被警方通緝的李飛龍。李飛龍接走方雨馨，無非就是間接地控制方子元，以達到不可告人的目的。

上車後，方子元打了李雪晴的電話，得知她們正在回家的路上，他只說有些話想跟伯母談談，一會兒就到伯母家，其他的就沒有再多說了。

李雪晴似乎在電話裏聽出有事，忙問是不是有什麼緊要的事情。方子元只說到了家見面再說，便把電話掛了。

車開出醫院的大門，剛走了一段路，他就從倒車鏡內注意到後面跟著一輛車子，看來，他的行蹤都在調查組的掌控之中。經過一個路口時，聽到後面傳來一聲巨響，他在倒車鏡中一看，見一輛大貨車撞在那輛小車上。

- 第 17 章 -

局中局

方子元看著黃立棟離去的背影，眼神漸漸迷離起來，他把保密協定的消息散發出去，是想看看所有人對這件事的反應，如此一來，他把自己置入了前所未有的險地。

死了的人已經死了，那麼活著的人，還需要繼續拚個你死我活嗎？

方子元並沒有停留，當他來到伯母家的時候，見妻子和伯母都在，還有兩個男人，其中一個男的，就是從醫院裏離開的趙有德。

趙有德見方子元進來，便用一種奇怪的口吻說道：「方律師，你來做什麼！」

也許在趙有德的眼裏，他方子元只是一個外人而已。

方子元也不客氣，說道：「趙局長，剛才在醫院裏已經向我伯母表示慰問了，現在到家裏來，還要繼續慰問嗎？」

不愧是名律師，說話都帶著刺。趙有德聽了這話，臉色變得有些難看，知道再說下去，肯定占不了便宜，說不定還被一頓搶白，弄得臉上無光。反正現在大權在握，對付一個小小的律師，出這口怨氣，還不隨時隨刻嗎?當下低頭向坐在沙發上的柳春桃不鹹不淡地安慰了幾句，便和那個男人轉身出去了。

李雪晴埋怨方子元道：「你怎麼和趙局長說那樣的話，他到家裏來安慰伯母，也是一番好意！」

方子元說道：「虧你還是在政府部門上班的，這種時候，他若是真心要安慰伯母，就不會到家裏來。」

李雪晴生氣地說道：「就你明白，就你知道?伯父活著的時候，趙局長也是經常上門的，你又不是沒見過……」

她的話還沒有說完，就聽柳春桃說道：「你們還嫌家裏不亂嗎？」

方子元和李雪晴頓時不吭聲了。他見柳春桃坐在沙發上，神色比在醫院裏的時候要好得多，說話也都有條有理的。他坐了下來，過了一會兒才緩緩說道：「雨馨她舅把她給接走了，我妹妹想報

警，我沒讓她報！」

李雪晴驚得站起身說道：「你說的是真的？」

方子元點了點頭，說道：「伯母，不管怎麼說，孩子是無辜的。到現在爲止，他要我做什麼我就做什麼，可從來沒有做對不起他的事情……」

正說著，樓下一個房間的門開了，李飛龍牽著方雨馨的手從裏面走出來。李雪晴幾步走過去，將方雨馨緊緊摟在懷裏，緊張地問道：「你怎麼放學後不回家呢？」

方雨馨天真地說道：「舅舅去接我，還給我買了新書包呢！」

方子元望著李飛龍，對妻子說道：「雪晴，你帶女兒回家！」

李雪晴有些擔心地看了他們幾眼，牽起方雨馨的手朝外面走去，走到門口時，扭頭說道：「伯母，我把雨馨送回家就馬上回來陪你！」

等李雪晴出去之後，方子元對李飛龍說道：「警方在通緝你！」

李飛龍不在乎地說道：「我知道，他們抓不住我的！」

方子元把孟瓊和許宗華要他轉告的話說了，李飛龍叼著一支煙，吸了幾口罵道：「媽的，這個臭婊子，她以爲她是誰呀！還想跟我討價還價，別以爲我李飛龍好欺負，惹火了我，我……」

「夠了！」柳春桃的聲音低沉，卻飽含著不容質疑的威嚴，她說道，「你爸其實是死在你手裏的，你知不知道？你要是去了美國，就不會發生這些事！」

李飛龍說道：「媽，這能怪我嗎？都是葉水養逼的，他不那麼做，誰都沒事！你以爲我現在的日子好過？光被他們凍結在銀行裏面的，就有兩個多億！」

柳春桃說道：「你走吧，有多遠走多遠，最好以後都不要回來，我不想再見到你。你爸已經死了，他們是不會放過你的。」

李飛龍說道：「媽，要是我走了，你怎麼辦？」

柳春桃說道：「我一個老婆子，他們能把我怎麼樣？查金梅有個女兒，我也有個侄女，你放心吧，我死不了！」

方子元說道：「要不，你還是主動去自首，配合許處長的調查吧，有自首情節，加上立功表現，就算案情再重，也判不了死刑……」

李飛龍瞪著方子元說道：「你以爲你能幫我嗎？從我幹這行的第一天開始，就已經沒有退路了，老子就是拚個魚死網破，也不願坐牢！你省了這份心吧！」

方子元原想幫李飛龍，看看能否用最好的辦法解決這些問題，自己也用不著整天擔心，把所有的精力都放到這一邊，將其他業務都丟了。那個新來的劉志堅，把他的一些業務都接了過去。

他說道：「你就算不考慮你自己，也應該替你媽和身在國外的孩子考慮一下，即使你被判個十幾年，反正你的身體從小就不太好，花點錢弄個保外就醫，還是不難的！」

柳春桃說道：「如果事情像你所想的那麼簡單就好了！難道我不想他沒事嗎？就算我們肯，可有人答應嗎？他的事不用你操心，你只管好你自己的事就行了！」

聽柳春桃這麼說，方子元還能有什麼話說呢，他看了看面前的兩個人，低聲說道：「我有事，先走了！」

李飛龍在他的身後說道：「別忘了，你該做什麼，不該做什麼！」

方子元頭也不回地說道：「放心吧，我知道該怎麼做！」

在市郊的一個小水潭中，發現了一具高度腐敗的男性屍體，經法醫初步鑒定，屍體的年齡大約爲四十五歲，死亡的時間爲十五到二十天，屍體著高檔西服，估計是有身分的人。

遍查高源市近期的失蹤人口，唯一能和屍體對得上號的，就只有大生建築公司老闆董和春。接到警方電話的大生建築公司派出了兩個人，儘管他們無法認出高度腐敗的屍體是什麼人，但是他們一口咬定，老闆失蹤那天穿的衣服，就是這身名牌西裝。只不過老闆戴在脖子上那根金項鏈和手上的名表，不知道怎麼不見了。

屍體的DNA鑒定結果很快就出來了，屍體正是董和春。他爲什麼會被殺，又是什麼人殺了他呢？

警方立案後，立即展開調查，據董和春的老婆說，董和春失蹤的那天，說是去見一個朋友，從家裏拿了三萬塊的現金，出去之後就沒有回來。

董和春失蹤後，大生建築公司由兩個副總負責經營，這段時間工商稅務等部門正對大生建築公司進行查賬，嚴重影響了公司的正常業務，公司幾乎處於半停頓狀態。在董和春失蹤的前一天，他從公司的賬上轉走了一百五十萬，如今大生建築公司的帳面上，剩下不到兩萬塊錢，連發員工的工資都成問題。不過，外面欠公司的建築款，達到三千多萬，光是天宇房地產開發公司就有幾百萬。

有關部門得知這種情況後，主動與天宇房地產開發公司聯繫，替大生建築公司追回了一部分欠款，解決了燃眉之急。

據調查，董和春最後出現的地方是錦江海鮮酒樓，陪他一同出來的，是一個三十多歲的男人，沒有人認識那個男人。

從公司轉走的那一百五十萬，是轉到深圳一個私人帳戶上，名字叫劉芳，當天下午，這筆錢就被分批轉走了。

董和春的死，完全在許宗華的預料之中，現在他只希望蘇剛能儘快找到突破口，查出事情的真相。

李樹成去世後，市委市政府那邊的幾個領導開了緊急會議，一致通過了任命趙有德爲公安局局長兼政法委第二副書記，進入市委常委領導班子的決議。另外，會議還通過了高調舉行李樹成同志遺體告別儀式和追悼會的建議。

會議結束後，市委市政府以書面形式向上面做了報告。這份報告的微妙之處，就在於報告的結尾，提到李樹成的兒子李飛龍的問題。

李飛龍現在正被警方通緝，這個事實是無法迴避的，但老子是老子，兒子是兒子，老子當了那麼多年的領導，沒有功勞也有苦勞，不能因爲兒子的違法而影響老子的功績。從某種角度上說，李樹成的問題代表著絕大多數領導的切身利益，這是不容忽視的實際性問題。

據群眾舉報，在李樹成去世的當天，有人在他家裏見到李飛龍的身影，當警方派人趕到之後，卻沒有找到李飛龍。雖然警方已經對其可能出現的地方實施了布控，但依然沒有任何蹤跡。李飛龍就像一個幽靈一樣，躲在陰暗的角落，時不時地現身一下。

許宗華懷疑內部有人替李飛龍通風報信，所以調整了查案人員，對一切行動都採取絕對保密的措施。

他的目光始終盯著兩個人，一個是李飛龍，另一個則是方子元，他堅信，從他們的身上，能夠找到案情的關鍵和突破口。

方子元在回辦公室的路上，收到李雪晴發來的資訊：老公，我托民政部門的朋友查了，葉水養和孟瓊是合法夫妻，二〇〇三年五月十四日結的婚。

這麼說，他的估計是對的，孟瓊沒有對他說謊，令他有些不解的是，許宗華調查葉水養腐敗案件的時候，難道就沒有去查葉水養的婚姻狀況嗎？

或許是工作上的疏忽！

他很想知道查金梅和孟瓊到底有什麼協議，以至於她做出那麼大的犧牲？可這種事情是別人的隱私，絕對不會讓外人知道的。

但是那份葉水養、潘建國、柳春桃和余細香四個人簽署的保密協定，也屬於隱私，怎麼就到了一個不相干的外人手裏呢？協議一式四份，也就是說，除了方子元手裏的這份外，還有另外三份，在其中的三個人手裏。

潘武現在跟了孟瓊，而孟瓊是葉水養的老婆，這二者之間是不是有什麼聯繫？他覺得有必要跟潘武見一面，兩人要是見面的話，絕對不能讓第三個人知道。

他在律師事務所的停車場停好車，打算上樓去，打開車門下車時，眼角的餘光看到車後有人影一閃，還沒容他回頭去看，就聽到耳後一陣風響，後腦重重地挨了一下，頭一暈，什麼都不知道了。

當他醒來的時候發覺自己被綁在椅子上，眼睛被黑布蒙著，也不知道置身於什麼地方。他動了一下，聽到旁邊有個陌生的男人說道：「他醒了！」

他問道：「你們想幹什麼？」

那個聲音說：「你就給我們安心在這裏待著吧！」

這些人既然把他弄到這種地方來，肯定是有目的的，絕對不可能就讓他這麼待著。不知過了多久，從外面進來一個人，接著有人上前把方子元身上的繩索解開，他扯掉眼睛上的黑布，看清自己身處於一間面積不大的房間中，面前站著三個男人，其中一個男人正是他想要單獨見面的潘武。

他冷冷說道：「你把我弄到這裏來是什麼意思？」

潘武說道：「你應該知道的！」

方子元說道：「我不知道！」

潘武說道：「我想要一樣東西！」

方子元說道：「是朱時輝給我的東西嗎，我到現在都沒有找到！」

潘武說道：「是那兩個殺手向你要的東西！」

方子元驚道：「你怎麼知道他們向我要什麼東西？」

潘武說道：「一份四個人簽署的保密協定，其中一個人是我爸！」

方子元說道：「你爸的那一份不在你的手裏嗎？你還要那麼多做什麼？」

潘武揮了一下手，那兩個人識趣地退了出去，並把門關上。潘武往前走了兩步，說道：「方律

師，你是聰明人，要想活命的話，就乖一點，不該你知道的事少問。這段時間高源市死的人太多，也不在乎多你一個！」

方子元說道：「我手裏真的沒有你說的什麼保密協議！」

潘武說道：「如果你沒有保密協議，就不會知道余細香這個名字，她已經被人遺忘很多年了！」

既然潘武這麼說，方子元知道瞞不過去，只得說道：「我是葉水養的辯護律師，有一天查金梅在收拾葉水養遺物的時候，發現了那份協議！你既然這麼懷疑我，那兩個殺手一定是你派來的？」

「兩個蠢貨！」潘武罵了一句。

如果潘武想得到另外的三份協議書，就算余細香找不到了，葉水養死了，可還有柳春桃和查金梅呢。不過，憑潘武的本事，是無法明著向她們去要的，只能暗中尋找機會。他說道：「給我一支煙！」

潘武遞給方子元一支煙，給他點上火。方子元吸了幾口，說道：「我在孟總那裏看到你的時候，就知道不簡單！你能夠和她合作，爲什麼不能和我合作呢？殺掉我，對你有什麼好處？再怎麼說，我還幫過你的父親。」

潘武凶道：「幫過又怎麼樣？你以爲我把你弄到這裏來，會輕易放你出去嗎？」

方子元說道：「我沒想過你會放我走，我只不過想幫你而已。其實我看明白了，在整件事中，我只不過是個局外人，朱時輝給了我一樣東西，把我扯進來，後來李飛龍卻要我幫葉水養打官司！」

潘武問道：「朱時輝給過你什麼東西？」

方子元說道：「一張光碟，還有一個裝著幾份資料的文件袋，都是封好的，我還沒來得及看，就不知道丟到哪裏去了！朱時輝出事後，他老婆找過我，要我幫他們打官司，拿到那筆巨額保險金，我還沒開始辦，他老婆就自殺了，留下一張字條，說恨我，弄得我到現在都被警方懷疑。還有那天宋檢察官約我談事，被兩個殺手用槍指著頭，差點沒命，你說我犯得著嗎？」他看著潘武，過了一會兒繼續說道，「你能不能告訴我，到底是怎麼回事。也好讓我死得明白點！」

「也好，看在你幫過我爸的份上，那我就告訴你！」潘武說道，「當年葉水養當化工廠廠長的時候，廠子裏的效益還不錯，可是市裏各部門不斷以各種名義要廠子裏請客吃飯，還多次組織外地的企業來參觀學習，才兩三年的時間，就欠了我爸那個女人的餐費上百萬。廠子裏雖然有錢支付餐費，可上百萬的支出，不要說職工們不答應，就是年終審計那一關也過不了。爲了穩定廠子的效益，應付名目繁多的開支，葉水養把我爸、柳春桃，還有那個女人叫在一起，乾脆從廠子裏拿出一筆錢來在外面做生意，從所得的利潤中拿出一部分支付廠子開支，剩下的四個人平分。他看好房地產業，所以從廠子裏調出了四百萬的資金，在外面成立了天宇房地產開發公司，從事房地產的開發。他們四個人爲了各自的利益，就簽了那份保密協議。那筆錢遲早是要查出來的，得有人背這個黑鍋。我爸主動提出承擔責任，但他提出了兩個條件，第一不能虧待他的家人，第二判刑不能過重。他知道憑葉水養和柳春桃的關係，只要事發後在暗中活動一下，問題應該不大的。」

方子元說道：「事實正如他所想的那樣，他被判了十年，並提前出獄了！」

潘武說道：「第二點他們做到了，但是第一點他們並沒有做到。我爸出來後，去找過葉水養和柳春桃，可他們兩個竟然避而不見。我爸打聽到，原來天宇房地產開發公司管事的人是那個女人的

兒子，可那個傢伙不會經營，一連好幾年都沒賺到錢。爲這事，柳春桃和那個女人鬧翻了，李飛龍知道這事後，派人做掉了那個女人的兒子，從那之後，那個女人就失蹤了。接下來，葉水養派他的情婦孟瓊掌管那家公司，生意做得還不錯。我爸去向他們要錢，可他們不給。」

方子元問道：「既然他們不願意遵守承諾，你爸爲什麼不把那件事捅出去？」

潘武沉痛地說道：「方律師，你不是不知道，他們一個第一副市長，一個的丈夫是公安局長兼政法委副書記，兒子是最大的黑社會老大，我爸怎麼跟他們鬥，弄不好，還沒等他去鬧，人是怎麼死的都不知道！」

方子元笑了一下，潘武所說的問題，確實是有道理的。一個剛從監獄中出來沒多久的小老百姓，怎麼跟他們鬥？他說道：「那你爸是怎麼做的呢？」

潘武斜靠在旁邊的牆上，說道：「一個字，等！」

方子元問道：「等，在等什麼？」

「機會！」潘武說道，「葉水養和柳春桃一直都在合作，我爸不相信他們會一直合作下去，所以他在等一個機會！爲了等這個機會，他不惜把自己變成一個那樣的人，他告我們忤逆，其實是爲了保護我和我哥……」

說到後面，他哽咽著說不下去了。

方子元說道：「可憐天下父母心，他就是怕你們被葉水養和李樹成報復！」

潘武穩定了一下情緒，說道：「在李樹成跳樓的前一天，他和我通了一次電話，他說他把最重要的東西放在了我媽的墳前。我拿回了一張一百五十萬的存單，還有那份保密協議。」

方子元說道：「是他打電話給李樹成，李樹成才跳樓自殺的！只是我想不明白的是，葉水養的死，是哪個人造成的呢？」

潘武冷笑道：「人心不足蛇吞象，他們都該死！」

方子元問道：「你有沒有想過，你爸出獄後，生活一直很困苦，他給你的那一百五十萬，是怎麼來的？」

潘武說道：「我問過他，他只說那是他該得的，連一個零頭都不到，幾天之後，他就出事了！」

方子元問道：「那你有沒有想過，在葉水養和李樹成相繼跳樓之後，你爸爲什麼會出事？」

「很簡單，我爸對他們形成了威脅！」潘武說道，「我打聽過，警方說殺死我爸的人，很可能是個女人，我懷疑三個女人，柳春桃、查金梅和孟瓊！」

方子元問道：「從客觀體力上來說，你認爲柳春桃和查金梅有殺死你爸的本事嗎？我也向警方打聽過，柳春桃和查金梅根本沒有作案時間！」

潘武說道：「但是孟瓊有，可是後來她對我說，我爸出事的那天晚上，她因身體不舒服，住進了婦幼保健院，有住院證明。」

方子元說道：「憑她和葉水養的關係，以及在天宇房地產開發公司的位置，完全值得懷疑，也許那張住院證明正是她爲了避嫌而做的！」

潘武沒有說話，看得出他的內心有些痛苦和矛盾。方子元接著問道：「你現在和孟瓊是一種什麼關係？聯手共同對抗李飛龍麼？」

潘武並沒有回答方子元的問題，而是說道：「你想好怎麼死沒有？我可以滿足你！」

方子元說道：「如果我幫你拿到另外的三份協議書，你還會讓我死嗎？」

潘武問道：「我憑什麼相信你，如果我放了你，你去報警了怎麼辦？」

方子元說道：「就憑我們能夠談這麼久，你把我弄來的目的，不是要殺我，而是要得到保密協議，如果我出去後報了警，警方一時半會兒抓不到你，而我和我的家人卻要面臨你的報復，我沒必要那麼傻，拿我家人的生命開玩笑！」

潘武說道：「你知道就好，你打算怎麼幫我？」

方子元說道：「我答應幫你，至於怎麼幫你，用什麼方式幫你，現在還不能告訴你！」

潘武冷笑了幾聲，大喊道：「來人，把方律師送出去！」

正如方子元被綁架時一樣，他被人蒙著眼睛帶離那間屋子，當他自由後摘下眼罩時，一眼就看到面前那流淌著的江水。

他搭了計程車回到律師事務所，見門前停著兩輛警車，原來有人看到他被人打暈並被抬上了一輛麵包車，於是報了警。在這半個多小時的時間裏，警方正加緊做筆錄，並調查目擊者，以便著手開始尋找。

當他走進律師樓時，所有的人都用一種異樣的眼光看著他，彷彿他是外星球來的人。刑警隊長黃立棟正在跟劉志堅談話，看見方子元後，便上前把情況說了，接著問道：「方律師，是什麼人幹的？」

方子元說道：「我也不知道是什麼人，他們把我的眼睛蒙著，看不見！」

黃立棟接著問道：「他們怎麼會輕易放你回來？」

方子元說道：「他們問了我一些問題，我都如實回答了，就把我放回來了！」

黃立棟繼續問道：「他們問了你什麼？」

方子元淡淡地說道：「黃隊長，我可以不回答嗎？」

黃立棟的臉色有些難看：「你有拒絕回答的權利，但是我也有工作的需要，方律師，就不用我多說了吧？」

方子元說道：「黃隊長，既然你這麼說，那就請到我的辦公室裏，我告訴你！」

兩人進了方子元的辦公室，方子元把門關上，坐下之後，才說道：「黃隊長，我能不能問你幾個私人問題！」

「問吧！」黃立棟一副無所謂的樣子。

方子元問道：「余細香是你什麼人？」

黃立棟說道：「是我媽的堂姐，怎麼啦？就算她與案子有什麼關係，可我和她之間並非直系親屬關係，按照有關規定，我不需要迴避！」

方子元說道：「我可沒說你需要迴避這個案子。既然你肯定了你和余細香的關係，那我問你，你和你的家人真的沒有她近幾年來的消息嗎？」

黃立棟說道：「你問這個做什麼？」

方子元說道：「和上次我被殺手挾持一樣，這次綁架我的人，向我要一份保密協定，那份協定

對他們好像很重要！我到現在都沒弄清余細香和那份協議是什麼關係，我只不過在替潘建國打官司的時候，聽說他的錢都在余細香那裏，只要幫忙找到余細香，他就有錢支付我的律師費。我不知道余細香是什麼人，潘建國也沒有對我說明白。我想我伯母和查金梅都是從化工廠出來的，也許知道一些有關潘建國和余細香的情況，就向她們打聽，沒想到就有人向我要什麼保密協議。」

黃立棟說道：「你沒有對我說謊吧？」

方子元說道：「對你們說謊，我要負法律責任的！」

黃立棟說道：「我所知道的，自從她兒子死了之後，她就失蹤了，一直沒有和我們這些親戚聯繫！」

方子元問道：「李樹成跳樓前接到的那通電話，你們查出來是誰打的嗎？」

黃立棟說道：「案件還在調查中，不能對外透露的！」

方子元說道：「但是有人告訴我，懷疑是潘建國打的！如果真是這樣的話，我有一種預感，葉水養和李樹成跳樓，都與潘建國有關。你們想過沒有，一個從監獄中出來的人，爲什麼要那麼做？他和他們兩個是什麼關係？」

他說完這些，看到黃立棟的臉色漸漸變了。黃立棟問道：「是誰告訴你那通電話是潘建國打的？」

方子元說道：「許處長，我剛才對你說的，就是他對我說過的！」

黃立棟問道：「你和許處長是什麼關係？」

方子元說道：「沒有任何關係，我只不過是葉水養的申訴律師，見過幾面！在談論葉水養的死因時，談到了這些！」

黃立棟叫道：「不可能，他怎麼會和你談這些問題？」

方子元說道：「如果你不信的話，可以直接去問他！如果你覺得一個人不方便的話，我可以陪你去！」

黃立棟起身說道：「我會查清楚的！」

方子元看著黃立棟離去的背影，眼神漸漸迷離起來，他把保密協定的消息散發出去，是想看看所有人對這件事的反應，如此一來，他把自己置入了前所未有的險地。爲了弄清整件事的真相，他只有這麼做。

死了的人已經死了，那麼活著的人，還需要繼續拚個你死我活嗎？

人爲財死，鳥爲食亡。也許當初葉水養召集他們四個人談話，並簽下那份保密協議的時候，就註定了會有這樣的結果。

方子元不想被任何一方利用，他爲了維護自身的利益，必須要布一個局，所有的人都是局中人。而他這個局外人，則扮演著重要的角色。

- 第 18 章 -
權力欲望

報告中並沒有寫明是建造什麼工程，只著重於工程的品質和費用，資料具體到一車沙石和一噸水泥。

這些報告在一般人的眼裏，根本看不出有什麼重要性。但是許宗華卻不這麼認為，這些工程的造價，足可說明一個問題，就是一筆巨額資金的流向。

三天後，李樹成的遺體告別儀式在殯儀館舉行，不愧是高源市有史以來最大規模的追悼會，各單位和個人送來的花圈，把整個殯儀館裏裏外外全堆滿了，有的還堆到了馬路邊。不僅僅是市委市政府及單位的頭頭們，光是公安戰線就來了數百人，整整齊齊地排著隊，好像在等待李樹成檢閱一樣。

半個多月前，葉水養的遺體告別儀式也是在這裏舉行，相比之下，就顯得寒磣多了。當然，政府方面的態度也不一樣，一個是畏罪自殺，一個是工作中發生意外。對於李樹成的跳樓事件，政府部門公佈的情況是他在工作中意外失足墜樓的。

最忙的就屬那些記者們，轉來轉去的，捕捉著每一個能夠勾勒出主題思想的畫面。市內的幾大媒體報紙，也都高調地發佈了相關的新聞。

方子元作爲家屬，站在伯母的身邊，看到胸前別著白花的余德萬跟在市委書記的身後，圍著李樹成的冰棺轉了大半個圈，來到家屬的面前，用一種近乎傷痛的口氣表示了慰問。

遺體告別儀式結束後，就要趕到市政府的大禮堂，在那個可以容納上千人的禮堂裏開追悼會。方子元看著李雪晴陪著伯母離開，他卻往另一邊走去。因爲他要留下來陪伯父走完最後一程。

警方在周圍布下了天羅地網，只要李飛龍一出現，立馬就會被捉住。

在這樣的情形之下，相信李飛龍是不會露面的。

方子元看著幾個戴著口罩的殯儀館工作人員，在眾多人的注目下，將冰棺推了進去。當他注意到其中一個人的背影時，眼睛頓時一亮，但他沒有表露出太多的疑問表情，迅速將眼神從那人身上移開。

他確認自己沒有看錯，那個人就是李飛龍。不愧是高源市的黑社會老大，膽子夠大的。他定然有恃無恐，否則也不敢來。

當他看到站在門口尚未離去的趙有德，也正用同樣詫異的目光望著那個人時，連忙走上前對趙有德說道：「趙局長，上次在我伯母家裏，我說話實在太衝，還請你多加諒解！」

那幾個工作人員推著冰棺進去了，趙有德的目光還望著那邊。

方子元接著說道：「黃隊長向你彙報過沒有？」

趙有德收回目光，問道：「他向我彙報什麼？」

方子元說道：「那天我在律師樓門口被人打暈綁架走，後來又放了回來，他找我談過話，我都告訴他了，他沒向你彙報嗎？」

趙有德問道：「你們都談了什麼？」

方子元低聲說道：「就是有關一份牽扯到我伯父和葉市長的秘密協定，簽署那份協定的其中一個人，是他母親的堂姐，叫余細香。」

「余細香！」趙有德皺起眉頭，「我好像聽說過這個名字，你還和黃隊長談了什麼？」

方子元低聲說道：「這裏不是說話的地方，走，上車談。」

兩人離開殯儀館，上了趙有德的專車，趙有德對司機說：「去市委！」

他好歹是市委常委之一，而且曾經是李樹成多年的下屬，沒理由不出現在追悼會的主席臺上。連追悼致辭他都已經命人寫好了，就放在他的口袋裏，等輪到他講話的時候，拿出來照著念就行。

他看了一眼方子元，示意對方可以說了。

方子元也不想隱瞞，便把那天對黃立棟說過的話全說了出來。

趙有德聽完之後，瞪著眼睛說道：「黃隊長可從來沒有對我說過這些，這麼說，那四份協議書真的很重要。」

方子元說道：「如果不重要的話，會有人爲他死嗎？」

趙有德問道：「那四份協議現在在誰的手裏？」

方子元說道：「我也不太清楚！」

這個問題的答案，他留給趙有德去思考，這個在殺手詹強已經放下槍之後，還命令特警開槍擊斃詹強的人，興許也是有問題的。

方子元要車子順道繞過律師樓，說回去辦點事，追悼會就不去參加了。

他剛進辦公室，就見助理跟進來，手裏拿著一封信，說：「方律師，這是寄給你的！」

他經常收到一些私人信件，沒有經過他的允許，助理是不會打開看的。信封上只有律師樓的地址和他的名字，並沒有寄出地址，他一看上面的郵戳，是本市的一個街道郵局。他去過那個街道辦，向那裏的工作人員打聽過那所小院中的主人的背景。他知道那個叫袁夢嬌的老太婆和朱時輝的關係。

他坐在辦公椅上，撕開了信，從裏面抽出一頁紙來。

這是一份聲明，內容很簡單，就是取消他爲朱時輝人身意外賠償金一案打官司的代理權。下面的署名是袁夢嬌，日期是兩天前。

看完這份聲明，方子元愣住了，委託他爲朱時輝人身意外賠償金一案打官司的人是吳雅妮，吳

雅妮自殺後，按法律的有關規定，他和吳雅妮之間的協議已經終止，但只要朱時輝親人沒有提出解除協議，他仍可繼續維持和吳雅妮之間的協議。現在，作爲朱時輝的領養人袁夢嬌向他發出這份聲明，他就沒有任何權力去辦這宗案子了。

令他想不明白的是，袁夢嬌爲什麼要這麼做。那天他和她見面的時候，她還對他說，不在乎能夠拿到多少賠償金，也就是說，她當時並沒有意向代表吳雅妮或朱時輝取消和他的協議，究竟是什麼原因，讓她發出這份聲明的呢？

在辦公室內坐了一會兒，他決定去一趟，當面問個清楚。

方子元開車來到上次到過的地方，將車子停在胡同口，步行進去。胡同內並沒有幾個人，只有兩個小孩在相互追逐，在胡同的盡頭，可以看到那座青磚碧瓦的小院的樓臺，但那院子的門卻緊閉著。

其實小院的那邊有一條比胡同還寬的小街道，從另外一條路過去，可以把車子直接停在院門口，但是他並沒有那麼做。他想走走路，讓自已有充裕的思考空間。

以袁夢嬌那種孤僻的性格，他要想進去，恐怕不是那麼容易。不過，他已經有了最壞的打算，不管怎麼樣，見到袁夢嬌之後，把他心裏的話說出來。不爲別的，就爲吳雅妮珍藏了那封他當年寫給她的情書。朱宇翔現在是有她照顧，可她畢竟是那麼大年紀的人，誰也說不準哪天會怎麼樣，而朱宇翔還小，得從長遠的角度替孩子考慮。

距離那座小院還有一段路的時候，一輛警車從小街上駛過來，在院門口停了一下，接著開走了。他看到從警車上下來的一個人，正是他在院子裏見到的那個老女人。老女人開門進去隨手關門，前後不過幾秒鐘，手腳還挺麻利的。

一個被人家收留的老女人，怎麼可能被警車送來？若是老女人在街上遇上什麼事求助於警方，而被警車送來，絕對不可能那麼快進門，最起碼下車後要叨念幾句感謝的話，甚至邀請送來的員警進去坐坐，喝杯茶以示感謝。

絕對不可能這麼悄無聲息。

當他快步追過去的時候，哪裏還見那輛警車？

他在門口停留了片刻，走上臺階敲了敲門。過了一會兒，門開了，正是那個老女人開的門，她乍一看到方子元，臉色顯得極不自然，冷冰冰地問道：「你來做什麼？」

方子元大聲說道：「我想見見袁老夫人！」

老女人說了一句「老太太身體不好」，就要把門關上。方子元用力把門抵住，低聲說道：「袁夢嬌的丈夫是民國時候高源市的名士，稱呼其爲老夫人是一種尊敬，並不爲過。

老女人的臉色頓時大變，手一鬆，讓他把門推開了。但她仍攔在他的面前，低聲問道：「你到老夫人知不知道你是誰？」

方子元說道：「我已經說過，我就想見見袁老夫人，說幾句話就走！」

院子裏傳來袁夢嬌的聲音：「是誰呀？」

老女人回頭道：「那個律師，他想見你！」

方子元大聲說道：「袁老夫人，你不爲你自己著想，也應該爲死去的朱時輝和吳雅妮想一想！我就和你說幾句話，就幾句！」

袁夢嬌說道：「讓他進來吧，看他說什麼！」

方子元走了進去，見袁夢嬌仍躺在上次見面時的躺椅中，椅子的旁邊有一張方凳，上面放著一個精緻的茶壺。他走到她面前，在石凳上坐了下來。

袁夢嬌淡淡地問道：「我寄給你的東西，你收到了吧？」

方子元說道：「我已經收到了，我之所以來找你，是想告訴你，朱時輝在出事之前替自己買下巨額保險，因爲他知道自己一定會死，而且在出事前，交給我一個文件袋，說裏面的東西很重要！而且吳雅妮在……」

他的話還沒有說完，袁夢嬌從躺椅上欠起身問道：「他給你的東西在哪裏？」

方子元說道：「由於我的疏忽，那個文件袋遺失了。吳雅妮自殺後，留了一張字條在身邊，說是恨我！我並沒有對不起他們，他們沒有必要恨我，我到現在都沒弄明白是什麼意思！」

袁夢嬌問道：「你來就是要告訴我這些？」

方子元說道：「你有沒有想過，你的年紀這麼大了，萬一……」他停頓了一下，接著說道，「朱宇翔還小，他……」

袁夢嬌問道：「你想怎麼幫他？」

方子元說道：「一個從小就失去父母的孩子，內心的創傷是別人不能感受到的，必須給他一個溫馨和安定的生活環境。你應該知道，對他而言，有錢買不來幸福！」

袁夢嬌問道：「你想領養他？」

方子元說道：「有這個想法。請你放心，我只是……」

袁夢嬌打斷了方子元的話，問道：「難道你敢說你沒有其他企圖？我已經打聽過了，我這套院子，按照當前的市值算，少說也有一千五百萬！」

方子元微笑著說道：「你可以立下遺囑，百年之後將這座小院捐給政府，修建成老年人療養院。至於朱時輝的遺產，可以直接由銀行進行封存，在朱宇翔二十歲之前，任何人都不得以任何名義動用！」

袁夢嬌問道：「那你這麼做，圖的是什麼？」

方子元將自己讀書時候寫給吳雅妮那封情書，而吳雅妮一直保存情書的事情說了，最後說道：「我不爲別的，就因爲他是吳雅妮的兒子。我是律師，一年的收入不下一百萬，養活他完全不成問題！」

袁夢嬌沉默了一會兒，說道：「我知道了，你先回去吧！」

方子元微微笑了一下，轉身離開。

出門的時候，他回頭望了一下，見那個老女人的眼睛死死地盯著他。說實在的，他並不知道對方是什麼人，剛才說的那句話，只不過想忽悠一下對方。

出門之後，他又回頭望了一下那緊閉的院門，背脊上竟然有一種莫名其妙的涼意。他對自己說：「我這是怎麼啦？」

李雪晴向單位請了一個月的長假，為了陪伯母柳春桃，她不惜狠心將女兒託付給小姑子照顧，每天晚上空閒的時候，她都會打電話回去，跟女兒聊一聊，免得一段時間不見面，母女之間顯得生疏了。

自從伯父出事後，伯母的表現並不像她所擔心的那麼糟，特別是在伯父去世後，伯母顯得很平靜，正是這份平靜，令她更加不安。

每天都有各個單位的領導來家裏慰問，人來人往的。李雪晴自作主張，請了一個做家政的阿姨來，幫忙收拾屋子倒茶。

今天下午沒有什麼客人來，柳春桃坐在沙發上默默地喝茶，眼神有些迷茫，但神態很平和，也很少說話。傍晚的時候，等阿姨做好晚飯，李雪晴去叫伯母吃飯，卻聽伯母低聲說：「叫子元一起來吃吧，我有事要跟他談！」

說完之後，她又吩咐那個阿姨先回去。

李雪晴打了方子元的手機，得知他正要回家，便把伯母的意思說了。二十多分鐘後，方子元從外面走了進來。這些天她忙於照顧伯母，和丈夫都很少見面說話，當下一見，他似乎瘦了一些，氣色也不太好，眼神中似乎含著一抹焦慮。

柳春桃已經坐到飯桌邊，見方子元進門，便招呼道：「子元啊，來，一起吃飯！」

方子元以前和妻子來李樹成家，伯母都對他不錯，有幾次還親手做他喜歡吃的菜，其實已經把他當成半個兒子了，而不是侄女婿！

方子元叫了一聲「伯母」，和李雪晴一起，在桌旁坐了下來。桌上的菜很簡單，都是普通的家常菜，都比較清淡。

桌角上放了一瓶茅臺，柳春桃伸手把瓶子打開了，低聲說道：「這瓶酒是他珍藏了十幾年的，說是留到他退休的那一天再喝，現在他喝不到了，我們喝了吧！」

酒一倒出來，滿屋子頓時芳香四溢，不愧爲珍藏多年的好酒。方子元禁不住輕抿了一口，入口綿柔香醇，唇齒留香，忍不住說道：「好酒！」

李雪晴笑道：「當然是好酒，讓你喝你就喝唄！」

方子元知道伯母能喝酒。有一次陪李樹成的朋友吃飯，一斤多白酒的量，當場就把兩個男人喝趴下了。於是他們夫妻倆連番上陣，敬了伯母好幾杯！

柳春桃的興致似乎也很好，來者不拒，端起杯子一口乾了。很快一瓶酒就見了底，她又從酒櫃中拿了一瓶出來。

酒櫃裏有李樹成珍藏的一些好酒，其中不乏有價值十幾萬的路易十三。但中國人就喜歡喝茅臺，只有在一些特殊場合，才喝洋酒。

當第二瓶茅臺見底的時候，方子元已經有了九分醉意，說話開始含糊不清，表示不能再喝了。李雪晴見伯母一副不醉不甘休的樣子，忙起身勸慰：「伯母，子元的酒量不行，他已經醉成那樣了，你年紀大，也少喝點！」

柳春桃說道：「我沒事，你們倆要是不能喝，那就別喝了。雪晴，你今天晚上也不用陪我，回去吧！」

聽伯母這麼說，李雪晴更不會回去了。她見方子元已經醉了，將頭靠在桌子上瞇起了眼睛，便

把他面前的那杯酒拿過來，一口乾了。

柳春桃起身走到方子元的面前，推了推他說道：「子元，你可別醉，我還有事要和你說呢！」

李雪晴說道：「伯母，有事你跟我說也一樣！」

柳春桃走到旁邊的一個鞋櫃裏，從裏面拿出一個文件袋來，說道：「這是那次子元落在這裏的，我給藏起來了，本來想還給他，後來才知道有人爲了這個東西已經出事了，所以就一直沒有拿出來。」

她把那個文件袋放在方子元的身邊。

李雪晴也聽方子元說過這個文件袋中東西的重要性，忙起身替他把那個文件袋放進他的背包中。第三瓶酒喝到一半的時候，李雪晴也挺不住了，額頭直冒虛汗。柳春桃也有了一些醉意，她搖晃著起身，往樓上走去。

李雪晴硬撐著將伯母送上樓去休息，返身下樓的時候，見方子元的身邊站著一個男人。她並不認識這個男人，出入伯母家這麼多年，也從來沒有見過這個男人。她警覺地問：「你是誰？」

那個男人不慌不忙地說道：「如果我沒有猜錯的話，你是方子元的愛人，叫李雪晴，是不是？」

李雪晴不客氣地說道：「我只問你是誰，再不說我就要報警了！」

那個男人說道：「你好，我是他的大學同學，我叫蘇剛！」

「蘇剛？」李雪晴似乎回憶起來，她聽方子元說過這個名字，好像在省城某個單位上班，現在被借調到調查組，就在調查高源市的事情。她說道：「你來這裏做什麼？」

蘇剛說道：「拿一件很關鍵的東西！」

他說完，從方子元的背包中拿出那份文件，朝李雪晴揮了揮手，轉身離開。可他還沒走兩步，側面一個房間的門開了，李飛龍的手裏舉著一支手槍，對準了蘇剛。

蘇剛問道：「你想幹什麼？」

李飛龍說道：「不是我想幹什麼，而是你想幹什麼。別忘了，這是我家，你未經我的同意擅自進入，和做賊沒有區別！」他見蘇剛盯著他手裏的槍，於是繼續說道，「我擁有的是合法槍支，對於你這種有危險的人物，可以在示警之後將你擊斃！」

蘇剛知道李飛龍說的不是假話，李飛龍曾經在市公安局的防暴大隊當過中隊長，經過特殊的軍事訓練，並合法擁有自己的槍支。雖然他下海經商，可並沒有辭職，仍屬於防暴大隊的人，持槍證也一直沒有註銷。

蘇剛笑了一下，低聲說道：「既然你這麼說，那就請開槍吧！但是我要告訴你，你這間屋子可不是全封閉的！」

他的意思很明白，就是讓李飛龍知道槍聲會傳出去！

李飛龍說道：「我知道，外面還有你的同事！只是我有點不明白，你爲什麼不和他們一起進來，而讓他們在外面等呢？」

蘇剛冷笑道：「如果我和他們一起進來，你還能這麼得意地和我說話嗎？」

李飛龍說道：「這麼說，你是在幫我？你我都知道，其實你是在幫你自己！如果你在這件案子上立了大功，接下來可就前途無量了，我說得對吧？」

蘇剛說道：「是又怎麼樣？如果你聰明，請放下槍跟我走，配合我們的調查取證工作。」

李飛龍說道：「你認爲我會乖乖地跟你走嗎？」

蘇剛說道：「你現在已經是被通緝的人，你認爲還能躲得掉？與其被抓獲，還不如主動投案，給自己一個立功表現的機會！」

李飛龍慘然地說道：「我爸已經被逼死了，沒有我爸，你認爲我還有機會嗎？」

蘇剛說道：「沒有人逼他，是他自己跳的樓！」

李飛龍大聲說道：「你當我是三歲的孩子嗎？換成是你，你會平白無故地跳樓嗎？」

蘇剛說道：「正因爲如此，我們才要調查事情的真相！」

李飛龍看著蘇剛手裏拿著的東西，說道：「你們在我和他的手機裏裝了竊聽器，別以爲我不知道，剛才我媽把那份文件交還給他，你得知他已經喝醉了，我堂妹扶我媽上樓，所以就進來想拿走那份文件！你放心，外面的人聽不到我們之間的談話，我已經啓動了無線干擾系統！」

蘇剛說道：「如果我五分鐘之後還沒有出去，或者沒有和他們打聲招呼，他們就會進來了！」

李飛龍放下槍，看了一眼站在樓梯上的李雪晴，對蘇剛說道：「你跟我進來，我只單獨跟你說幾句話，那份文件你也可以拿走！」

李雪晴看著蘇剛和李飛龍進了那間屋子，她下樓後走到方子元的面前，推了推他，見他閉著眼睛睡得正香，只得用力把他拖到沙發上躺好，蓋上一床毛毯。當她做完這一切的時候，見蘇剛從小屋子裏出來，默默地看了她一眼，轉身走了出去。

她不想知道李飛龍對蘇剛說了什麼，只求平平安安地熬過這一陣。她在方子元的身邊坐了下來，待了一會兒，感覺眼皮越來越重，不知什麼時候，她也睡了過去！

許宗華皺起了眉頭，兩天之前，他委託在省城的朋友打聽的事情，也已經有了音訊。本次下來的調查組工作人員中，那個叫王林的人，是省委副書記王廣院的侄子。王廣院當過高源市的市委書記，那時候，葉水養在外經辦工作，王廣院離開高源市時，葉水養升爲外經辦副主任，之後去了上槎縣當副縣長。

若不是因爲王林，許宗華無法將葉水養和王廣院聯繫到一起。葉水養跳樓的時候，王林就在外面的房間裏，初步的調查中，他並沒有對王林產生懷疑，只是王林在後來的行動上，引起他的注意。現在，他完全有理由懷疑，也許王林事先知道葉水養會跳樓，所以在葉水養進去那麼長的時間內，不顧自己的職責，強拉著另一個工作人員莫志華下象棋。

而事件發生後，王林不顧調查組的紀律，頻繁與高源市的某些領導人物見面，實在可疑。

懷疑歸懷疑，許宗華要的是證據。

若沒有有力的證據，誰都無法斷定他們之間到底有什麼關係。

他的手裏拿著那份文件袋裏的資料，這個文件袋是蘇剛交給他的，蘇剛說，文件是在李樹成的家裏找到的，朱時輝出事之前，將文件袋交給了方子元，沒想到方子元把袋子落在了李樹成的家裏，被柳春桃隨手放了起來。

記得方子元說過，朱時輝把這個文件袋給他的時候，一再聲明這個文件袋裏的東西非常重要。或許朱時輝的死，也與這個文件袋有關。

文件袋中裝著三十幾份建築工程的報告，從報告上看，每個工程的造價在八十萬到一百五十萬之間。報告中並沒有寫明是建造什麼工程，只著重於工程的品質和費用，資料具體到一車沙石和一噸水泥。

這些報告在一般人的眼裏，根本看不出有什麼重要性。但是許宗華卻不這麼認爲，這些工程的造價，足可說明一個問題，就是一筆巨額資金的流向。

在文件袋裏還有一張光碟，設置了訪問密碼。據專家說，要想破解光碟的密碼，最快也要三天的時間。

三天就三天，反正三天之後，就能知道光碟裏是什麼內容了。

據跟蹤方子元的調查小組所掌握的情況看，那個在下面幾個縣市多次出錢建造希望學校和養老院，卻不願透露身分的人，就是朱時輝。

此人並不是善類，也沒有捐款行善的記錄。年輕時候的朱時輝是個打架王，因故意傷人先後入獄三次，在高源市的黑道上，也算是一個知名人物。五年前第三次出獄後，性格改變了許多，爲人比較低調，後來在李飛龍手下的一家夜總會當經理，家裏經濟條件不錯，可也不屬於富得流油的那種。

朱時輝與方子元雖然是高中時候的同學，由於兩人屬於不同階層，所以並沒有太多的聯繫。但是朱時輝的老婆吳雅妮在自殺後留下一張字條，上面的內容顯示，方子元與吳雅妮之間，似乎關係不同一般。

據調查小組彙報，方子元兩次去了位於老城區的一座小院，那座小院的主人，是本市已故名士朱開遠的遺孀袁夢嬌，這個叫袁夢嬌的女人，正是收養朱時輝的人。袁夢嬌謝絕了社區爲她找的貼身服務人員，幾年前收留了一個鄉下的老女人。朱時輝和吳雅妮死了之後，他們的兒子朱宇翔跟著袁夢嬌和那個老女人生活在一起，日子過得很平靜，不喜歡被人打擾。

根據各小組調查後的報告顯示，朱時輝和袁夢嬌都不可能拿出那麼一大筆錢來做慈善事業，顯然他在幫別人辦事。

目前，只要找到那個委託朱時輝辦事的人，就等於找到了整個案件的關鍵。

也許，答案就在那座小院中。

方子元醒來是第二天一早，他是被手機的鈴聲吵醒的，睜開眼睛的時候，看到伯母正從洗手間裏走出來，他老婆李雪晴就躺在他的身邊，睡得正香。

他一看手機的來電顯示，居然是宋玲玲。自從那天在酒店發生那件事之後，他們就沒有再聯繫了，雖然他有時候不由自主地想到她，可一想眼下的事，便打消了那種念頭，多一事不如少一事，以免到時候給雙方帶來不必要的麻煩。

他怕吵醒李雪晴，走到外面的院子裏接聽電話。

對方顯得很客氣：「你好，請問你是哪位？」

號碼是宋玲玲的號碼，但聲音卻是男人的聲音。方子元愣了一下，回答道：「我是方子元律師，這不是宋檢察官的手機號碼嗎？」

律師和檢察官認識，是很正常的。

對方說道：「是的，是宋檢察官的手機號碼，我們只是根據上面的聯繫人，確認對方的身分！」

方子元的心沒來由地一抽，問道：「她怎麼了？你們是什麼人？」

對方說道：「我們是市交警隊的，宋檢察官在上班的路上被一輛無牌照的黑車給撞了……」

方子元急道：「怎麼樣，她沒事吧？」

對方說道：「據現場目擊者說，她站在路邊正給別人打電話，那輛黑車是直接朝她撞過來的，撞倒她之後，車上的人還下車看了一下，之後就上車逃走了。」

對方並沒有回答方子元的問題，但是方子元已經聽出來，宋玲玲遭遇了橫禍，他說道：「如果需要我協助調查的話，請給我來一個電話！」

那邊說了一聲謝謝，就把電話給掛了！

方子元用手揉了揉有些腫脹的眼皮，昨天晚上酒確實喝多了，幸虧是好酒，要不然，這腦袋還不知道得有多漲，弄不好，一整天都暈暈的，什麼事都做不了。

記得葉水養的秘書莊東林和律師程明德相繼出事後，他就懷疑自己和宋玲玲也會出事，不過宋玲玲在酒店裏對他說過，她不管怎麼說，都是政府部門的公職人員，而且與李飛龍的關係密切，換言之，她認為自己會沒事。

那輛黑車上的人是受命去殺她的，目標非常明確。方子元有些想不明白的是，李飛龍為什麼要派人殺掉宋玲玲？

就在他低頭苦思冥想的時候，李雪晴從屋子裏出來，看見他在院子裏，忙上前將他扯到院子的一處角落裏，低聲把他醉酒後的事情說了。

方子元聽完之後，臉色凝重起來，這麼說來，李飛龍不知道跟蘇剛說過什麼，讓其帶走了那份非常重要的文件袋。

既然李飛龍還在家裏，爲什麼警方對他通緝了那麼久，卻沒有人上門來抓呢？

想到這裏，方子元頓時覺得頭大了許多。雖然李樹成已經死了，可還有人在幫李飛龍，那個人究竟是誰呢？

他很想問一問，爲什麼要殺宋玲玲？可是他不敢，低聲將自己的顧慮對妻子說了。

就如已經死去的莊東林和程明德一樣，宋玲玲的死，是有人不想她洩露秘密。

李雪晴說道：「他是我堂哥，不可能連你也下黑手吧，我還想著萬一他那個的話，我們兩個要給伯母送終呢！」

方子元說道：「人不利己天誅地滅，像他那樣的人，爲了自己的利益，什麼事都能幹得出來。都什麼時候了，他還管得了那麼多！」

李雪晴說道：「我不管，你是我老公，如果你有什麼意外，我和女兒怎麼辦？不行，我這就找他說去，今天他非得給我一句話不可！」

說完後，她轉身就走，方子元連忙跟過去。兩個人進了屋，見伯母從樓上下來。李雪晴上去說道：「伯母，子元說檢察院的那個宋檢察官被人撞死了，他懷疑是哥派人幹的，之前葉水養的秘書和他的同事都……」

正說著，見那間房間的門開了，李飛龍從裏面走出來，他對方子元說道：「子元，我可以明明白白地告訴你，程明德和莊東林，還有宋玲玲的死，都和我沒有半點關係，我也想知道是誰幹的！」

方子元問道：「那之前的朱時輝和吳雅妮呢？」

李飛龍說道：「朱時輝是自己撞車死的，信不信隨便你，連我都不知道他為什麼要那麼做！還有你那個初戀的女同學吳雅妮，她死的那天晚上，鄰居見到一個男人從她家出來，根據現場的痕跡看，她好像是自殺的，但作為一個具有反偵查能力的人來說，要想製造那樣的現場，並不是難事！」

方子元想不到李飛龍居然會說出這樣的話，一時間，他竟無法分辨出這些話有多少可信度。

李飛龍接著說道：「你應該知道我現在是一個被警方通緝的人，可我就在自己的家裏，他們也上門來過幾次，居然沒有抓到我，你知道為什麼嗎？」

方子元有些茫然地搖頭，其實這個問題他早就想過，也已經有了答案，可在李飛龍面前，他就算知道也不能說。

李飛龍繼續說道：「你是聰明人，應該知道什麼是『鷸蚌相爭，漁人得利』。」

方子元微微笑了一下，李飛龍知道那麼多警方內部的情況，肯定是有人告訴他的。也不知道他用了什麼辦法，居然能夠讓蘇剛就那麼離開。看來，李飛龍身上，還有許許多多不為人知的秘密。或許蘇剛那麼做，有那麼做的道理。

李飛龍見方子元不說話，但眼神中充滿了懷疑，他往前走了幾步，說道：「你有什麼問題，就儘管問，我媽在這裏作證，我會把我所知道的告訴你，怎麼樣？」

聽李飛龍這麼說，方子元倒有些不好意思起來，他想了一下，說道：「其實我是個局外人，所有的事情都跟我沒有關係，對不對？」

李飛龍笑了一下，說道：「朱時輝不是笨蛋，他把文件袋給你的時候，就已經把你拉進來了。

他以爲這麼做，會讓我有所忌憚，但是他錯了！他以爲我不會放過他，其實我早就想明白了，我和他是一條船上的，誰也跑不了！」

方子元聽得有些雲裏霧裏的，說道：「他把文件袋給我的時候，確實是要我向你求情的！可是……」

他沒有繼續說下去，因爲他想起李飛龍剛才說過的「鷸蚌相爭，漁人得利」那句話，這麼說來，是有人在幕後搞事，那個躲在後面的人，會是誰呢？

他想起那個被人殺掉的潘建國，聽說李樹成跳樓之前接的那通電話，就是潘建國打的，以潘建國的能耐，絕對不可能只打一通電話，就能令李樹成跳樓。或許在潘建國的背後，隱藏著那個最爲陰險的人物。

李飛龍說道：「對葉水養的舉報，又不是現在才開始的，爲什麼偏偏在領導班子換人的這個節骨眼兒上出了這麼多事？你不是官場中的人，有些問題不是你想得那麼簡單！當一個人對權力的欲望過度奢求的時候，便會導致心理上的畸形。他們每個人都很累，不是因爲日常工作，而是錯綜複雜的人際關係和鉤心鬥角，就像一根緊繃的弓弦，每天都在拚命地拉，說不定在什麼時候遭到某件事的打擊，弓弦一下子繃斷，使他們瞬間失去判斷能力，在未來得及思索問題的情況下選擇了極端的方式結束自己的生命！」

聽了李飛龍的這番話，方子元不禁有些肅然，認識李飛龍這麼多年，還是第一次聽他說出這樣的話。站在他面前的李飛龍，並不是一個不學無術，靠家庭勢力強取豪奪，兇殘而冷血的黑社會老大，而是一個看透社會和人生，富有思想的心理專家。

這麼說來，葉水養和李樹成的死，都屬於這種情況。

方子元問道：「你對蘇剛說過什麼？他爲什麼要放過你？」

李飛龍笑道：「我只不過對他說了幾句我該說的話，他是官場中人，不用多點撥，就知道其中的利害關係。」

方子元豁出去了，大聲說道：「誰都知道高源市黑社會的虎老大是個很厲害的人物，我認識你這麼多年，都不知道你就是虎老大，這麼多年來，你敢說你沒有做過一件違法的事？」

李飛龍冷笑道：「對某些人而言，我做過的那些事又算得了什麼呢？我可以告訴你，在高源市，無所謂法不法，難道你不這麼認爲嗎？」

方子元想了一下，說道：「你的意思是，所有的事情都和你沒有關係，是有人在背後搞鬼？」

李飛龍點了點頭，說道：「所以我想查清楚那個人是誰！」

方子元問道：「你認爲會是誰呢？」

李飛龍有些得意地笑了一下，說出了一個人的名字。

方子元的臉色頓時變了。

- 第 19 章 -
案中有案

葉水養已死，李樹成已經跳樓，公安局長的位子肯定是趙有德的，一個有正常思維的人，不會去為一件失去價值的東西冒那麼大的風險。若拋開官場爭鬥，趙有德又憑什麼要那麼做呢？

許宗華覺得有些不可思議，他的眼睛一刻都沒有離開過放在面前的那兩頁紙，一張是李樹成向葉水養借款兩千萬的借條，另一張是協議書，上面分別簽著葉水養、潘建國、柳春桃和余細香四個人的名字。

他暫時無法斷定方子元對他說的那些話裏面，有多少真實的成分，作爲李飛龍的堂妹夫，不排除他爲李飛龍洗脫的嫌疑。但有一點可以肯定，那就是葉水養所貪污的那些錢的去向。

他低聲問道：「你的意思，朱時輝在幫葉水養辦事？」

方子元說道：「我只能這麼想，他們不想讓人知道，也許有他們的苦衷！」

許宗華問道：「葉水養爲什麼要把自己貪污的錢拿出來做那些事，他是常務副市長，完全可以通過正規的管道，通過政府部門撥款來做那些事的！」

方子元說道：「你知不知道，一筆政府部門的專項撥款，真正落到實處的，還能剩下多少呢？還有，政府部門出面招標的專案，又有多少能真正讓人放心的呢？」

許宗華微微點了一下頭，方子元說的也是一種現實。如此一來，就不難解釋爲什麼那些報告上都詳細寫明品質和每筆費用了。

方子元接著說道：「作爲一個領導人物，在特定的環境之下，不得不受賄。或許葉水養良心發現，他那麼做，是在爲自己贖罪！」

許宗華皺著眉頭沒有說話，腐敗官員用另一種方式替自己贖罪的案子，在他手上就曾經辦過一宗。當事人供述的時候，只說那麼做，心裏會好過一些，另外還有一種想法，就是將來一旦出事，考慮到當事人做過有益社會的事情，在量刑上也許會輕一些。

調查組曾經去上槎縣調查過，上槎縣是一個貧困縣，身爲副縣長的葉水養在那裏任職期間，辦過幾件實事，口碑還不錯，並沒有做出什麼違規的事情，就算再怎麼貪污，也不可能有兩千萬借給李樹成。再者，李樹成借那麼多錢做什麼呢？

可惜這兩個當事人已經死了，沒有人會告訴他答案。

許宗華點燃了一支煙，緩緩說道：「他是葉水養的什麼人，葉水養憑什麼信任他，還把這兩件重要的東西交給他？」

對於這個問題，方子元在來的路上也想過，可他找不到答案。一個是堂堂的常務副市長，另一個是孤兒出身的黑道人物，這兩個社會階層和生活空間完全不同的人，很難讓人聯繫到一塊兒。

許宗華接著說道：「你說趙有德就是整件事的幕後黑手，那只是你的懷疑，你是律師，應該知道凡事都要講證據的。」

在那個已經放下兇器的殺手被當場擊斃後，許宗華就已經對發出命令的趙有德產生過懷疑。不錯，以趙有德的身分，完全可以從警方對方子元的手機監控中，得到有關協議書的消息，從而派殺手前去索要，在殺手失手後，不顧一切下命令予以滅口。若從官場權力內鬥的方面去考慮，他認爲趙有德完全沒有必要那麼做。葉水養已死，李樹成已經跳樓，公安局長的位子肯定是趙有德的，一個有正常思維的人，不會去爲一件失去價值的東西冒那麼大的風險。若拋開官場爭鬥，趙有德又憑什麼要那麼做呢？還有，在警方對李飛龍發出通緝之後，趙有德爲什麼又要暗中和李飛龍互通消息？

趙有德扮演的，究竟是什麼角色？

方子元說道：「我知道的就是這些，只是對你的調查工作提供幫助，希望你查清整個案子的來龍去脈，給死者一個安慰！法律對於犯過錯的人，是通過有效的措施和手段使其改過自新，而不是嚴懲！」

他把自己那個被裝了竊聽裝置的手機拿出來，放在許宗華的面前，繼續說道：「其實我早就知道你們在我的手機上做了手腳。只是你們沒有想到，李飛龍在他家裏裝了反竊聽裝置，我和他說的那些話，你們的人聽不到！我建議你和趙局長談一談，或許能有所發現！」

說完後，他起身走了出去。其實他很想知道，許宗華爲什麼要把調查報告給葉麗，那麼做的目的究竟是什麼，但是他明白，每一個辦案的人都有自己的辦案方式。正如某位哲學大師說過的，有些事情最好不要追究答案，因爲答案或許出乎你的意料。

許宗華看著方子元的背影，眼神變得有幾分複雜。當初上面要他帶隊到高源市來調查，他就知道此案不同一般，按他所想，只要把葉水養的案子查清了，就沒有他什麼事，接下來的案件可由高源市紀委和公安部門聯合調查，調查組完全可以撤回省城。可是報告打上去那麼久，電話也不知道打了多少個，上面並沒有讓他們回去的意思。聯想到王廣院的侄子王林在高源市的動作，他似乎領悟到了什麼。

如果不是方子元告訴他李飛龍和蘇剛談過話的事，他根本想不到，他最爲器重的人，居然也會有事情瞞著他。若真是這樣，整個調查組裏面，調查中還有多少事瞞著他呢？那些人又是出於什麼目的這麼做的呢？

古往今來，許多人都堅持著一種處世理念，那就是明哲保身，在各方勢力的利益衝突中，扮演著不倒翁的角色，任何人都不得罪。

他看著案桌上那厚厚的卷宗，眼神逐漸迷離起來。

警方在郊區找到了撞死宋玲玲的黑車，但兇手已經逃去無蹤，警方正在根據各種情況加緊查案。

方子元回到了律師事務所，坐在辦公室裏接連抽了三支煙，他之所以去找許宗華，說出那些話，是因爲他不願再這麼折騰下去了。那兩張東西在他身上，就像兩顆定時炸彈一樣，隨時都會爆炸。

儘管李飛龍對他說的話並不多，可他已經從那些話裏，聽出了事情的嚴重性，所以他才做出那樣的抉擇：把自己知道的事情全盤托出，剩下的問題，都留給許宗華去處理。但出於個人問題的考慮，有些事情他還是沒說。

就在他點燃第四支煙的時候，李雪晴打來了電話，說李飛龍被人帶走了！

他問帶走李飛龍的人是誰，李雪晴說是他的那個同學。

他放下心來，蘇剛是調查組的人，一定是奉了許宗華的命令，才來把李飛龍帶走的。李飛龍在他的手裏，總比被公安局的人帶走好得多。

趙有德既然可以將那兩個殺手滅口，同樣也可以將李飛龍這個重要的人物滅口。

李雪晴說伯母已經暈倒了，現在已經打了急救電話，救護車馬上就到。

方子元拿著手機，裏面傳來救護車的聲音，緊接著，李雪晴就把電話掛了。他微微一愣，自李樹成跳樓後，伯母的表現都是那麼沉穩，並沒有太大的異常表現，怎麼李飛龍一被抓走，就立刻暈倒了呢？究竟是什麼原因導致她那樣。聯想到李樹成甦醒過來說過的那句話，不得不讓他有想法，莫非李飛龍與母親之間，似乎還有什麼別人不知道的事？

他把剛點燃的煙摁滅在煙灰缸裏，心情莫名其妙地煩躁起來，看看時間差不多，便出了辦公室，開車去四中接女兒。剛拐上另一條街道，就見兩輛警車呼嘯著往前衝去，也不知發生了什麼事。

他抱著好奇的心理跟上去，行不了多遠，見一個十字路口圍著很多人，很多車都被堵著過不去，有員警在維持著秩序。

他停車問一個路人，得知前面路口發生了車禍。

他沒來由地一驚，從伯母家到調查組所在的酒店，這是必經之路。他忙將車子儘量靠到路邊，下車後往前面擠過去，透過人群，看到路口一輛黑色的別克被撞得底朝天，駕駛室都扁了下去，另一輛是裝滿泥土的泥頭車，泥頭車的車頭也被撞得凹了進去，地上滿是碎玻璃和血跡。

兩輛救護車停在一旁，穿白大褂的工作人員正往車上抬傷者。

他拉著一個維持秩序的員警問道：「是不是調查組的車子？」

那個員警凶道：「什麼調查組，別妨礙我們的工作！」

方子元走到一邊，用手機試探著打李飛龍的電話，卻像以前那樣，怎麼都打不通。他又打了許宗華的電話：「許處長，聽說蘇剛把李飛龍帶走了，是你要他帶走的嗎？」

許宗華說道：「是我的意思，有什麼問題嗎？」

方子元訥訥地說道：「哦，沒有，我剛才……剛才經過一個路口，見這裏發生了車禍，還以爲是……」

許宗華說道：「我剛剛得到消息，他們的車子在回來的路上發生車禍了！」

方子元頓時覺得大腦「嗡」地一下，說道：「許……許處長，你不覺得事情來得太突然了嗎？他們……」

他的話還沒有說完，那頭的許宗華就把電話給掛了。他回到車邊，見整條街都被堵住了，想退都退不回去。看這情形，估計一時半會兒是不會暢通了，只得步行到另外一條小街上，攔了一輛計程車去醫院。

在路上，他還不忘打電話回家，要妹妹趕緊去接方雨馨。下車時，由於太匆忙，手機掉在地上摔壞了，還好他有另一個新號碼的手機，能湊合著用。

許宗華趕到醫院的時候，市長余德萬和公安局長趙有德都在，另外還有一些員警和政府的工作人員。

余德萬走上前，十分痛惜地說道：「許處長，怎麼會發生這樣的事呢？我一得到消息，就立馬趕過來了！」

許宗華說道：「謝謝余市長的關心，受傷的人情況怎麼樣？」

趙有德說道：「醫院正在全力搶救，但情形不容樂觀！」

既然事情已經發生了，許宗華就已經有了最壞的打算。這宗看似普通的交通事故背後，絕對有一雙血腥的黑手。他看著面前的兩個人，正要說話，卻見方子元心急火燎地從外面走進來。

許宗華迎上前問道：「你來這裏做什麼？」

他的意思是要方子元離開，在這種情形下，他不願再有人賠掉性命。

方子元看到了佘德萬和趙有德，瞬間醒悟過來，忙說道：「我聽我老婆說，李飛龍被你們帶走後，伯母當場就暈倒了，已經送到醫院搶救！」

他說完後，拿出手機撥了李雪晴的電話，得知伯母被緊急搶救之後，情況已經好轉，並沒有上救護車。他看了一眼這幾個人，轉身朝外面走了。

佘德萬問許宗華：「聽說這個律師已經替葉水養市長申述了，上面是什麼意思？」

許宗華說道：「我已經轉上去了，但上面的意見還沒有下來！」

方子元對他說了葉水養和孟瓊的真正關係後，他立即派人去民政局查了，結果正如方子元說的那樣，葉水養和孟瓊是合法夫妻。令他難以理解的是，葉水養被雙規後，孟瓊只是配合調查過一次，自始至終都沒有以葉水養合法妻子的身分提出過半點意見，反倒是查金梅爲這事鬧騰。

他本來要去找孟瓊做進一步調查的，誰知道押解李飛龍的車子卻遭遇了車禍。

佘德萬說道：「案子必須徹底查清楚，該怎麼處理就怎麼處理，對於腐敗的官員，我們絕對不能姑息，要起到警示的作用！」

許宗華說道：「佘市長，這裏有我就行了，我代表調查組的全體同志謝謝你的關心！」

佘德萬看了看趙有德，帶著來人離去。

許宗華和趙有德面對面站著，相互打量著對方，都想從對方的眼神中捕捉到那抹想要得到的資訊。足足有三分鐘，他們就這麼望著，令旁邊的一些公職人員迷惑不解。

許宗華收回目光，伸出手去，說道：「調查組在高源市調查期間，得到公安部門的大力協助，我……」

趙有德接住許宗華的話頭說道：「許處長，你這麼說就見外了，協助你們調查取證，是我們應盡的責任，工作上的不足之處，還請許處長多多諒解！」

許宗華說道：「趙局長，有我在這裏等著就行了，高源市現在治安那麼不穩定，唉！你肩膀上的擔子很重啊！」

趙有德呵呵地笑了一下，說道：「有什麼辦法呢？能者多勞！」

許宗華並沒有說話，只是笑了一下。

趙有德又和許宗華握了一下手，手腕上暗暗用了點力，低聲說道：「等調查組的人離開的時候，我親自送你！」

許宗華淡淡地說了聲：「謝謝！」

趙有德說完後，轉身和那幾個人走了。

許宗華望著那幾個人的背影，表情變得有些陰鬱起來。當務之急，是要全力搶救受傷的人，特別是李飛龍。

他找來醫院的院長，得知開車的司機被送到醫院之後，已經沒有了生命的跡象，受傷最嚴重的是坐在司機旁邊的調查組另一個工作人員。

蘇剛的左大腿粉碎性骨折，右臂骨頭斷裂，身上還有不同程度的肌肉撕裂傷。李飛龍的情況還算好，頭部擦傷，左臂骨折，斷了三根肋骨。

蘇剛和李飛龍都坐在後座上，車禍發生的時候，他不顧一切地保護李飛龍，自己才受了那麼大的傷，本來以他坐的位置，應該是受傷最輕的。

大貨車的肇事司機在出事後逃走了，據現場的目擊群眾說，那個司機好像受傷也不輕，逃到路邊後被一輛無牌照的黑色小轎車接走了。

在來醫院的路上，市長余德萬就已經打電話給他，說警方已經迅速做出反應，通知全市各醫院和私人診所，務必找到那個受傷的司機。

他思索了一下之後，迅速調整了行動方案。既然那些人是衝著李飛龍來的，只要李飛龍不死，那些人還會再次找機會下手。

在醫院的特護病房內，李飛龍躺在病床上，頭上纏著繃帶，左手打了石膏，吊在胸前。他斷了三根肋骨，躺著不能亂動。

許宗華就坐在病床前，打量著這個文質彬彬的男人，若不是情況屬實，他實在無法把這個男人與黑社會老大畫上等號。

過了一會兒，他說道：「你應該知道，是什麼人想要你的命，對不對？」

李飛龍微微笑了一下，說道：「敢動我的人，你認爲會是誰呢？」

許宗華說道：「方律師已經找過我了，對於他說的那些話，我沒辦法確信。我希望你能和我們合作，把你知道的全部說出來！」

李飛龍說道：「說出來又怎麼樣？你認爲你能擺得平嗎？」

許宗華說道：「你要相信法律，法網恢恢，疏而不漏這個道理，不需要我再解釋了吧？」

李飛龍問道：「你到底想知道什麼呢？」

許宗華笑了一下，說道：「剛才我就已經說過，把你知道的全部說出來！」

李飛龍問道：「從我六歲懂事那年開始說，是不是？」

許宗華平靜地說道：「李飛龍，我沒有時間和你磨，你應該知道我想要知道什麼的。高源市死了那麼多人還不夠，還要繼續死人嗎？」

李飛龍問道：「和你們合作，我有什麼好處？」

許宗華正色道：「將功贖罪，就是你最大的好處。你認爲以你現在的狀況，還有和我討價還價的資本嗎？」

李飛龍有些得意地說道：「我當然有資本，而且資本很雄厚！」

「別以爲那些事我不知道，」許宗華說道，「當年你媽和葉水養，還有潘建國和余細香四個人密謀，從化工廠的帳戶上挪走幾百萬，成立了天宇房地產開發公司，用來做房地產生意。爲了各自的利益，他們四個人簽了一份保密協議。協議中寫明責任由潘建國一人承擔，但是大家必須照顧他的家人。剛開始那幾年，公司由余細香的兒子打理，可他畢竟年輕，又不善於經營，公司面臨倒閉，這個時候，出了樁事情，那就是余細香的兒子出了車禍死了。兒子一死，余細香從此失去了音訊，也在人間蒸發了。葉水養找來了他的情婦，也就是他現在的合法妻子孟瓊管理，從此公司的業務越做越大。雖然公司是四個人的，但實際上卻控制在葉水養的手裏，這就是你父親李樹成和葉水養有矛盾的原因之一。爲了權衡彼此的利益，葉水養給了你父親兩千萬，卻讓你父親打了一張借條。他這麼做的目的，是爲了控制你父親，也爲了以後對另外的兩個人有所交代。潘建國出獄後，認爲另外的三個人並沒有履行承諾，所以去找葉水養，但是葉水養卻不願見他。他爲了報復你們，不得已變成那樣，其實他是在等待時機……」

李飛龍說道：「我雖然是黑社會的老大，可也有做人的原則，害人命的事，我並沒有幹過。其實我這個黑社會老大，全靠我父親罩著，沒有他，我什麼都不是！」

許宗華問道：「難道你這個黑社會老大的手底下，沒有一幫替你賣命的兄弟嗎？」

李飛龍說道：「都是一幫拿工資做事的人，沒有人會真正替你賣命的！而我呢，也不想讓太多人知道我的真實身分，所以搞了一個假名，就是虎爺！」

許宗華問道：「在高源市，還有比你的勢力更大的黑社會老大嗎？」

李飛龍說道：「高源市的黑社會老大有好幾個，一般情況下，只要我出面，他們都會給我面子。這兩年被抓了兩三個，剩下的也都改行做正當生意了。」他想了一下，繼續說道，「我手下原來確實有幾個得力的人，可是後來他們相繼出事，朱時輝和潘武是四年前才跟著我的，朱時輝原來是打架王，是混黑道的，進去過幾次，我對他比較信任。潘武畢竟是潘建國的兒子，我雖然知道他們父子倆翻了臉，可也不得不防著他，我防了他幾年，沒發現什麼異常，也就慢慢地相信他了！」

許宗華說道：「可是方律師告訴我，說朱時輝原來對他說過，地稅局副局長劉兆新並非畏罪跳樓，而是朱時輝下的手。他們有反偵察能力，可以僞造現場！」

李飛龍說道：「我可沒有要他去殺劉兆新！你可以去調查，我和劉兆新之間並沒有恩怨，爲什麼要指使手下去殺人呢？」

許宗華點了點頭，調查證明，劉兆新死之前曾經與葉水養發生過矛盾衝突，在劉兆新寄往省紀檢部門的舉報資料中，指證葉水養利用手中的權力，天宇房地產開發公司連續六年沒交一分錢稅，

逃稅金額達一千八百多萬。劉兆新只是個副局長，連局長都不敢吭聲的事情，他怎麼有膽量跟常務副市長去叫板呢？

莫非劉兆新的背後也有人撐腰？

朱時輝作爲葉水養的辦事人，有可能受葉水養的指使去殺人。令他不解的是，朱時輝和葉水養到底是什麼關係，以至於葉水養對朱時輝那麼信任，而朱時輝甘願爲其去殺人呢？

李飛龍說道：「我一直懷疑那個幫他的人是趙有德！」

許宗華說道：「難道你就沒有想過余市長嗎？他可是余細香的堂弟。你告訴我，余細香兒子的死，是不是你幹的？」

李飛龍說道：「葉水養既然能夠叫朱時輝去殺劉兆新，爲什麼不能叫人害死余細香的兒子，而讓自己的情婦去掌管公司大權呢？」

許宗華問道：「你爲什麼轉讓公司和那幾家夜總會的股份，把籌集到手的資金用最快的辦法轉移呢？」

李飛龍的神態黯然起來，說道：「這是我的私事，能不說嗎？」

許宗華沒有說話，只用眼睛望著李飛龍。

李飛龍歎了一口氣，說道：「當初我老婆要帶孩子移民去美國，我爸就不同意，爲這事，我爸媽鬧得很不愉快。當初葉水養和我媽把廠子裏的錢弄出來開公司的事，我爸本來不知道的，就是葉水養到上槎去當副縣長之後，余細香的兒子死了，葉水養要讓他的情人掌管公司，來找我媽商量。我爸知道後，還和我媽大吵了一架，說這麼下去，遲早會出事的！去年我老婆就叫我過去，現在我的簽證也快下來了，既然移民去了那邊，這邊的生意自然也沒法做了，所以就做點準備。本來我想用正常管道走的，可是出了這些事，我變成了通緝犯，那麼多錢，正常管道肯定走不了，所以就請朋友幫忙！」

許宗華問道：「就這麼簡單？」

李飛龍說道：「你可以去調查的！」

許宗華問道：「我手頭上有你父親打給葉水養的借條，金額是兩千萬，時間也是在葉水養當上槎縣副縣長的時候，你怎麼解釋？」

李飛龍說道：「這事我聽我爸說過，他只說他去找葉水養談過，沒說打借條的事！」

許宗華問道：「警方對你發出通緝令的時候，你為什麼不主動投案？」

李飛龍說道：「因為我也想查出來整件事是誰在背後搞鬼！」

許宗華問道：「那你查到什麼了？」

李飛龍說道：「你們調查組有個人是高源市原來的市委副書記王廣院的親戚，我懷疑葉水養的死和這個人有關係！」

許宗華問道：「你有什麼證據？」

李飛龍說道：「我爸說過，葉水養有很大的問題，要不是上面有人保他，他早就被抓了。這次事情鬧大了，那麼多人聯名告他，省裏派了調查組下來，估計瞞不住。葉水養為了保住別人，寧願犧牲自己！」

許宗華皺著眉頭思索，在諸多的反貪案件中，不乏犧牲一個人而保住大家的事件發生。但此類的案件，最終還是會被查出來的。許宗華後來找莫志華談過話，莫志華回憶說葉水養跳樓前，他去了一趟廁所，前後不過五六分鐘，之前他們兩個人照看葉水養，其中一個有事離開，都是吩咐另一個人好好照看的。在莫志華的眼裏，五六分鐘的時間並不長，但從某種角度來看，這麼長的時間內，足夠兩個人說很多句關鍵的話。

他問道：「葉水養跳樓後，你爲什麼又要方子元去當葉水養的辯護律師呢？」

李飛龍說道：「朱時輝雖然是我的手下，可是他每隔一段時間就失蹤，短則半個月，長則一兩個月，他說是出去辦事。在道上混的，有時候失蹤一段時間，也是很正常的。但就在一個月前，潘武告訴我，說朱時輝在替葉水養辦事，所以我才注意上他。後來方子元告訴我，說朱時輝要他向我求情，還給他一個文件袋要他保管。朱時輝是葉水養的人，這麼做肯定是有用意的，所以我乾脆叫他去爲葉水養辯護，看看朱時輝還會有什麼動作，沒想到才過了幾天，朱時輝就出事了。你想過沒有，朱時輝爲什麼在出事之前替自己買下巨額的人身意外保險？」

許宗華當然考慮過這個問題，但是他所關心的，還是另外一個問題，他問道：「潘武又是怎麼知道朱時輝在替葉水養辦事的？」

李飛龍說道：「我問過他，他說他的一個朋友是上槎縣的，在那裏見過朱時輝。而且他有好幾次跟蹤朱時輝，都發現朱時輝和一個人見面，那個人就是葉水養。」

許宗華說道：「你可別告訴我說，你沒有懷疑潘武告訴你這件事的動機！」

李飛龍說道：「不錯，朱時輝死後，我就暗中調查潘武，可他好像發覺我在調查他，行事更加謹慎，除了工作外，他幾乎不和別人交往！」

許宗華問道：「他父親被殺前後，他也沒有異常表現嗎？」

李飛龍說道：「他父親死的那天晚上，他並沒有去娛樂城上班，也沒有回家，我問過他，他說陪朋友喝酒去了！後來我查到，他和黃立棟走得很近，而黃立棟是趙有德的人，這就是我懷疑趙有德是幕後黑手的原因！」

許宗華點了點頭，說道：「你安心休息吧，如果我有什麼問題，還會來找你的！」

他起身走了出去，因爲還有更重要的事情要去做！他就像一個漁夫，把網撒出去那麼久，到了該收網的時候。

子夜時分，一般值班醫生都會到病房中巡查，這是醫院的慣例。一個戴著口罩的醫生走進李飛龍的病房後，見躺在病床上的李飛龍用被子蒙著臉，睡得正香，他輕手輕腳地走過去，從身上拿出一支針筒，正要往點滴中注射，卻聽身後洗手間的門開了，一個人站在洗手間的門口。他認得這個人，是調查組的組長。

與此同時，從病床底下滾出兩個人來，手腳利索地抓住了這個醫生，扯下他臉上的口罩。原來是醫院的院長。

許宗華說道：「是你！」

院長哭道：「不關我的事，是他們逼我這麼做的！」

許宗華走過來問道：「難道你不想給自己一個立功贖罪的機會嗎？」

院長說道：「我說，我全說！」

窗外人影一晃，許宗華頓時警覺，他還沒喊出聲，就聽得兩聲槍響。院長那白色的大褂上立即溢出血跡，身體朝地上倒去。

院長強睜著眼睛說道：「是……是他……他們……」

外面又傳來兩聲槍響，一定是守候在外面的調查組工作人員和那個兇手接上火了。

「立即實施搶救！」許宗華說完後追了出去，他來到窗外的走廊下，見兩個調查組的工作人員正將一個穿黑衣服的人摁在地上。那個人的腳上受了傷，還在流血。當他看清那人的面孔時，驚道：「黃隊長！」

許宗華站在那座小院的門口，陪同他來的是調查組的王林。在來之前，他就得知這座小院以及主人的背景。他來這裏的目的，就是想弄清楚朱時輝和葉水養究竟是什麼關係。

他問身邊的王林：「你認爲住在裏面的是什麼人？」

王林有些茫然地搖頭，他不知道，也不想知道。

敲門之後，開門的是一個五六十歲臉上有疤痕的老女人，當許宗華看清這女人的面孔的時候，覺得似乎在哪裏見過。他說明了來意，可這女人以一句「對不起，她不想見陌生人」爲由，很快將門關上了。

當他從臺階上轉身的時候，看到一個男人站在胡同口，他望著那個男人，問道：「你是誰？」

那個男人說道：「許處長，你們不應該來這裏的！」

在高源市能夠知道他的人並不多，而稱他爲許處長的人更是少之又少。許宗華的大腦快速將自己見過的高源市幹部搜了一遍，卻並沒有這個人的印象，但是他很快就知道了面前的這個男人是誰。

他問道：「潘武，你爲什麼要這樣？究竟要死多少人，你才肯罷手？」

潘武說道：「我只不過是替我父親拿回他本該得到的東西！」

許宗華說道：「你父親已經死了，他得到了什麼？」

潘武笑道：「他年輕時丟下我們兄弟，快活了那麼多年，早就是他該補償的時候了！」

許宗華說道：「根據警方的現場勘察報告，殺死你父親的是個女人，你就沒有想過，誰是兇手嗎？」

潘武有些得意地說道：「我肯定知道，但是我不會告訴你！如果他不死，我又怎麼能夠得到我想要的東西呢？」

許宗華問道：「你到底要得到什麼呢？人的欲望是個無底的深淵，當心你墜入深淵，永遠都沒有回頭的機會！」

潘武說道：「我既然走出了那一步，就沒有想過要回頭，許處長，你還不明白嗎？實話告訴你，朱時輝和莊東林他們，都是我幹掉的！」

許宗華問道：「你爲什麼要那麼做？」

潘武說道：「每一個妨礙我計畫的人，我都必須除掉！」

許宗華一步步走下臺階，問道：「那你的計畫是什麼？」

潘武看了看周圍，說道：「我爲什麼要告訴你？」

許宗華隨手摸了一下手腕上的那塊手錶，說道：「如果我沒有猜錯的話，你到這裏來，可不是和我說這些話的，你是要見一個人，對不對？」

在他案頭的那些資料中，有一張余細香年輕時候的照片。剛才院子裏那個老女人出現在他面前時，他就覺得有些面熟，現在想起來了，這個老女人就是余細香。余細香在兒子死後突然失蹤，是因爲她不想和葉水養發生正面衝突，那個時候，她還沒有資本與葉水養和李樹成兩人抗衡，所以她也和潘建國一樣，在等待機會。潘建國出獄後，余細香也沒有主動與他聯繫，就是不想讓人知道她的行蹤。她就像一隻躲在草叢中的獅子，看著那麼多獵物，靜靜地等待時機，出其不意地將獵物咬死。

潘武沒有說話，拿出一包煙，彈出一支，點燃抽了起來。

許宗華接著問道：「你是什麼時候和余細香……」

他的話還沒有說完，就覺得背後傳來一陣強大的電流，頓時眼前一黑，身體朝地上倒去。

方子元離開醫院後直接去了伯母家，見伯母躺在沙發上，正在打著點滴。她神情倦怠，面容蒼老，額前似乎多了許多白頭髮，看上去老了許多。

李雪晴坐在旁邊，神色也有些淒涼。

伯母半睜著眼睛，口中不住地念叨著：「何必呢，何必呢？我這是做的什麼孽呀……」

李雪晴見方子元進來，用手示意他不要出聲。她起身走過去，拉著方子元進了樓下的那間房間，一進去，見裏面只有一個櫥架，上面放著一些鞋子和雜物。她用手推開櫥架，裏面還有一個空間，面積有七八個平方米。難怪以前有人進來抓李飛龍，都沒能找得到他，原來他躲在這裏面。裏面空蕩蕩的，什麼東西都沒有，倒是地上有不少紙屑和損壞的塑膠硬殼。

李雪晴說道：「剛才公安局來人，把這屋子裏的東西全搬走了！」

方子元問道：「這裏面放了一些什麼東西？」

李雪晴說道：「他們沒有說，我看好像是一些竊聽設備，不知道我哥是從哪裏弄來的！」

方子元想起李飛龍說過，這屋裏有反竊聽裝置，外面的人聽不到裏面的人說話。他想不明白的是，李飛龍既然躲在這裏，爲什麼要在家裏安上那些東西呢？

他看著李雪晴，低聲問道：「你到底還知道多少？爲什麼要瞞我？」

李雪晴說道：「伯母不讓我說，怕對你不利！」

方子元說道：「我到現在還弄不明白，到底是怎麼回事？」

李雪晴說道：「我也是聽伯母和堂哥吵架，才知道一些原委的！」

方子元急切地問道：「那你知道多少呢？」

李雪晴說道：「我伯父是個正直的人，當年他得知我伯母和葉水養做的那些事情後，氣得要跟我伯母離婚。他去找葉水養談判，可是葉水養不答應，伯父沒有辦法，爲了讓伯母和葉水養撇清關係，被迫打了一張兩千萬的借條。這幾年有人反映葉水養的問題，葉水養就拿出那張借條來要脅伯父，我伯父沒有辦法，只有幫葉水養。我伯父並不知道，我堂哥和我伯母每年都暗中拿葉水養的分紅，直到有一天潘建國找到他，他才知道是怎麼回事。潘建國要我伯父幫他對付葉水養，我伯父沒有答應。但是我聽堂哥說，伯父去找過潘建國，不知道他們談了些什麼。有一天晚上，潘建國還

約了伯父出去，說是去見一個重要的人證，堂哥跟了過去，沒想到那個人就是地稅局的副局長劉兆新。沒兩天，劉兆新就跳樓了，伯父以爲是堂哥派人幹的，父子倆爲這事還大吵了一架……」

方子元說道：「這麼說，伯父也想對付葉水養，只是葉水養手上有他的把柄，他才不敢亂動，是不是？」

李雪晴說道：「應該是吧，我聽我伯母說，堂哥的那個什麼方園集團，做的都是虧本的生意，只有那幾家娛樂城還好一點！不過，堂哥和天宇房地產開發公司聯手開發的幾處樓盤，倒是賺了不少錢！」

方子元說道：「我聽說伯父是接了潘建國的電話之後，才跳樓自殺的，不知道潘建國到底對他說了些什麼！」

李雪晴說道：「我堂哥說，潘建國對伯父說的最後一句話就是『不能再拖了』。如果潘建國是想要伯父對付葉水養，可是那個時候，葉水養已經死了，難道還有什麼緊急的事情，不能拖的嗎？」

方子元說道：「他們之間或許有什麼協議，正是那件不能再拖的事情，逼得伯父不得不跳樓。」他沉思了一下，說道，「也許有兩個人知道伯父跳樓的原因！」

李雪晴剛要問是誰，只聽得外面傳來伯母的驚叫聲。

- 第 20 章 -

不是結局的結局

高源市的蓋子終於被揭開了，隨著調查的深入，越來越多的隱情呈現在調查組的面前。

權力和欲望造成的惡果，可以對每一個人起到警示的作用。

這句寫在調查報告最後面的話，是許宗華發自內心的感歎。

李雪晴和方子元衝出小屋子，見伯母已經從沙發上坐了起來，不知什麼時候，已經自行拔掉了手臂上的針頭，坐在那裏發呆，不時發出幾聲傻笑，卻又露出極度害怕的樣子，發出驚叫聲。

李雪晴跑上前扶住伯母，哭道：「伯母，你怎麼啦，怎麼啦？」

柳春桃嘿嘿地笑了幾聲，說道：「我沒事，沒事的！」她的目光望著門口，嘴唇哆嗦著說道，「你們看，老頭子回來了，就站在哪裏，朝著我笑呢！叫我去自首，說政府會寬大處理的……」

李雪晴哭著說道：「伯母，伯母，你怎麼會這樣子呢？子元，快打電話叫救護車，快呀！」

門口那邊什麼人都沒有，方子元知道伯母平素稱呼伯父，都是叫老頭子的。正常人在精神遭到巨大打擊之後，一般都會產生一些幻覺。他並沒有立即打電話叫救護車，而是上前說道：「伯母，你沒事吧？你知不知道我是誰？」

柳春桃目光兇狠地望著方子元，說道：「別以爲我不知道你是誰，你是潘建國的兒子，你做的那些事情，每一件都是要槍斃的，是你害了我兒子，你還我兒子的命來！」

柳春桃雙手作勢要去抓方子元，他嚇得後退了幾步，問李雪晴：「伯母知道李飛龍出事的事嗎？」

李雪晴點頭道：「堂哥被你的同學帶走沒多久，伯母就接到一個電話，說堂哥出了車禍，人已經在醫院裏搶救了！」

方子元說道：「你怎麼能讓伯母去接那個電話，那樣的打擊對她老人家來說，實在太大了！」

李雪晴委屈地說道：「我怎麼知道是那種消息的電話呢？我才去了一趟洗手間，伯母就接完電話了，她當時人就傻了，坐在那裏一句話都不說，她……」

柳春桃跳起來，指著方子元罵道：「我兒子已經死了，都是你害的，我這就去告你，別以爲你可以逃得掉……」

李雪晴死死地拖住伯母，方子元逃到門口，拿出手機打了急救電話。剛打完電話，見一個孩子正從外面跑進來，他定睛一看，認出是朱時輝的兒子朱宇翔。

朱宇翔跑到方子元的面前，氣喘吁吁地說道：「方……方叔叔……他們……他們……」

方子元急道：「他們幹什麼？」

朱宇翔喘了幾口氣，說道：「那個壞女人，他們……他們要殺祖奶奶……」

方子元問道：「你是怎麼知道的？」

朱宇翔說道：「這兩天不斷有人去找那個女人，好像在商量什麼事情，他們還威脅祖奶奶，說不能告訴別人，否則就殺了她。今天我聽一個男人對那個老女人說，把那個方律師的女兒抓來，他就不敢不聽話了。祖奶奶勸他們不要做壞事，說會遭報應的，他們居然把祖奶奶關起來了！」

方子元問道：「那你爲什麼不去報警？」

朱宇翔說道：「那個老女人和員警叔叔都是一夥的，我有好幾次都看到員警叔叔開車送她回來。我打你的電話，可一直沒有打通，所以就跑到這裏來了。」

那種情況，方子元也見到一次。他給過朱宇翔一張名片，說是有事電話聯繫，後來他的手機摔壞了，難怪朱宇翔打不通他的電話。幸好原來朱時輝家就住在這附近，朱宇翔知道他經常來這裏，所以跑到這裏來了。他一聽是這樣，忙打了許宗華的電話，結果提示是關機。在這種時候，許宗華的手機怎麼會關機呢，莫非又出了什麼事？

他說道：「放心吧，我一定想辦法救你的祖奶奶！」

遠處傳來急救車的聲音，方子元的臉色嚴峻起來，他對朱宇翔說道：「我們走！」

他知道憑他們兩個人的能耐，是絕對救不出袁老夫人的，但是調查組的人有辦法。

許宗華甦醒過來的時候，發覺置身於一個小房間中，房間沒有窗戶，屋角只有一張簡陋的行軍床，還有一張桌子一把椅子。門是鐵製的，上面有一個一尺見方的孔。他起身坐到床上，回想起暈倒時的情形，那個朝他背後下黑手的人，應該就是王林，使用的是警用電棍。

他走到門前，用力拍著鐵門，叫道：「來人！」

不一會兒，門開了，潘武走了進來，身後跟著兩個壯漢。他語氣溫和地說道：「許處長，我們可以談談的！」

許宗華問道：「你想怎麼談？」

潘武揮了一下手，那兩個壯漢轉身出去了，把鐵門從外面鎖上。他在椅子上坐了下來，說道：「許處長，你也是在官場上混的人，很多官場上的遊戲規則，就不用我多說了吧？」他見許宗華去掏口袋，便像變魔術一般，把一個鈕扣大小的跟蹤定位器拿在手裏玩，笑道：「放心吧，許處長，他們找不到你的！我早就猜到你身上有這玩意兒，所以幫你拿下來了！」

許宗華坐回床上，說道：「你想說什麼就直接說吧，別拐彎抹角的！」

「爽快！」潘武拍了一下手，說道，「我就喜歡和你這樣的人談事。葉水養的案子不是已經結了嗎？爲什麼還要繼續查下去？」

許宗華說道：「那是上面的意思，我的報告都已經打上去了，可是上面並沒有同意我們回去。這事王林都知道的，他沒對你說嗎？」

潘武笑了一下，從口袋裏拿出一包煙，丟了一支給許宗華，自己點了一支，吸了幾口，優雅地吐了一串煙圈，接著說道：「上面派調查組到高源市來查葉水養的事，你不是第一個。但是我們知道，這一次和以前不同，因爲情勢不一樣，上面是來真的了。」

聽到這句話，許宗華的心沒來由地一顫，他似乎明白了爲什麼葉水養的案件報告打上去那麼久，上面還沒有同意調查組撤回去的原因。

潘武說道：「你的調查報告上說，他收受別人賄賂達一千五百萬元，挪用公款兩千八百萬元，依我看，翻一倍都不止！」

許宗華說道：「可是我們查不到他把那些錢都弄到哪裏去了！」

潘武說道：「像他那麼精明的人，是不會把錢留在身邊，成爲日後他貪污腐敗的證據的！」

許宗華問道：「你的意思是，你知道他把錢弄到哪裏去了？」

潘武笑道：「你不是已經查到葉水養和朱時輝的關係，去那座小院尋找最終答案嗎？」

許宗華說道：「我只是懷疑，並沒有確認！」

潘武說道：「你別以爲葉水養是什麼高尙的傢伙，願意拿那些錢出來做慈善事業，那是有人逼他那麼做的！」

許宗華問道：「誰逼他？」

潘武說道：「這可不是我和你談話的主題，你也不需要知道！現在給你兩個選擇，一是和我們合作，成爲我們的朋友，按我們的意思去辦，你每年享有百分之三的分紅。你可別小看這百分之三，我向你保證，絕對不少於六百萬！」

許宗華不禁倒吸一口涼氣，百分之三就不少於六百萬，全部的利潤豈不有十幾個億？究竟有多少人擁有這些股份呢？他問道：「如果我不答應呢？」

潘武說道：「那我也沒有辦法，只有按規矩送你上路。放心，製造車禍是我的拿手好戲，絕對可以瞞住上面！」

許宗華說道：「李飛龍不是高源市的黑社會老大，你才是，他一直都被你利用！」

潘武笑道：「算你猜對了，就像我爸控制他爸一樣，我控制住了他，只是他自己還沒意識到而已。」

許宗華說道：「我可以和你合作，但是我必須知道內情！」

潘武把煙頭摁滅在桌子上，說道：「這可由不得你，知道得越多，對你越沒好處。你只管做好你自己分內的事就行，其他的你不需要知道。」

許宗華說道：「那我總得知道是在替誰辦事吧？」

潘武從衣服裏面拿出一份協議書，說道：「你只要在這上面簽個字，我就可以馬上叫人送你回去了！」

許宗華看清那是一份投資協定，協定上很簡單，寫著甲方願意拿出兩百萬，作爲入股的資金，乙方承諾每年還給甲方不少於百分之二十的公司利潤分成。潘武已經在下面簽了名字，並摁了手印。

許宗華說道：「我都不知道你經營的是什麼公司呢。」

潘武說道：「這個你不需要知道，你只管簽字摁手印，到時候拿錢就行！」他接著說道，「我知道你是個本分的人，女兒在北京讀大學，老婆身體不好，家裏的經濟不怎麼樣，所以我們也想幫你！」

許宗華問道：「王林簽了嗎？」

潘武說道：「你只管好你自己。許處長，我的耐心是很有限的。」他說著，從桌子的抽屜裏拿出筆和印泥來，望著許宗華，眼露凶光。許宗華遲疑著起身，走到桌子旁邊，拿起筆思索著。

潘武得意地問道：「許處長，需要我用槍頂著你的頭逼你簽嗎？」

許宗華歎了一口氣，看了看手錶，用手撫摸了一下，無奈地搖了搖頭，說道：「你爲什麼要這樣呢？」

當潘武看到許宗華用手摸手錶的動作時，臉色大變，衝過來要搶他的手錶，他順勢抓住潘武的右手，往後一帶，想將潘武壓倒在地下。

可是他想錯了。

潘武並非泛泛之輩，當他的手被許宗華抓住時，立即知道對方是什麼角色，當下用左手卡住對方的脖子，縱身一躍，利用那股衝勁，將對方頂到了牆上。與此同時，他覺得下腹被一個硬硬的東西頂著，低頭一看，見對方的手裏拿著一支槍，就抵在他的腹部。

那把槍是他插在腰間的，不知怎麼回事竟然到了許宗華的手裏，他後悔自己的失誤，可惜這世界上沒有人賣後悔藥。

許宗華微笑道：「我的家庭情況你都已經摸清楚了，難道沒有人告訴你，我在省特警總隊受過半年的特訓嗎？你只知道我身上有追蹤器，卻不知道我這塊手錶是特製的！」

潘武鬆開手，說道：「我輸了，你開槍吧！」

外面傳來紛雜的腳步聲，夾雜著威嚴的呵斥。

許宗華說道：「當我得知宋玲玲出事後，就明白那隻幕後黑手的實力有多大了，所以我以最快的速度從省城調了一支特警小隊過來，以備不時之需，這事，我並沒有告訴任何人！」

鐵門被人推開，一個肩扛少校軍銜的特警衝進來，朝許宗華說道：「外面的人，我都幫你解決了！」

許宗華說道：「謝謝黎隊長！」他接著朝潘武說道：「走吧！」

潘武像一隻鬥敗的公雞垂下了頭，當他走過許宗華身邊時，突然似瘋子一般，不顧一切地去搶許宗華手裏的槍，可他的手還未觸到槍柄，就被黎隊長死死鉗住。

這一刻，他知道自己徹底完了。

專家破解了光碟中的密碼，可光碟裏並沒有什麼重要的東西，只有一份葉水養的懺悔書，一張圖片。

懺悔書的原文如下：

當有人看到這封信的時候，或許我已經死了，這幾年來，我每天都在內心的煎熬中度過，因一時的貪欲，造成了我終身的遺憾。

我承認我曾經對權力有過太多的欲望，可一旦身居高位，卻發覺原來高處不勝寒。在我妻女的勸說下，我終於意識到自己的過錯，可一切為時已晚，身不由己地在罪惡的道路上越滑越遠。我不乞求別人的諒解，更不奢求法律的寬恕，我只想做一些力所能及的慈善事業，以求得心靈上的撫慰。

如果不是認識孟瓊，或許我有悔過的機會，為了她，我無法堅持自己的原則。我知道自己一直被她利用，但那是我心甘情願的，我將全力承擔由此造成的後果。

我不想再和他們同流合污，就是死，也要死得清清白白。如果是別人看到這封信，麻煩你在網路上公開，高源市再不能由著他們胡作非為下去了。

葉水養絕筆

懺悔書的下面並沒有日期和時間，想必是他以前就寫好了的。

那張圖片是用手機拍下的，是一張李樹成打給他的兩千萬的借條，還有一份協議書。不是很清晰，但是能夠分辨得出。

許宗華見過這份協議書，只不過下面簽字的人不是潘武，而是宋玲玲。他終於明白那個被殺的女檢察官，在高源市的黑白兩道扮演著什麼樣的角色。

市長余德萬和剛當上公安局局長的趙有德，是被調查組分別從他們的辦公室裏帶走的。這一次被調查組帶走詢問的幹部，多達三十多人，絕大部分都是市裏各部門和下屬各縣的領導。他們都是和潘武簽了協議的人。

原來潘武經營著數家投資公司，控制著六個地下賭場，還兼作土地買賣和工程轉包的生意。他利用各種手段拉攏腐敗官員，逼他們簽下所謂的投資協定，答應每年享受幾百萬的利潤分紅。實際上，那些和他簽了協議的腐敗官員，有的還拿不到五十萬，但他們爲他所做的「貢獻」，造成國家財政上的損失，遠遠超過了這個數字。

高源市的蓋子終於被揭開了，隨著調查的深入，越來越多的隱情呈現在調查組的面前。

事情還得從葉水養當化工廠廠長的時候說起。那個時候化工廠的經濟效益還不錯，但是葉水養已經從各種跡象中看出化工廠的前途不妙，他認識了建築隊的隊長董和春，在董和春的唆使下，葉水養想辦法從化工廠中挪出一些錢出來，成立房地產開發公司，他和董和春約定，以後所有的建築工程，都交給董和春去做，於是便有了那份四個人簽署的協定。葉水養離開化工廠，在時任市委書記王廣院的幫助下，官運亨通。

潘建國獨自一人扛起了挪用公款的罪名，但有葉水養和柳春桃在暗中活動，他並沒有受多大的罪。

幾個人的矛盾激發點，就是余細香的兒子經營不善。眼看每年分不到錢，公司還面臨倒閉，葉水養分別找潘建國和柳春桃商量，看用什麼辦法解決。潘建國恨余細香的無情無義，指使兒子用非常手段解決掉余細香的兒子。

葉水養將公司交給自己的情婦孟瓊去打理，公司迅速有了起色。他的這些事被老婆查金梅和女兒葉麗知道後，遭到了她們的強烈反對，在她們苦口婆心的勸說下，他最終醒悟。為了彌補內心的愧疚，他答應每年從公司拿出錢來，為查金梅的家鄉做點實事。礙於那份親情，查金梅母女倆並沒有去有關部門告發。

孟瓊懷孕後，逼迫葉水養和查金梅離婚。為了丈夫的仕途，查金梅只得退出，但是她與孟瓊約定，不得公開葉水養的婚姻問題，對外，他們仍是相濡以沫的夫妻。查金梅允許孟瓊和葉水養兩人在白天見面，但是晚上必須回到家。

朱時輝是孟瓊介紹給葉水養認識的，在辦了幾件事之後，逐漸得到了葉水養的信任，成為葉水養在非正常關係上的代言人。

董和春依靠葉水養這棵大樹，拉到了不少建築工程，生意做大了，可問題也越來越多。葉水養幾次提出警告，他都不放在心上。葉水養出於自身名譽的考慮，與他逐漸疏遠起來，許多規模巨大的建築工程，都不敢交給他，引起他的極度不滿，兩人的矛盾越來越尖銳。鑒於他手上的把柄，葉水養不敢對他怎麼樣。

他們之間的矛盾，自然瞞不過余德萬和趙有德。沒有多久，董和春與趙有德成了好朋友。

潘建國出獄後去找葉水養，葉水養避而不見，潘建國又去找柳春桃，同樣沒有結果。那段時間，余德萬發覺葉水養與李樹成走得很近，便吩咐趙有德注意他們。就在那時候，潘武這個人進入了趙有德的視線。

很快，潘建國與兒子潘武先後成了趙有德的人，在趙有德的授意下，潘武進入李飛龍的公司，利用李飛龍這把大保護傘，暗中發展黑社會勢力。

余細香也懷疑兒子的死與葉水養等人有關，可她沒有證據，在其堂弟余德萬的勸說下，只得暫時強忍，並去南方打工，回到高源市後隱姓埋名生活了一陣子。在趙有德的安排下，她自毀容貌，以無依無靠的鄉下老太婆的身分，博得了朱時輝的養母袁夢嬌的同情，住進了那座小院，便於監視朱時輝的行蹤。

如此一來，余德萬認爲報復葉水養的時機已經成熟，要趙有德暗中唆使董和春，與市裏的其他幹部一起，聯名舉報葉水養貪污受賄的行爲。當調查組想進一步調查取證時，趙有德擔心董和春說出他們之間的事，於是要潘武殺人滅口。

當余德萬得知葉水養與地稅局副局長劉兆新有矛盾之後，便鼓動劉兆新去反映問題，他們在KTV裏商量事情時，被朱時輝知道。朱時輝暗中派人殺死劉兆新，從而達到要脅葉水養的目的。葉水養不得已拿出自己的那份協議書，說出了協議書上那一行數字的秘密，原來是一個分別寫在四份協議書上的銀行帳號，數字中暗藏有用戶密碼，公司每年都會存一筆錢到這個帳戶上，只有當四份協議書合在一起時，才能知道密碼是什麼。朱時輝正要實施下一步計畫，不料這個時候，潘武將他爲葉水養辦事的事情告訴了李飛龍，爲了保命，他只得求助於李飛龍的堂妹夫方子元，並將所謂的證據交給了方子元。其實他這麼做，是想瞞天過海，誰知得到消息的潘武以爲他手上真的有什麼證據，怕涉及余細香和潘建國，於是殺人滅口。

那一次李飛龍召集幾個人商量事，潘武才明白自己有些操之過急了。但是潘武見朱時輝的老婆吳雅妮和方子元偷偷見面，又交給方子元一些資料，以爲對他們不利，當天晚上他去吳雅妮家中，於是發生了吳雅妮「自殺」的事件。

葉水養被調查組控制後，多次要王林轉告王廣院，想辦法救他，可王廣院顧及自己的利益，要王林向葉水養陳述其中的利害關係。葉水養心灰意冷，但爲了保住已經懷孕的孟瓊，只得跳樓自殺。

葉水養死後，秘書莊東林以公開孟瓊與葉水養的關係爲名，敲詐孟瓊五百萬，最後死在潘武的手裏。

孟瓊是個精明的女人，當趙有德找到她之後，她就知道該怎麼做了。

方子元分別問柳春桃和查金梅，誰是余細香時，得到內部情報的趙有德擔心事情有變，要潘武找人去殺人滅口，但是孟瓊懷疑葉水養手上的那份協議書在方子元的手上，所以要那兩個殺手去拿。誰知道殺手失手，趙有德只得命令特警當場予以擊斃，免除後患。

潘建國得知兒子被趙有德利用的事後，去找李樹成，要李樹成出面處理。李樹成覺得問題很大，恐怕不是他能處理得了的。但是潘建國卻不答應，他以手上的那份協議書爲由，逼李樹成做出答覆。

李樹成的心裏也明白，余德萬他們搞倒葉水養後，下一個就輪到他了。調查組對葉水養案子的最後處理結果，使他似乎看到了自己將來的結局。回到家裏，他爲這事和柳春桃大吵了一架。

據李飛龍說，他的父母正是這個時候，要他儘快離開高源市這個是非之地。

潘武得知李飛龍要轉賣夜總會股份的消息後，串通了律師程明德，以極低的價格幫趙有德拿到了李飛龍所有的股份。由於害怕程明德將此事捅出去，便以趙有德的名義請程明德吃飯，將其灌醉之後害死。

李樹成在開會的時候，已經明顯感覺到市委市政府領導班子成員對他的排擠，在他接到潘建國逼他的電話之後，思前想後，選擇了跳樓。他希望這麼做能引起調查組和上面的重視，徹底將高源市的蓋子揭開。

沒有人知道宋玲玲與程明德到底是什麼關係，她在程明德死了之後去找過潘武，要潘武兌現他們之間的協議，狗急跳牆的潘武一不做二不休，乾脆叫人撞死了這個對他有威脅的女人。

警方對李飛龍發出通緝令後，按余德萬的意思，是要斬草除根，可趙有德卻不那麼想，他一面暗中保護李飛龍，一面與余德萬討價還價，要兼任政法委書記和市委副書記，但在市委小組會議上，因市委書記有所顧慮，而沒有通過。當趙有德得知李飛龍被調查組帶走後，不顧一切要潘武殺人滅口。

潘建國從潘武的口中得知余細香的下落，去那座小院找過余細香，沒有人知道他們兩人說過什麼，但是當天晚上，潘建國就死了。調查組的人去了那所小院，見到的只是余細香的屍體，在屍體旁邊，有一封余細香留下的信，信中說潘建國是她殺的，沒有寫明殺人的動機和手法，也許她想留一些懸念給活著的人。

但是袁夢嬌說，有一個女人來找過余細香，兩人在屋內談了很久。當調查組的人拿出孟瓊的照片時，袁夢嬌一眼就認出來了。

警方在一座市郊風景區內的尼姑庵中發現了孟瓊的行蹤，她被調查組帶走的時候，顯得很平靜，似乎早就料到這一天會來。警方在她隨身帶的小包裏找到了兩份協議書，而其中一份是潘建國

的，另一份則是余細香的。在潘建國持有的那份協議上，留有潘建國的血跡。

孟瓊交代了殺死潘建國的事實，原來那晚潘建國找過余細香後，又來找她，拿出那份協議書，要她出面制止大家，說再這麼折騰下去，對誰都沒有好處。她答應去找趙有德，但提出條件，就是要潘建國留下那份協議書。潘建國自然不答應，並揚言要去調查組告他們，她擔心事情敗露，先穩住潘建國，帶他去郊外，說是見一個重要的人，來到郊外後，她趁他不備，用水果刀刺中他的心臟，拿走了他身上的那份協議書。

這些年來，在葉水養的監督下，她的公司往那個帳戶上打了兩個多億，這些錢只有她和葉水養知道。按她的想法，就是拿到那四份協議書，然後去國外過瀟灑自由的生活，可惜她的夢破裂了。

權力和欲望造成的惡果，可以對每一個人起到警示的作用。這句寫在調查報告最後面的話，是許宗華發自內心的感歎。

精神病醫院的醫生告訴方子元，根據初步檢查判斷，柳春桃得的是情感性精神障礙性疾病，這種病症的起因主要是病人在短期內遭受巨大的精神刺激後所造成的。不同類型的精神病具有不同的臨床表現，治療方法也各不相同。像柳春桃這種狀況，一般經過三到六個月的治療，就會有些起色，具體還要看在臨床治療過程中的實際情況。

李雪晴十分歉意地看著方子元，問道：「子元，怎麼辦？」

方子元說道：「這種情況，也不是一天兩天能夠照顧得過來的，只有把伯母留在這裏治療，請個護工專門照顧她，我們有時間就過來探望！」

只能這樣了。方子元替柳春桃辦好入院手續，他想去醫院那邊打聽李飛龍的情況，伯母變成這樣子，他覺得有必要告訴李飛龍。

他正要離開精神病院，卻接到助手的電話，說有市檢察院的人帶著調查組找他，要他馬上過去。他開車來到律師樓，果然見到幾個人在他的辦公室裏。市檢察院的那兩個人是他的熟人，由於工作上緣故，接觸過許多次，還經常一起吃飯。

一見到他，其中一個檢察院的人就上前替他們介紹：「這是調查組的同志，想就葉水養的申訴問題和你談一下！」

方子元愣了一下，葉水養的案件基本上已經明瞭，雖然申訴書遞了上去，但如果調查組掌握了確切有力的證據，是可以通過書面形式對申訴書做出答覆的，根本不需要來找他談。如此一來，說明問題有了變化。他說道：「有什麼問題就在這裏問吧！」

一個調查組的工作人員說道：「這裏不是談話的地方，我們有同志去通知了葉水養的親屬。你作爲他的辯護律師，希望你能配合我們的工作！」

方子元上車後，收到葉麗發來的訊息，說她和她媽在機場，馬上就要上去德國的飛機，和她母親生活的這些天裏，她知道了父親這些年所發生的事情，在她的印象中，她的父親確實是一個有責任感的好父親，只可惜人是會變的。她知道她父親所犯下的罪，但不管怎麼說，父親在道德的天平上，最終做出了巨大的人生抉擇，也算對得起母親的一片苦心，她相信政府會給她父親一個公平的處理結果。她的母親得了不治之症，她要陪她走過最後的光陰。

方子元看完訊息後望向車窗外，發覺今天的陽光特別耀眼。

問官場，誰是貪官？

作　　者：吳學華
發 行 人：陳曉林
出 版 所：風雲時代出版股份有限公司
地　　址：105台北市民生東路五段178號7樓之3
風雲書網：http://www.eastbooks.com.tw
官方部落格：http://eastbooks.pixnet.net/blog
Facebook：http://www.facebook.com/h7560949
信　　箱：h7560949@ms15.hinet.net
郵撥帳號：12043291
服務專線：(02)27560949
傳眞專線：(02)27653799
執行主編：劉宇青
美術編輯：吳宗潔

法律顧問：永然法律事務所　李永然律師
　　　　　北辰著作權事務所　蕭雄淋律師
版權授權：馬峰
初版日期：2016年7月

ISBN：978-986-352-360-4

總 經 銷：成信文化事業股份有限公司
地　　址：新北市新店區中正路四維巷二弄2號4樓
電　　話：(02)2219-2080

行政院新聞局局版台業字第3595號
營利事業統一編號22759935

定 價：299元

國家圖書館出版品預行編目資料

問官場，誰是貪官？ / 吳學華著. — 臺北市：風雲時代, 2016.06
面；　公分
ISBN 978-986-352-360-4(平裝)

857.7　　105008251